Isabell Valentin

Die Zeit des Erwachens

Ein Damian-Johannsson-Krimi

Band 2

AF284680

Über die Autorin:

Isabell Valentin wurde 1978 in Frankfurt am Main geboren. Sie wuchs in Hessen, Nordrhein-Westfalen und im Saarland auf und studierte Grafik-Design in Freiburg, Baden-Württemberg.

Heute lebt die Grafik-Designerin, Illustratorin, Dozentin für Malerei und für kreatives Schreiben, Autorin und Mutter von drei Kindern im beschaulichen Saarland.

Isabell Valentin

Die Zeit des Erwachens

Ein Damian-Johannsson-Krimi

Bibliografische Information der Deutschen Nationalbibliothek: Die Deutsche Nationalbibliothek verzeichnet diese Publikation in der Deutschen Nationalbibliografie; detaillierte bibliografische Daten sind im Internet über dnb.dnb.de abrufbar.

© 2021 Isabell Valentin
Herstellung und Verlag: BoD – Books on Demand, Norderstedt
ISBN: 9783754305164

Umschlaggestaltung: Isabell Valentin
Illustrationen: Isabell Valentin
Autorenfoto: Barbara Hoffmann
Titelfoto: © „EVGENIY" / Fotolia, © „Alina G" / Fotolia

www.isabellvalentin.de

Damian Johannsson und Aaron Breuer.

Kapitel 1

Krachende Schüsse hallten durch die düsteren Gänge des leer stehenden Gebäudes. Die ganze Szenerie schien in kalten Blau- und Grüntönen zu versinken. Mit einem Hechtsprung brachten sich die zwei Polizisten hinter einem großen Betonpfeiler in Sicherheit. Schwer atmend wagten sie einen Blick zu beiden Seiten ihres Schutzwalls hinaus. Sofort hagelte es wieder Schüsse, die sie mit einem Betonsplitterregen bedeckten.

„Sieht so aus, als wären wir ganz schön in der Unterzahl", sagte der jüngere der beiden und schenkte seinem Kollegen ein schiefes Lächeln. Es sollte tapfer wirken, aber man sah die Angst, die sich dahinter verbarg. Sein älterer Kollege nickte grimmig. „Ist doch nichts Neues für uns, oder?"

„Nein, ist es nicht."

Sie hoben ihre Waffen und gaben ein paar gezielte Schüsse auf ihre Gegner ab. Ganz fokussiert auf das, was vor ihnen geschah. Doch die schlimmste Gefahr schlich sich von hinten an sie heran. Ein Schatten erhob sich unbemerkt, hob die Waffe und schoss. Das kurze Aufblitzen aus der Mündung, als der Schuss sich löste, spiegelte sich in den Augen des Schattenmannes. Das Gesicht war zu einer triumphierenden Fratze verzogen. Der junge Polizist schrie auf und wurde von der Wucht des Projektileinschlags zu

Boden geschleudert. Sein älterer Kollege drehte sich blitzschnell um. Ein Streifschuss zerriss den Stoff seines Ärmels und verletzte ihn. Sein eigener Schuss traf ins Schwarze und fällte den Gegner wie einen Baum. Schnell zog er seinen jungen Kollegen wieder hinter den schützenden Pfeiler. Eine breite Blutspur bedeckte den Boden. Das warme Rot wirkte so fremd und bedrohlich in dieser kalten Atmosphäre. Der junge Polizist sah seinen Kollegen keuchend an. Eine Hand in dessen Jacke gekrallt, die strahlend blauen Augen weit aufgerissen.

„Sag ihr ...", er hustete. Blut floss aus seinem Mundwinkel. „Sag ihr, dass ich sie liebe."

Der Ältere nickte nur stumm. Er wusste, von wem sein Kollege, sein Freund, sprach. Verzweifelt sah er, wie der Mann, der kaum aus einem Jungen herausgewachsen war, die Augen verdrehte und seinen letzten Atemzug nahm.

„Nein, nein, nein!"

Vom Schmerz übermannt, zog er den Toten in seine Arme und weinte. Wieder peitschten Schüsse durch die Luft. Mörtel platzte von den Wänden. Sanft legte er seinen toten Freund zurück auf den Boden, schloss die Lider über gebrochenen blauen Augen. Dann hob sich sein Blick. Wut und Entschlossenheit spiegelten sich in diesem wider. Mit einem Kampfschrei sprang er auf und stürmte nach vorne. Die um ihn herum peitschenden Schüsse ignorierend, feuerte er ohne

Unterlass und lichtete nach und nach die Reihen seiner Feinde.

Damian Johannsson schnaubte missbilligend.

„Jetzt werden sie aber ganz schön unrealistisch. Hast du mal nachgezählt, wie oft der schon geschossen hat? Nachladen muss ein Held scheinbar nicht. Und plötzlich können die anderen auch nicht mehr zielen, dafür trifft bei ihm jeder Schuss."

Sarah blinzelte den Schleier aus Tränen weg.

„Das ist ein Action-Film. Was erwartest du?" Sie hasste, wie belegt ihre Stimme klang. Was war nur mit ihr los? Wegen eines Baller-Films brach man nicht in Tränen aus. Doch die blauen Augen des sterbenden Polizisten hatten sie mitten ins Herz getroffen. Sie waren genauso intensiv wie Damians. Ihr Freund war bei der Saarbrücker Mordkommission, genauer gesagt dem Sachgebiet für Tötungs- und Sexualdelikte, dem LPP 213. Er konnte auch in eine solche Situation geraten, am Boden liegend und sterbend.

„Würde man mich überhaupt informieren?"

Damian sah sie verwirrt an.

„Wenn dir etwas zustoßen sollte. Würde mich irgendjemand informieren?", fragte Sarah leise. Sie traute ihrer Stimme nicht. Alleine über eine solche Möglichkeit zu sprechen, überstieg fast ihre Kräfte.

Damian überlegte eine Weile. „Als Notfall-Kontakt ist meine Schwester Lotte hinterlegt. Sie würde dich auf jeden Fall sofort informieren. Und Breuer auch. Schließlich kennt er dich und weiß, dass wir zusammen sind. Aber mach dir bitte keine Sorgen. Die Realität sieht nicht so aus. Das ist total übertrieben. Ein Hauptteil unserer Arbeit besteht aus langweiligen Befragungen und Schreibtischarbeit. Mir passiert schon nichts."

Sarah nickte stumm. Sie konnte jetzt nicht sprechen. Angestrengt sah sie auf den Fernseher. Der Held hatte inzwischen im Alleingang all seine Feinde niederge- metzelt. Nein, das entsprach wirklich nicht der Reali- tät. In der Realität wären jetzt beide Polizisten tot.

„Ich ändere das morgen", drang Damians Stimme zu ihr durch. Sarah sah ihn fragend an.

„Ich werde dich als meinen Notfall-Kontakt hinterle- gen", erklärte Damian.

Sarah kullerten die ersten Tränen über die Wangen. Sie wischte sie hastig weg und senkte den Kopf, sodass ein Schleier aus weiß-blonden Locken ihr Gesicht verbarg.

Das war ein großer Schritt. Im Sommer waren sie zusammengekommen. Sie, die Tänzerin mit eigenem Studio und er, der Kriminalpolizist. Sie liebte einfach alles an ihm. Seine schwarzen Haare, die er immer locker aus dem Gesicht gekämmt hatte, sein Faible für schicke Anzüge und vor allem seine unvergleichlichen Augen. Sie verbrachten immer mehr Zeit miteinander und lebten schon fast zusammen. Damians kleines Häuschen lag Garten an Garten zu ihrem, aber die meiste Zeit hielten sie sich bei ihr auf. Schon wegen Sarahs kleiner Tochter Kathy. Aber dass er sie jetzt als seinen Notfall-Kontakt angeben wollte, zeigte, wie ernst Damian ihre Beziehung war.

„Warum weinst du, Sarah? Machen dir die Risiken meines Berufs denn so viel zu schaffen?"

„Ach, nein. Ich weiß nicht. Mir geht es heute nicht so gut. Da bin ich etwas empfindlich."

Ihr ging es schon seit Wochen nicht so gut. Sie fühlte sich kraftlos und wahnsinnig müde. Da ihr Kreislauf ständig im Keller war, war ihr auch immerzu schlecht. Sie wollte nur noch schlafen. Aber das wollte sie Damian jetzt nicht sagen. Sie sollte endlich zu einem Arzt gehen und sich untersuchen lassen. So konnte es nicht weitergehen.

„Soll ich das ausmachen?", fragte er und nickte Richtung Fernseher.

„Nein, Quatsch. Jetzt will ich auch wissen, wie der Film ausgeht."

Eigentlich war ihr der Film inzwischen ganz egal, aber er bot eine gute Entschuldigung, dieses Gespräch zu beenden.

Kapitel 2

Bukarest, Rumänien

Der Parkettboden bebte unter den synchronen Schritten der Tänzer. Tap – Tap – Taptaptap, tap – Tap – Taptaptap. Dann eine komplizierte Schrittfolge, die jeder beherrschte. Die Tradition war. Bredas Blicke klebten an Gabriela. Ihre schwarzen, ungezähmten Haare, die Wangen gerötet von endlosen Tänzen. Liana mochte die Braut sein. Doch so chic zurechtgemacht sie auch sein sollte, Gabriela war eindeutig die schönste Frau auf diesem Fest. Die schönste Frau, die er kannte. Sie blickte ihn aus dunklen, feurigen Augen an, lächelte glücklich. Ach, könnte er nur ihre Hand halten. Leider stand er zu weit weg von ihr, als der Sirba angestimmt wurde und sich die Gäste an den Händen fassten, um nach rumänischer Folklore zu tanzen. Es war fünf Uhr morgens, als Breda sah, wie Gabriela die Hochzeitsgesellschaft verlies.

„Gabriela. Gabriela! Du gehst?" Er rannte hinter ihr her. Gabriela nickte. „Ich habe noch eine Verabredung mit dem Informanten."

„Um diese Uhrzeit?"

„Du kennst ja das rumänische Sprichwort: *A trecut baba cu colacii.* Die Omi mit dem Kuchen ist schon vorbeigegangen. Der Informant hat noch weitere

Interessenten an der Hand. Wenn wir zu spät sind, war's das."

Breda nickte. „Ich komme mit. Du solltest dich als Frau nicht alleine mit so zwielichtigen Personen treffen und schon gar nicht um diese Uhrzeit."

Gabriela lachte schallend und warf ihr langes Haar zurück. „Wir sind selbst ziemlich zwielichtig, Breda. Und danke, ich kann ganz gut alleine auf mich aufpassen."

Breda schüttelte den Kopf. „Dennoch. Ich komme mit!"

Sie stiegen in Gabrielas Wagen ein. Ein alter Mustang. Schwarz und glänzend. Breda beneidete Gabriela um dieses Prachtstück. Das Ächzen der Karosserie beim Einsteigen verriet, dass der Mustang seine besten Zeiten schon weit hinter sich gelassen hatte und der schöne Schein mehr versprach, als dahintersteckte.

„Wo fahren wir hin?", fragte Breda.

„Ferentari."

„Ferentari? War ja klar." Breda schauderte es.

Bukarest war in sechs administrative Sektoren unterteilt, die je ein eigenes Rathaus und einen eigenen Bürgermeister hatten. Zum Sektor fünf gehörte Ferentari. Der Stadtteil mit dem schlechtesten Ruf und bekannt für seine Kriminalität. Prostitution und Drogendelikte gehörten hier zur Tagesordnung. Breda war schon einmal dort gewesen. Ferentari war grau. Graue Wohnblöcke ohne Putz und im schlechten Zustand. Grau vor Unrat, grau vor Hoffnungslosigkeit. Klar, gab es hier auch die besseren Straßen. Links an der

Ecke Cale Rahovei und der Straße Ferentari begannen die neuen Wohnblocks. Doch der Großteil von Ferentari war grau und verdreckt. Ein Slum. Im Schein der wenigen Straßenlaternen sah er die Müllberge, die sich überall türmten. An den Häuserfronten, an der Bushaltestelle, am Laternenpfahl. Jede Stelle schien recht zu sein, um Unrat anzuhäufen. Breda verzog angeekelt das Gesicht.

Gabriela bog ab und parkte den Wagen.

„Stada Livezilor. Von dieser Straße sollte man sich fernhalten. Muss das denn sein?", flüsterte Breda heiser.

„Du wolltest ja unbedingt mitkommen", erwiderte Gabriela. Sie öffnete die Motorhaube ihres Wagens und den Deckel des Sicherungskastens und entnahm die weiße Plastikzange, mit der sie die Hauptsicherung herauszog und in ein kleines Kästchen verstaute.

„Die einfachste Diebstahlsicherung", sagte sie, schloss wieder den Sicherungsdeckel und die Motorhaube und sperrte zusätzlich das Auto ab.

„Was ist?", spottete Breda. „Traust du deinen zwielichtigen Freunden nicht?"

„Wohl kaum. Komm mit und sei leise. Das Sprechen überlässt du mir."

Die Luft stank erbärmlich. Breda versuchte, möglichst flach zu atmen. Aus den Augenwinkeln sah er kleine Geschöpfe durch den Unrat huschen. Ratten! Er hasste Ratten. Als Kind war er von so einem Vieh gebissen worden und hatte durch die Entzündung und die einsetzende Blutvergiftung beinahe seine Hand verloren.

Plötzlich rannte ihm etwas über die Füße. Erschrocken schrie Breda auf. Gabriela blieb ruckartig stehen und blickte sich wütend zu ihm um.

Breda zog den Kopf ein. „Entschuldige. Mir ist so ein Rattenvieh direkt über die Füße gelaufen."

Aus einer Häuserschlucht ertönte das Gelächter mehrerer Männer. Gabriela fuhr herum und versuchte mit zusammengekniffenen Augen, etwas in der Dunkelheit zu erkennen. Ein Mann trat in den Lichtkegel einer Laterne.

„Hallo, Gabriela. Pünktlich, wie immer."

„Hallo, Cosmin."

Cosmin sah mit finsterer Miene zu Breda. „Wer ist das?", fragte er und griff nach etwas in seiner Jacke.

Breda stockte der Atem. Zog der Kerl jetzt eine Waffe, nur weil er Gabriela begleitete?

„Namen spielen keine Rolle. Er ist ein Freund und vertrauenswürdig", sagte Gabriela.

Cosmin schaute noch immer skeptisch.

„Du verbürgst dich für ihn?"

„Ja, das tue ich", sagte Gabriela.

Cosmin zog die Hand wieder aus seiner Jacke und entspannte sich ein wenig.

„Also gut. Auf deine Verantwortung. Hast du das Geld?"

„Vierhundertfünfzig Leu, wie vereinbart. Hast du die Informationen?"

Sie hielt ihm ein Bündel Geld hin. Er griff mit gierigem Blick danach, doch Gabriela hielt das Bündel fest in ihrer Hand. Sie kniff leicht die Augen zusammen. Ein gefährlicher Ausdruck, und Cosmin wusste ihn richtig einzuschätzen. Er seufzte übertrieben und winkte in die Dunkelheit. Eine schattenhafte Gestalt trat heraus und reichte Cosmin einen dicken Umschlag.

„Ausdrucke. Keine elektronischen Dateien. Wie gewünscht", sagte er.

„Und diese Informationen sind zuverlässig?", fragte Gabriela.

„Wie lange arbeite ich schon mit deinem Clan zusammen?", fragte Cosmin beleidigt. „Ich habe nur die besten Quellen. Direkt aus Deutschland."

„Von wo in Deutschland?"

„Direkt aus dem Saarland. Wie gewünscht. Auch wenn ich erst einmal recherchieren musste, wo das überhaupt liegt. Warum wolltest du gerade Informationen aus dieser Gegend?"

„Das spielt keine Rolle", sagte Gabriela.

Cosmin seufzte theatralisch und fuhr dann fort: „Die Objekte wurden schon markiert. In den Unterlagen befinden sich die Einzelheiten."

„Gut." Gabriela griff mit der einen Hand nach dem Umschlag und ließ mit der anderen Hand das Bündel

Geldscheine los. Cosmin nahm es sogleich an sich und begann hastig, mit leuchtenden Augen, zu zählen. Er nickte kurz. „Wie immer schön, mit dir Geschäfte zu machen, Gabriela. Denk an mich, wenn du wieder mal was planst und grüße deinen Clan von mir!" Damit war er in der Dunkelheit verschwunden.

Breda atmete trotz des Gestanks tief durch. „Ich kenne deine Gründe, warum du unbedingt im Saarland arbeiten möchtest."

„Ja, man ist ruck-zuck über die Grenze nach Frankreich oder Luxemburg. Die Lage ist ideal", sagte Gabriela.

„Und deine Schwester Luana lebt dort, nicht wahr?"

Gabriela lächelte Breda an. „Ich habe sie schon ewig nicht mehr gesehen", gestand sie ein.

Hinter ihnen ertönte ein tiefes, kehliges Knurren.

Sie drehten sich langsam um. Versuchten in der Dunkelheit etwas zu erkennen. Ein Auto fuhr vorbei und kurz sahen sie in die reflektierenden Augen eines dürren Straßenhundes, der sich ihnen mit gesträubtem Fell und gebleckten Zähnen langsam näherte.

„Immer mit der Ruhe, Großer", sprach Breda beruhigend auf den Hund ein.

„Wir verschwinden schon aus deinem Revier. Siehst du?" Rückwärtsgehend, ohne den Hund aus den Augen zu lassen, versuchten sie den Abstand zu dem Tier zu vergrößern. Doch dieses dachte gar nicht daran, sich so leicht abschütteln zu lassen und kam weiter auf sie zu.

„Wir müssen so schnell wie möglich hier weg, Gabriela. Ich zähle bis drei und dann rennen wir los", sagte Breda.

„Nein! Wenn wir fliehen, weckt das erst recht den Jagdinstinkt des Hundes. Wir sind nicht schneller als dieses Tier, Breda. Wir müssen ihm zeigen, wer der Boss ist. Das ist unsere einzige Chance", beschwor ihn Gabriela.

„Ach, und wie willst du ihm das beibringen?"

„Such dir eine Waffe!"

Breda sah sich um. Auf einem der Müllberge lag eine verrostete Eisenstange. Langsam beugte er sich hinunter, um sie aufzuheben. Der Hund deutete das als Zeichen von Schwäche und stürmte mit einem wütenden Kläffen nach vorne, um anzugreifen. Gabriela stieß einen Kampfschrei aus und schlug dem heranstürmenden Tier den dicken Umschlag mit den Unterlagen des Informanten um die Ohren. Erschrocken winselte der Hund auf und schüttelte sich. Breda ließ ihm keine Zeit, sich zu erholen. Er stürmte ebenfalls laut brüllend auf das Tier zu und schlug mit der Eisenstange nach ihm, traf ihn an der Schulter. Der Köter jaulte auf und flüchtete um die nächste Häuserecke.

„Wir müssen sofort hier weg, bevor sich das Vieh von seinem Schrecken erholt und ernsthaft zum Angriff übergeht", sagte Gabriela.

„Können wir jetzt rennen?"

„So schnell du kannst, Breda. So schnell du kannst."

Kapitel 3

Das dröhnende Rauschen seines Blutes brachte ihn fast um den Verstand. Das Adrenalin ließ selbst seine Haarspitzen kribbeln. Immer wieder schlug er mit dem kostbaren Jadefuß der kleinen Tischlampe zu. Auf und nieder. Wie ein Schmied bei seiner Arbeit. Endlich kam ihm in den Sinn, dass der Mann zu seinen Füßen schon lange tot war. Er hielt keuchend inne, wischte sich mit seinem blutigen Handrücken das schweißnasse Gesicht ab. Mit weit aufgerissenen Augen blickte er in den Spiegel, der über dem Sideboard hing, von welchem er die Tischlampe genommen hatte. Er hatte sich das Blut seines Opfers durch das ganze Gesicht geschmiert. Eine grausige Kriegsbemalung. Archaisch. Wild. Ungewohnt.
Mit kalten Augen betrachtete er die Leiche des Mannes vor sich. Das war nicht geplant gewesen, doch jetzt nicht mehr zu ändern. Er bedauerte es nicht. Er hatte sich im Rausch des Tötens gehen lassen. Wie ein Tier. Doch nun war es an der Zeit, dass sein Verstand wieder die Kontrolle übernahm. Die nächsten Schritte mussten gut durchdacht werden. Er stellte die bluttriefende Lampe auf das Sideboard zurück und warf eine Wolldecke von der Couch über den zertrümmerten Schädel seines Opfers. Es gab keinen Grund, diesen grausigen Anblick noch länger zu ertragen. Er

schlenderte zu der Vitrine mit den ausgestellten Whisky-flaschen, griff sich eine, betrachtete sie nachdenklich, bevor er ein Glas aus dem benachbarten Fach nahm und sich eine großzügige Portion einschenkte. Er setzte sich in einen antiken Ohrensessel und schlug die Beine übereinander. Ein erster, großer Schluck nahm ihm beinahe den Atem. Der rauchige Whisky brannte in seiner Kehle. Das restliche Glas leerte er mit kleinen, bedächtigen Schlucken, während seine emotionslosen Augen den Raum scannten. Alleine hier lagerten eine Menge Wertgegenstände. Er bezweifelte, dass er sich selbst auch nur den Whisky leisten konnte, den er gerade trank.

Er verzog das Gesicht und prostete dem Toten zu. „Das gehört jetzt alles mir, mein Lieber. Alles mir."

Kapitel 4

Vor der Absperrung des Tatorts zogen Kriminalhauptkommissar Aaron Breuer und sein Team die weißen Einwegoveralls mit Kapuzen sowie die entsprechenden Handschuhe, Fußüberzieher und den Mundschutz an.

„Ich hasse diese Ganzkörperkondome", murmelte Kathrin Momsen, als sie damit kämpfte, ihren braunen lockigen Bob unter die Haube zu bringen.

Manni gluckste. „Das sagst du jedes Mal, Momo. Aber du weißt ja: Eine schöne Frau kann nichts entstellen. Sieh dagegen mich an: Das Michelin Männchen ist schlank neben mir. Ich sehe in diesen Dingern eher aus wie ein Heißluftballon."

Momo schaute zu ihm hinüber und kicherte.

Breuer wartete mit Damian Johannsson schon am Absperrband. „Seid ihr endlich fertig?"

„Klar, Chef. Wir sind startklar", sagte Momo und eilte an Breuers Seite. Damian hob das Absperrband hoch, sodass alle passieren konnten. Auf der anderen Seite wartete schon Engel, der chronisch schlecht gelaunte Chef der Spurensicherung. Man konnte ihn unter all den weiß gekleideten Menschen leicht an seinem hünenhaften Körperbau erkennen.

„Auf dem Trampelpfad bleiben! Wir sind noch nicht ganz durch", bellte er die Kommissare wie Neulinge an.

Der sogenannte Trampelpfad war eine mit einem Absperrband markierte Strecke, über die man gehen konnte. Die anderen Bereiche durften erst betreten werden, nachdem die Spurensicherung mit ihrer Arbeit am Tatort fertig war. So verhinderte man, dass durch die Polizei selbst versehentlich Spuren vernichtet oder unbrauchbar gemacht wurden.

Der Pfad führte in ein modern eingerichtetes Wohnzimmer. Die Einrichtung sah teuer aus und war mit Blutspritzern übersät. Der ganze Raum schien rot gesprenkelt. In seiner Mitte lag bäuchlings die Leiche. Eine blutdurchtränkte Decke bedeckte den Kopf. Breuer zeigte darauf.

„Hat die jemand nachträglich hingelegt?"

„Nein, der Tatort ist unverändert", sagte eine junge Frau und kam auf sie zu. Ihr Gang wirkte selbstsicher, ihre Haut dagegen ein wenig bleich.

„Hallo, Anna", begrüßte Breuer seine Kollegin vom Kriminaldauerdienst. „Wie ist die Lage?"

„Die Spusi hat sich bereits bis zur Leiche vorgearbeitet. Ich denke, ihr könnt gleich einen Blick unter die Decke werfen. Das Haus gehört Richard Roth, einem Anwalt, vierundfünfzig Jahre. Er wurde noch gestern, gegen 17:00 Uhr, lebend von einem Nachbarn gesehen. Die Putzfrau fand ihn heute Morgen um 8:30 Uhr. Folglich muss der Tod zwischen 17:00 Uhr gestern Abend und 8:30 Uhr heute Morgen eingetreten sein. Da die Leichenstarre vollständig ausgeprägt ist, liegt der Zeitpunkt grob geschätzt zwischen 17:00 und 02:30 Uhr. In der Rechtsmedizin kann bei der Obduktion der Zeitpunkt gewiss noch genauer eingegrenzt werden."

„Wo befindet sich die Putzfrau?", fragte Breuer.

„Im Krankenhaus. Sie stand vollkommen unter Schock und konnte nicht viele Angaben machen", sagte Anna.

„Das kann ich gut verstehen", meinte Damian mit seiner ruhigen Stimme. „Schaut euch diesen Tatort an. Sieht ganz nach einem Overkill aus."

„Ja, scheint so", erwiderte Breuer und betrachtete die mit Blutspritzern übersäten Wände.

„Der Rest des Hauses schreit allerdings Einbruch", schaltete sich Manni ein.

Breuers Blick schweifte über das Chaos. Der Inhalt der Schubladen lag auf dem Boden verstreut, Schranktüren standen offen, Porzellan lag zertrümmert herum.

„Vielleicht hat der Täter etwas Bestimmtes gesucht", mutmaßte Damian.

„Dafür hat er aber eine Menge mitgehen lassen. Ich bezweifle, dass diese Vitrinenfächer alle leer standen", hielt Manni dagegen.

„Ja, du hast recht. Andererseits ..." Damian sah zu einem Gemälde, welches an der Wand ihnen gegenüber hing.

Momo folgte seinem Blick und verzog das Gesicht. „Der Kerl hatte einen fürchterlichen Kunstgeschmack."

„Hmm, das scheint eine Lithographie von Otto Dix zu sein. Dieses Bild ist unglaublich wertvoll", sagte Damian.

„Das macht es aber auch nicht schöner. Seht euch diesen grotesken Kopf an", erwiderte Momo.

„Es könnte sich allerdings auch um eine sehr gute Kopie handeln. Das lässt sich so schnell nicht bestimmen", fuhr Damian unbeirrt fort. Er sah Breuer ins Gesicht. „Da stellt sich mir die Frage, wieso der oder die Einbrecher so etwas hängen lassen."

„Vielleicht, weil sie einen besseren Geschmack als unser Opfer haben", stichelte Momo weiter.

„Was sollen die mit dem Bild? Das hinterlässt eine riesige Spur, die zu ihnen zurück führt. Das Risiko ist viel zu groß", meinte Breuer.

„Ja, aber bei den anderen Gegenständen hat sie das auch nicht gestört", überlegte Manni.

„Eine echte Lithographie von einem namenhaften Künstler ist etwas anderes. So etwas ist zu einzigartig, um es unbemerkt zu verkaufen", beharrte Breuer.

„Seht euch das an." Damian zeigte auf einen blutigen, quadratischen Umriss auf einer Kommode direkt unter dem Bild. Undefinierbare Klumpen mit anhaftenden Haaren klebten an dem Möbelstück.

„Der Abdruck stammt wahrscheinlich von der Mordwaffe. Die Klumpen sind Schädelfragmente und Hirnmasse", erklärte Engel.

„Wurde die Mordwaffe gefunden?", fragte Breuer.

Engel schüttelte den Kopf. „Wenn sie nicht unter der Decke liegt, sieht es schlecht aus. Wir suchen im Anschluss auch noch außerhalb des Hauses, aber wenn sie erst mal aus dem Haus verschleppt wurde, ist die Wahrscheinlichkeit hoch, dass sie entsorgt worden ist."

„Auf der anderen Seite der Kommode steht eine Tischleuchte. Der Fuß aus Jade scheint zum Abdruck zu passen", bemerkte Damian.

„Ja, tut er. Sogar ganz genau", sagte Engel. „Aber das ist nicht die Mordwaffe. Der Lampenschirm und auch der Fuß der Tischleuchte haben nur einige wenige Blutspritzer abbekommen. Die Tatwaffe müsste blutgetränkt sein. Man sieht ja, was da alles noch dran gehangen hat."

„Wenn das nicht die Tatwaffe ist, aber genau von der Form her passt, könnte es sich um das Gegenstück handeln. Dann haben da zwei gleiche Tischlampen gestanden. Die eine wurde zur Tatwaffe und man hat sie wahrscheinlich entsorgt, aber durch die andere wissen wir, wie sie aussah. Das hilft bei der Suche", sagte Damian.

Engel nickte. „Die wäre Gold wert. An der können wir bestimmt Spuren finden. Wenn keine Fingerabdrücke, dann zumindest DNA. Und wenn wir auch nur eine Hautschuppe über einem Blutstropfen finden, ist das so gut wie ein Geständnis. Habt ihr bei den Blutspuren hier im Raum die Menge an Schleuderspuren an der rechten Wand und der Zimmerdecke bemerkt? Der Täter muss immer wieder auf den schon blutenden Kopf geschlagen haben. Das Blut, welches sich an dem Fuß der Lampe befand, wurde beim raschen Ausholen durch die Fliehkraft von der Tatwaffe weggeschleudert. Die sehen anders aus als die Spritzspuren."

„Demnach müsste der Täter direkt über dem Opfer gestanden haben. Und er war Rechtshänder. Ansonsten müssten sich diese Spritzer an der linken Zimmerwand wiederfinden", folgerte Damian.

Engel nickte. „Die Blutspurenanalytiker dokumentieren alles, auch für spätere Analysen. Die können sich hier richtig austoben."

Ein Mitarbeiter der Spurensicherung gab Engel ein Zeichen. Dieser nickte und erklärte: „Wir können jetzt die Decke wegnehmen."

Der Anblick des eingeschlagenen Schädels drehte Breuer den Magen um. Damian hatte recht. Auf diesen Mann war auch nach seinem Tod weiter eingeschlagen worden. Ein Overkill.

„Keine Mordwaffe", bemerkte Engel. Man konnte ihm die Enttäuschung anhören.

„Das wäre auch sehr unlogisch gewesen. Warum hätte der Mörder die Tatwaffe nach dem Mord wieder auf die Kommode stellen sollen und sie dann wieder neben der Leiche platzieren, um eine Decke darüber zu legen?", meinte Damian.

Engel sah ihn an. Die Augen zu Schlitzen verengt. „Zu theoretisieren ist Ihr Fach. Meine Leute und ich halten uns an die Fakten." Mit diesen Worten verschwand er, bevor Damian eine Erwiderung hervorbringen konnte.

„Als würden wir uns nicht an die Fakten halten", murmelte Damian beleidigt.

Nach der ersten Besprechung der Sachlage, machte sich das Team konzentriert an die Arbeit. Jedes einzelne Mitglied war ein Zahnrad in der großen Maschinerie der Mordermittlung. Jeder kannte die Abläufe und seinen Platz darin. Darum achtete Breuer auch darauf, möglichst immer sein Kernteam zusammenzutrommeln, wenn es darum ging, eine neue Mordkommission zu bilden. Dazu gehörten die IT-Spezialistin Kriminalkommissarin Kathrin Momsen, auch Momo genannt, und Kriminaloberkommissar Dirk Falkner mit dem entomologischen Fachwissen. Manni, Kriminaloberkommissar Manfred Dresslau, war nicht nur die gute Seele des Teams, sondern sah auch die großen Zusammenhänge, wo andere sich im Detail verrannten. Kriminalkommissarin Johanna Schneider, kurz Jo genannt, hatte sich dem Spezialgebiet der Psychologie verschrieben und Kriminalkommissar

Damian Johannsson glänzte durch sein enzyklopädisches Wissen und seine Beobachtungs- und Kombinationsgabe. Und er, Kriminalhauptkommissar Aaron Breuer, leitete die Ermittlung mit seiner jahrelangen Berufserfahrung und seiner hervorragenden Menschenkenntnis.

„Alles in Ordnung, mein Junge?", fragte Breuer leise.
Damian sah ihn fragend an.
„Dich scheint irgendetwas zu bedrücken."
Breuer hatte Damian kennengelernt, da war dieser gerade mal fünfzehn Jahre alt gewesen. Superintelligent, schmächtig, verwahrlost und heroinabhängig. Er hatte Damian mithilfe von Doktor Elfi Sommer aus der Sucht befreien können, ohne dass etwas davon in einer Akte auftauchte. Er wollte dem Jungen, den er wie einen Sohn liebte, nicht seine Zukunft verbauen.
Damian seufzte. „Entschuldige, Aaron. Ich bin mit meinen Gedanken immer noch bei meinem Gespräch mit Sarah, gestern Abend. Sie war so ... ich weiß nicht. In letzter Zeit ist sie so empfindlich und dünnhäutig. Manchmal habe ich das Gefühl, ihr geht es nicht gut, aber wenn ich sie danach frage, bekomme ich nur schwammige Antworten. Sie scheint manchmal meilenweit weg von mir, obwohl sie direkt neben mir sitzt. Es gibt Momente, da fürchte ich, ... na ja, dass sie keine Lust mehr auf unsere Beziehung hat."

Breuer seufzte. „Du musst weiter versuchen, mit ihr zu reden. Das Ende der Kommunikation ist das Ende der Beziehung. Merk dir das, Junge!"

Damian nickte.

„Chef, komm mal her", rief Momo. Sie war den Pfad bis zur Haustür zurückgegangen und kauerte außen am Rahmen. Als Breuer und Damian näher kamen, zeigte sie auf ein paar Kratzer zu ihren Füßen.

„Für Einbruchsspuren liegen sie zu tief", sagte Breuer.

„Nein, Chef. Sieh mal genau hin." Momo sprang auf und trat zur Seite.

Auf dem Türrahmen war ein Symbol zu sehen, welches wie ein auf dem Kopf stehendes T aussah. Daneben war ein weiteres Zeichen eingeritzt, das aus drei kleinen Kreisen in der oberen Reihe und zwei kleinen Kreisen in der unteren Zeile bestand.

Damian beugte sich über Breuers Schulter, um ebenfalls einen Blick darauf zu werfen. „Das sind Zeichen. Gaunerzinken, um genau zu sein. Ein ausgeklügeltes Kommunikationssystem, das schon seit dem zwölften Jahrhundert besteht und noch immer verwendet wird", erkannte er, bevor Breuer etwas sagen konnte.

Momo verdrehte die Augen. „War ja klar, dass da gleich wieder ein Vortrag kommt."

„Du hast uns das doch gezeigt, damit wir erkennen, was es ist", verteidigte sich Damian.

„Ich wollte aber nicht gleich alle geschichtlichen Daten von dir wissen."

„Kann die jemand von euch lesen?", unterbrach Breuer die Streithähne.

„Ich nicht", meinte Momo, bevor Damian etwas erwidern konnte. „Aber das hier schon." Sie zückte ihr Handy und gab „Gaunerzinken" als Suchwort ein.

„Ah, da haben wir es schon. Also, die Kreise bedeuten: ‚Hier wohnen reiche Leute' und das kopfstehende T bedeutet: ‚Hier wohnt eine alleinstehende Person'."

„Hier wohnt eine alleinstehende, reiche Person. Die perfekte Opferbeschreibung", fasste Breuer zusammen.

Damian, der sich mit verschränkten Armen und zusammengezogenen Augenbrauen gegen die Hauswand gelehnt hatte, sah sich um.

„Wir sollten die Häuser in der Nachbarschaft absuchen, ob sich dort auch diese Zeichen finden lassen."

Breuer nickte. „Manni, frag im Präsidium nach, ob hier in der Gegend irgendwelche Einbrüche gemeldet wurden."

Sie fanden noch einige dieser Gaunerzinken in dieser und den umliegenden Straßen. Die Hausbewohner hatten die unauffälligen Zeichen gar nicht bemerkt. Nur ein Mann hatte einen jungen Burschen erwischt, wie er sich an seiner Gartenmauer zu schaffen machte. Er hatte den eingeritzten Strichen jedoch keine Bedeutung beigemessen und dies als blinden Vandalismus abgetan. Manni hatte inzwischen Rückmeldung vom Präsidium, dass tatsächlich vor zwei Tagen, nur wenige Meter vom Tatort entfernt, ein Einbruch stattgefunden hatte. Die Kollegen vom Einbruchsdezernat hatten eine rumänische Bande im Verdacht, da vom Vorgehen einiges darauf hindeutete. Leider wusste man nichts Genaueres über diese Bande, da sie sehr vorsichtig vorging. Die Tatorte waren immer frei von Fingerabdrücken und Fußspuren. Darum hatte diese Bande auch den Namen „Phantom". Wie viele Brüche tatsächlich auf ihr Konto gingen, wusste man nicht. Aber wenn man die Spuren verglich, die ihr Werkzeug beim Aufbrechen von Türen und Fenstern hinterließ, mussten es einige sein. Noch nie wurden sie dabei gesichtet. Man ahnte nur, dass sie aus Rumänien stammten, da dort zwei gestohlene Schmuckstücke gefunden worden waren.

Einem weiteren Nachbarn war auch ein junger Mann aufgefallen, der in der letzten Zeit sehr häufig durch die Straße schlenderte, scheinbar mit aller Zeit der Welt gesegnet, und den er nicht zuordnen konnte. Er hatte ihn erst für den Freund eines Mädchens aus der Straße gehalten, doch dann war dem Mann aufgefallen, dass dieser Junge alle Häuser genau betrachtete. Dies hatte er nach dem Einbruch der Polizei gemeldet, ihn aber seitdem nicht mehr gesehen.

„Das war ein Späher", sagte Damian. „Diese Banden sind hoch organisiert. Informanten geben lohnende Ziele weiter. Die Späher beobachten diese Ziele, also die Häuser und ihre Bewohner, und notieren sich genau, wer wann im Haus ist. Dann kommen die eigentlichen Einbrecher. Sie können mithilfe des gesammelten Wissens der Späher gezielt ihren Bruch durchführen. Darum sind oft auch mehrere Häuser in einer Gegend betroffen. Die werden von der Bande innerhalb von ein paar Tagen abgearbeitet und dann sind sie auch schon wieder über die Grenze verschwunden."

Breuer brummte unwirsch. „Wir arbeiten mal wieder gegen die Zeit. Diese Spur hat erst einmal Vorrang. An jedem Tag, der vergeht, können sich unsere potenziellen Täter nach Rumänien absetzen. Wenn sie sich nach dem Mord nicht schon längst von dannen gemacht haben. Manni, Momo, ihr setzt euch mit den Kollegen vom Einbruchsdezernat in Verbindung und schaut euch die Ermittlungsergebnisse aus dem Einbruch in der Nachbarschaft an. Und informiert unsere rumänischen Kollegen. Sie sollen die Augen offen halten. Gebt alle Informationen über die fehlenden Gegenstände vom Tatort weiter. Auch die vom anderen Einbruchshaus. Vielleicht erwischen wir die Täter, wenn sie versuchen, die gestohlenen Dinge zu verhökern. Jo, wenn Engel mit dem Tatort fertig ist, soll er bitte mit seinem Team zur Spurensicherung in das Haus gehen, wo ebenfalls eingebrochen wurde. Vielleicht finden sie noch Hinweise. Damian, wir befragen die Bewohner des Einbruchhauses und den Nachbarn,

der unser Opfer zuletzt gesehen hat. Los, an die
Arbeit!"

❧

Er wagte nicht, die schwarze Tonne am Straßenrand
aus den Augen zu lassen. Harmlos sah sie aus. Wie all
die anderen, die auf dem Bürgersteig auf ihre Leerung
warteten. Doch ihr Inhalt konnte sein Leben zerstören.
Endlich hörte er das tiefe Grollen des herannahenden
Fahrzeugs. Schon von Weitem sah er die Warnlichter
auf dem Dach des Gefährts, die die Straße in orange-
farbenes, zuckendes Licht tauchten. Ganz langsam,
Haus für Haus, näherte sich das stählerne Ungetüm.
Endlich hatte es seine Tonne erreicht, auch wenn sie
ihm nicht gehörte. Er hatte auf dem Hinweg dieses
Dorf durchfahren und die Mülltonnen am Straßenrand
stehen sehen. Eine davon hatte er ausgewählt. Sie
stand in einer Seitenstraße und er konnte sie unauffällig im Blick behalten. Diese Tonne beinhaltete nun
sein Schicksal. Würden die Müllmänner stutzen? Kam
ihnen etwas verdächtig vor? Ihm war, als müsse man
es der Tonne ansehen, welch brisanten und blutigen
Inhalt sie barg. Doch die Männer gingen, davon unbeeindruckt, ihrer Arbeit nach. Mit dicken Mützen und
Handschuhen versuchten sie sich vor der Kälte zu

schützen, die ihnen heute Morgen ihren Broterwerb so schwer machte.

Ihn störten die niedrigen Temperaturen nicht. Im Gegenteil. Er hieß sie willkommen. Die Kälte war sein Verbündeter. Niemand ging ohne Grund vor die Tür, niemand hielt sich hier länger auf als nötig.

Die Greifarme des Müllautos hievten die Tonne hoch. Der Inhalt wurde in den Schlund des Aufbaus geschüttelt und mit einer Presse an die Rückwand gedrückt. Die Tonne senkte sich wieder zu Boden und wurde durch den Mann in Orange ausgehängt. Das Auto fuhr weiter.

Ein zufriedenes Lächeln huschte über die Züge des Mannes. Wie einfach das doch gewesen war.

Kapitel 5

Die Befragung der Bewohner des Einbruchshauses hatte zu keinem Ergebnis geführt. Sie hatten den Einbruch bemerkt, als sie spät abends von ihrer wöchentlichen Kegelrunde zurückkamen. Die Täter waren jedoch bereits auf und davon. Sie hatten Schmuck und Geld gestohlen sowie ein paar Porzellan-Figuren von Hummel, die einen gewissen Wert besaßen. Sonst fehlte nichts.

Herr Schuster, der Nachbar, der Richard Roth zuletzt lebend gesehen hatte, öffnete seine Haustür nur einen Spaltbreit. Erst als Breuer und Damian ihre Dienstausweise gezeigt hatten, entfernte er die Türkette und ließ sie ein.

„Sie sagten unseren Kollegen, dass Sie Herrn Roth gestern, gegen 17:00 Uhr, noch lebend gesehen haben. Sind Sie sich bei der Uhrzeit ganz sicher?", fragte Breuer.

„Ja, ich wollte die heute-Nachrichten sehen. Die laufen immer um 17:00 Uhr. Als ich wieder ins Haus ging ... also, nachdem ich Richard gesehen hatte, ... da fingen sie gerade an."

„Haben Sie sonst noch jemanden gesehen oder gehört?", fragte Damian.

Herr Schuster schüttelte den Kopf. Dann schien ihm etwas einzufallen. „Aber er hatte Besuch! Da stand ein Auto in der Einfahrt."

„Wie sah es aus?", fragte Damian.

„Silbergrau oder Blau. Ich weiß nicht mehr genau. In der jetzigen Jahreszeit ist es da ja immer schon dunkel."

„Können Sie sich an die Marke erinnern?"

„Nein. Die konnte ich nicht erkennen."

„War es ein Lieferwagen?", hakte Breuer nach.

„Nein, ein ganz gewöhnliches Auto." Der Mann zuckte hilflos mit den Achseln.

„Richard Roth hatte also noch kurz vor seinem Tod Besuch", fasste Breuer das soeben Gehörte zusammen, nachdem sie sich von Herrn Schuster verabschiedet hatten. „Dieser unbekannte Besucher könnte durchaus auch der Mörder sein. Wir müssen herausfinden, um wen es sich dabei handelt. Es wird auch Zeit, den Bruder des Opfers über dessen Tod zu informieren. Er scheint der einzige Angehörige zu sein."

Damian stieg nur ungern aus dem warmen Inneren des Autos aus. Er sah dem vorausgehenden Breuer hinterher. Dieser schien gänzlich unbeeindruckt von der Kälte.

„Roths Solartub System" stand auf dem großen Firmenschild über dem einstöckigen Gebäude, das von außen den Charme einer Lagerhalle versprühte. Im hinteren Teil des Gebäudes schien sich eine Werkstatt zu befinden, aus der allerdings kein Laut nach draußen drang. Sie betraten durch die Eingangstür eine Vorhalle, an deren Ende sich ein großer Schreibtisch befand. Sofort sprang die Frau, die dahinter Platz genommen hatte, auf und eilte ihnen entgegen.

„Willkommen! Sie haben sich richtig entschieden. Roths Solartub System ist der führende Anbieter von Solartubs. Wir vereinen Funktionalität mit Design. Praktisch muss nicht hässlich sein", begrüßte sie die beiden Männer.

„Das stimmt wohl", sagte Breuer und lächelte die Frau an. „Das sieht hier wirklich sehr beeindruckend aus." Er wies zur Decke. In verschiedenen Segmenten waren Solartubs eingebaut, die den Eingangsbereich in helles Licht tauchten. Auf einem großformatigen Anschauungsbild sah man den Aufbau so eines Solartubs, der aus einer Prismenkugel bestand, die auf dem Dach montiert war und darunterliegende Räume durch eine hochreflektierende Lichtröhre mit Tageslicht versorgte. Zahlreiche Grünpflanzen gediehen hier prächtig und verwandelten diesen Ort in eine Oase der Erholung.

Ermutigt durch Breuers Lob, nickte die Frau begeistert. „Mein Name ist Tonja Harbrecht. Wenn Sie möchten, zeige ich Ihnen gerne unsere verschiedenen Produkte. Wir haben für jedes von ihnen einen kleinen

Extraraum gebaut, damit Sie die Unterschiede besser beurteilen können. Alle Produkte haben allerdings eines gemeinsam: Sie bringen Tageslicht in Bereiche, in denen sonst Lichtmangel herrschen würde, und senken effektiv Ihren Stromverbrauch, da Sie weniger Beleuchtung benötigen. Das ist gut für die Umwelt und natürlich auch gut für Ihren Geldbeutel." Sie schenkte ihnen ein strahlendes Lächeln, das sie jünger aussehen ließ, als die fünfundvierzig Jahre, auf die Damian sie im ersten Moment geschätzt hatte.

„Nein, danke. Wir würden gerne mit dem Eigentümer der Firma, mit Herrn Robert Roth, sprechen", sagte Breuer.

Das Lächeln der Frau nahm einen sichtlich angestrengten Ausdruck an. „Herr Roth ist im Moment nicht im Haus. Vielleicht kann ich Ihnen ja weiterhelfen."

„Wann kommt er denn wieder?", fragte Damian.

Frau Harbrecht seufzte auf. „Das weiß ich nicht. Wenn Sie möchten, kann ich ja einen Termin mit ihm ausmachen. Würde Ihnen morgen passen?"

Breuer schüttelte den Kopf und zog seinen Dienstausweis. „Ich müsste wirklich dringend mit Herrn Roth sprechen."

Frau Harbrechts Augen wurden groß. „Kriminalpolizei. Oh, mein Gott. Was ist denn jetzt schon wieder passiert?"

Breuer und Damian sahen sich an.

„Jetzt schon wieder? Wie meinen Sie das, Frau Harbrecht?", fragte Damian.

Die Frau wurde blass und schaute hektisch von einem zum anderen. „Ach, das sagt man doch nur so."

„Nein, sagt man nicht. Was ist passiert? Reden Sie jetzt bitte Klartext. Wir bekommen es ja doch heraus", versuchte Breuer die Frau zum Sprechen zu bringen.

„Worum geht es denn in Ihren Ermittlungen?", fragte die Frau vorsichtig.

„Sie wollten uns Ihren Kommentar erklären", beharrte Breuer.

Tonja Harbrecht fuhr sich mit beiden Händen durchs Gesicht. „Also gut. Wir waren die erfolgreichste Firma im Saarland auf dem Sektor der Solartubs. Die Firma machte monatlich einen bombastischen Umsatz. Wir hatten jede Menge Angestellte. Alles lief richtig gut."

Damian sah sich um. Außer Frau Harbrecht hatte er noch keinen Mitarbeiter der Firma gesehen und es war erstaunlich ruhig hier.

„Aber jetzt läuft es nicht mehr so toll", warf er ein.

Frau Harbrecht seufzte. „Nein, jetzt nicht mehr."

„Was ist passiert?", fragte Breuer.

Die Frau schluckte. „Herr Roth hatte einen Unfall und lag einen Monat im Koma." Sie zögerte.

„Was für einen Unfall?", hakte Damian nach.

„Einen Autounfall. Ein Wildschwein lief auf die Straße. Er kam von der Fahrbahn ab und krachte mit voller

Geschwindigkeit gegen einen Baum." Ihre Stimme war ein leises Flüstern. Ihr flehender Blick erzählte Damian, dass da noch mehr war.

„Aber das ist nicht die ganze Geschichte, oder, Frau Harbrecht?", fragte er.

„Nein, ist es nicht." Sie holte noch einmal tief Luft. „Seine Frau und seine kleine Tochter waren auch in dem Auto. Sie haben den Unfall nicht überlebt. Robert, ich meine, Herr Roth, konnte vor lauter Schuldgefühlen kaum mehr atmen."

„Aber es war ein Unfall. Da konnte er doch kaum etwas dafür", warf Damian ein.

Tonja Harbrecht wandte den Blick ab. „Ja, war es, aber ... sie kamen von einer Geburtstagsfeier ..." Sie zögerte erneut.

Damian nickte verstehend. Seine Mundwinkel zuckten kurz nach unten. „Er war betrunken."

„Nein ... ich meine, ja ... ach, was weiß ich. Er sagte, er fühlte sich nicht betrunken. Aber wenn er ganz nüchtern gewesen wäre, hätte er vielleicht schneller reagieren können. Oder anders. Vielleicht hätten sie überlebt. Diese Ungewissheit kann ihm niemand mehr nehmen."

„Und ab da ging es mit der Firma bergab?", fragte Breuer.

Frau Harbrecht nickte. „Er konnte sich nicht von ihren Gräbern lösen. Tag für Tag verbrachte er auf dem Friedhof. Ich habe versucht, mit ihm zu reden, aber er hat mich nur angebrüllt, war vollkommen von der Rolle. Und Robert Roth ist normalerweise kein Mensch, der laut wird. Er war immer eine Seele von Mensch. Da sieht man, wie fertig ihn die Situation gemacht hat. Er hätte sich auch bestimmt etwas angetan, aber seine Mutter holte ihn zu sich nach Hause. Sie baute ihn wieder auf, sodass er wieder zur Arbeit kommen konnte, wieder leben konnte. Aber mit der Firma war es mittlerweile bergab gegangen. Nach Monaten der Vernachlässigung waren kaum mehr genug Aufträge da, um die Firma vor dem Untergang zu bewahren. Wir mussten fast alle Mitarbeiter entlassen. Nur ein kleiner Kern ist geblieben. Langsam ging es wieder bergauf, da geschah das nächste Unglück. Frau Roth, die Mutter, bekam Lungenkrebs. Sie starb vor zwei Wochen. Robert hat sich aufopferungsvoll um sie gekümmert. Die Firma litt abermals darunter. Uns steht das Wasser bis zum Hals, aber man kann dem armen Mann ja kaum einen Vorwurf machen." Ihre Stimme klang belegt. Sie wandte sich kurz ab, zog ein Taschentuch aus der Tasche ihres Blazers und schnäuzte sich die Nase.

„Wie würden Sie das Verhältnis zu seinem Bruder beschreiben?", fragte Breuer.

Roths Sekretärin zuckte mit den Schultern. „Sie stehen sich, glaube ich, schon nah. Richard ist ja alles, was Robert noch an Familie hat. Warum fragen Sie nach Richard? Ist ihm etwas passiert?"

Breuer ging nicht auf die Frage ein. „Kennen Sie Richard Roth?"

„Nur mal vom Sehen. Er ist ein-, zweimal hier vorbeigekommen, war auf einer Weihnachtsfeier der Firma dabei, als es dieser noch gut ging, aber sonst ..."

„Wie würden Sie ihn beschreiben?", fragte Damian.

„Er ist der extrovertierte Typ. Ganz anders als Robert. Er scheint sehr wohlhabend zu sein. Hat so etwas jedenfalls gerne raushängen lassen. Das hat mich schon ein wenig gestört. Aber ansonsten machte er einen ganz netten Eindruck auf mich."

„Wissen Sie von irgendwelchen Problemen, die Richard Roth hatte? Hatte er mit jemandem Ärger?", hakte Damian nach.

Frau Harbrecht schüttelte hilflos ihren Kopf. „Ich weiß von nichts."

„Haben Sie eine Ahnung, wo wir Herrn Robert Roth finden können? Wir müssten wirklich dringend mit ihm sprechen", drängte Breuer.

Frau Harbrecht seufzte. „Na, auf dem Friedhof. Seit dem Tod seiner Mutter verbringt er wieder sein halbes Leben dort. Wenn das so weitergeht, muss auch ich mich nach einem neuen Job umsehen."

Damian und Breuer verabschiedeten sich von der Frau. Bevor sie die Firma verlassen konnten, bohrte die Sekretärin noch einmal nach. „Was ist denn jetzt passiert? Ist mit Richard alles in Ordnung?"

Damian und Breuer sahen sich an.

„Dazu können wir Ihnen leider nichts sagen. Sie können Ihren Chef fragen, sobald wir mit ihm gesprochen haben", sagte Breuer. Während sie zur Tür gingen, hörten sie noch Frau Habrechts Worte: „Wenn Richard nun auch noch etwas passiert sein sollte ... das würde Robert nicht überleben."

Bevor sie zum Friedhof fuhren, rief Breuer im Präsidium an und bestellte Johanna Schneider, die Kriminalpsychologin, zu sich.

„Jo, kannst du bitte die Notfallseelsorge anrufen? Wir werden jetzt gleich den Bruder von Richard Roth über dessen Tod informieren und befragen. Nach allem, was ich bisher so erfahren habe, könnte der Mann suizidgefährdet sein. Da können wir einen Profi in Sachen Opferbetreuung gebrauchen."

Jo versprach, sich sofort darum zu kümmern.

Das Wageninnere hatte sich merklich abgekühlt, als Jo zwanzig Minuten nach ihnen auf den Parkplatz des Friedhofes fuhr. Breuer und Damian stiegen aus und begrüßten die Kollegin.

„Frau Sturm von der Notfallseelsorge hat Bereitschaft. Sie ist aber gerade in einem Gespräch und braucht noch einen Moment", informierte sie Johanna Schneider.

Die Stille auf dem Friedhof war beeindruckend. Um diese Jahreszeit hielten sich hier nicht viele Menschen auf. Der Raureif glitzerte in der kalten Dezemberluft und die tief stehende Sonne tauchte alles in ein märchenhaftes Gold. Dennoch konnte Breuer das großartige Naturschauspiel nicht genießen. Der Gedanke, gleich einem Menschen den letzten kleinen Halt unter den Füßen wegreißen zu müssen, machte ihm schwer zu schaffen. Damian und Johanna erging es wohl genauso, denn sie trotteten mit gesenkten Köpfen schweigend neben ihm her. Damian hatte seine Hände in seinem schwarzen Wollmantel vergraben.

„Dort hinten ist jemand. Das könnte Robert Roth sein." Breuer deutete auf einen Mann, der auf einer Holzbank am Weg saß. Sein Blick war auf die gegenüberliegenden Grabsteine gerichtet, verlor sich aber im Nichts. Breuer las die Inschrift auf diesen Steinen: „Hier ruhen Saskia Roth, geliebte Ehefrau und Mutter, und Miriam Roth, unser kleiner Engel. Ihr werdet nie vergessen werden."

Ja, hier waren sie richtig.

„Herr Robert Roth?", sprach Breuer den sitzenden Mann an. Dieser tauchte aus seinen Gedanken, in denen er sich verloren hatte, auf und schien sie erst jetzt zu bemerken. Sein Haar, die Augen, der Schal und der dicke Wollmantel waren grau. Selbst die Haut des Mannes hatte jeden rosigen Schimmer verloren. Es war beinahe so, als wären Robert Roth die Farben abhandengekommen. Seine Welt bestand nicht einmal mehr aus Schwarz oder Weiß. Sie war nur noch grau.

„Ja?", fragte er.

„Ich bin Kriminalhauptkommissar Breuer, das sind meine Kollegen, Kriminalkommissar Johannsson und Kriminalkommissarin Schneider. Wir müssen mit Ihnen reden. Sollen wir zu Ihnen nach Hause gehen?", fragte Breuer.

Herr Roth sah sich um. „Ich bin schon zu Hause. Sehen Sie", er deutete auf eine freie Grabstelle neben dem Grab seiner Familie. „Hier habe ich auch schon einen Schlafplatz. Den habe ich mir reservieren lassen, für den Tag, an dem ich für immer die Augen schließen werde."

Breuer schluckte. Frau Harbrecht hatte nicht übertrieben, als sie die psychische Verfassung von Robert Roth geschildert hatte. Jo setzte sich neben dem Mann auf die Friedhofsbank. Sie schwiegen eine Weile. Verzweifelt suchte Breuer nach Worten. Aber wie er es auch formulierte: Er konnte der Nachricht nicht ihr Grauen nehmen.

„Herr Roth, wir müssen Ihnen leider mitteilen, dass Ihr Bruder, Richard Roth, zu Tode gekommen ist."

Breuer erwartete einen Wutausbruch oder ein völliges Zusammenbrechen des Mannes, aber Robert Roth blieb nur erstarrt auf der Bank sitzen, mit hängenden Schultern, bewegungslos. Nur ein unheimliches Stöhnen, das aus der tiefsten Seele zu kommen schien, entrang sich seiner Kehle. Nach einer Weile sah er Breuer an. Die Augen leer und müde. „Wie?"

„Wir stehen noch am Anfang unserer Ermittlungen. Das Haus wurde durchwühlt. Einige Dinge scheinen zu fehlen. Wenn Sie uns einen Hinweis darauf geben könnten, was genau fehlt, würde uns das enorm helfen, den oder die Täter zu ermitteln. Waren Sie öfter in dem Haus Ihres Bruders?"

„Ja, erst gestern", Roth nickte. „Gestern war ich sogar zweimal bei Richard."

„Wieso zweimal?", fragte Damian.

„Wegen der Wohnungsauflösung unserer Mutter." Er zeigte auf ein frisches Grab in derselben Reihe. „Sie ist vor zwei Wochen gestorben. Da ist noch einiges zu organisieren."

„Wann waren Sie gestern bei Ihrem Bruder?", hakte Damian nach.

Der Mann überlegte einige Zeit. „Gegen Mittag und später noch einmal ab sechzehn bis ungefähr achtzehn Uhr. So genau kann ich das nicht mehr sagen."

Breuer und Damian sahen sich an. Dann war Robert Roth der unbekannte Besucher kurz vor Richards Ermordung gewesen.

„Haben Sie bei Ihrem letzten Besuch etwas Ungewöhnliches festgestellt? Einen Anruf? Ein Geräusch? Irgendetwas?", übernahm wieder Breuer.

Roth legte die Stirn in Falten. „Nein, eigentlich nicht. Das heißt, doch! Irgendein Nachbarshund hat fürchterlich gekläfft. Ich habe mal aus dem Wohnzimmerfenster gesehen, aber um diese Jahreszeit ist ja schon alles dunkel. Ich konnte nichts erkennen. Glauben Sie, der Mörder war zu diesem Zeitpunkt schon da?"

Roth sah sie mit schreckensweiten Augen an. „Oh, mein Gott! Warum bin ich nicht zum Abendessen geblieben, wie Richard es vorgeschlagen hat? Dann würde er jetzt vielleicht noch leben." Er sank auf der Bank zusammen und verbarg das Gesicht in den Händen.

„Vielleicht wären Sie dann beide tot oder es wäre ein paar Stunden später passiert. Machen Sie sich deshalb keine Vorwürfe. Nichts davon ist Ihre Schuld. Noch nicht einmal ansatzweise", versuchte Johanna, Robert Roth zu beruhigen. Wenn der gebrochene Mann sich nun auch noch für den Tod seines Bruders verantwortlich fühlte, konnten sie gleich damit anfangen, das reservierte Grab neben dessen Frau und Tochter auszuheben. Wenn doch nur schon die Notfallseelsorgerin da wäre.

„Hatte Ihr Bruder mit irgendjemandem Probleme? Gab es mit jemandem Streit?", fragte Damian.

Robert schwieg einen Augenblick. „Ja, er hat sich beruflich nicht immer Freunde gemacht. Er war Anwalt, hatte sich auf Insolvenzverwaltung spezialisiert. Er musste einigen Firmen sagen, dass sie ihre Leute entlassen müssen und Gelder einfrieren und so. Da ist man nicht gerade beliebt."

Damian notierte sich alles eifrig.

„Aber ich dachte, es sei ein Einbruch gewesen?", fragte Roth und sah auf. „In der Nachbarschaft wurde die Tage auch schon eingebrochen. Wissen Sie schon davon? Richard hat es gestern erwähnt."

„Ja, das wissen wir schon. Wir ermitteln im Moment in alle Richtungen", erklärte Damian. „Wie war denn Ihr Verhältnis zu Ihrem Bruder?"

Robert Roth sah Damian einen Moment sprachlos an. „Sie meinen doch nicht ... Sie wollen doch nicht andeuten, dass ich etwas mit Richards Tod zu tun habe?" Seine Stimme wurde laut. Ein kurzes, hysterisches Lachen entrang sich seiner Kehle. Er sprang mit geballten Fäusten auf. „Mein Gott, er war mein Bruder, der letzte Rest an Familie, der mir noch geblieben war. Jetzt bin ich ganz alleine."

Jo legte dem aufgebrachten Mann eine Hand auf dem Arm und suchte Augenkontakt. Erst als Roths stahlgraue Augen in ihre blickten, sprach sie im ruhigen, beschwörenden Tonfall. „Wir wollen gar nichts andeuten, Herr Roth. Es gibt gewisse Fragen, die wir Ihnen einfach stellen müssen. Das gehört zur Routine einer anständigen Todesermittlung und Sie wollen doch mit Sicherheit am meisten, dass wir hier sehr gründlich vorgehen, nicht wahr?"

Robert Roth nickte. „Ja, natürlich." Er atmete tief durch und setzte sich wieder, bevor er leise fortfuhr: „Richard und ich waren uns nicht in allem einig. Aber wir wussten beide, was wir aneinander hatten. Als mein Bruder und ich noch sehr klein waren, verließ uns unser Vater. Mutter musste uns alleine durchbringen

48

und sie hat sich wirklich halb tot geschuftet für uns. Abends, wenn sie uns ins Bett brachte, ging sie immer zu jedem von uns, strich durch unser Haar und sagte: ‚*Ich bin so froh, dass ich dich habe.*‘ Wir wussten, dass viele Leute hinter unserem Rücken tuschelten, dass Mutter ohne uns besser dran wäre, aber wir wussten auch, dass sie uns liebte und uns um keinen Preis der Welt wieder hergeben wollte. Das war ein wunderbares Gefühl. Wir hatten eine gute Kindheit. Und als ich heiratete und meine kleine Miriam geboren wurde ... wie waren wir glücklich! Unsere Familie wuchs. Die kleine heile Welt wurde groß. Es war fantastisch. Dann waren meine Frau und meine Tochter plötzlich tot und dann ist auch noch Mutter gestorben. Aus einer wachsenden, lebendigen Familie wurden zwei einsame Männer. Ich habe zu Richard gesagt: ‚Jetzt bist du die letzte Hoffnung, dass unsere Familie doch noch groß wird. Ich bin zu kaputt dazu.‘ Und jetzt ist er auch noch tot und ich weiß nicht, wie ich es alleine schaffen soll. Vielleicht haben wir uns ab und zu gestritten, wie Brüder halt mal streiten. Aber ich hätte lieber mir etwas angetan, als ihm.“

Breuer lag auf der Zunge, zu fragen, worum es in ihren Streitigkeiten gegangen war, aber er hielt es für besser, solche Fragen für später aufzuheben. Falls sie dann noch gebraucht wurden. Erleichtert sah er die Notfallseelsorgerin auf sie zukommen, mit der er schon öfter zusammengearbeitet hatte.

„Darf ich vorstellen: Das ist Frau Sturm. Sie ist Notfall-seelsorgerin und hilft Opfern und deren Angehörigen. Sie können mit ihr über Ihren schrecklichen Verlust sprechen."

„Ich will nicht darüber reden. Sie haben ja keine Ahnung, wie schwer es mir fällt, alleine mit Ihnen hier und jetzt zu sprechen", krächzte Roth. „Ich möchte nur, dass der Mörder meines Bruders gefasst wird. Deshalb tue ich es."

Breuer nickte. „Vielen Dank für diese Kraft, Herr Roth. Ich kann mir kaum vorstellen, wie schwer das alles im Moment für Sie sein muss, aber wenn Sie sich dazu in der Lage sehen, würden wir Ihnen gerne auf dem Revier eine digitale Rekonstruktion des Tat-orts zeigen? Sie könnten uns sagen, was entwendet wurde. Je eher wir wissen, nach welchen Gegenstän-den wir suchen müssen, desto schneller können wir reagieren, falls etwas als Hehlerware angeboten wird."

Robert schluckte. „Ist dort auch seine Leiche zu sehen?"

Jo schüttelte den Kopf. „Nein, Herr Roth. Es wurde extra noch eine Aufnahme ohne die Leiche gemacht. Ich fürchte nur, dass da sehr viel Blut zu sehen sein wird", sagte sie sanft.

„Okay. Ich komme am besten gleich mit Ihnen. Ich weiß nicht, ob ich morgen noch die Kraft dazu haben werde."

Die Notfallseelsorgerin reichte Robert Roth eine Visitenkarte. „Wenn Sie im Moment nicht mit mir reden möchten, ist das okay. Aber bitte zögern Sie nicht, bei Bedarf mit mir in Kontakt zu treten. Dafür bin ich da. Auch wenn schon einige Zeit ins Land gegangen sein sollte."

Roth nickte abwesend und steckte die Karte in seine Manteltasche.

„Ich komme auf jeden Fall noch mit Ihnen aufs Präsidium. Falls Sie mich brauchen, werde ich direkt bei Ihnen sein", sagte Frau Sturm.

Kapitel 6

Damian beobachtete Robert Roth. Der Mann saß zusammengekauert auf dem Stuhl und sah sich den Tatort am Bildschirm an.

„Das sieht alles ganz echt aus. Ich dachte, das sei eine digitale Rekonstruktion?", fragte er.

„Es wurde mit einer Spezialkamera aufgenommen", erklärte Jo. „Mein Gott, das ganze Blut. Es ist ja überall", flüsterte der Mann. „Versuchen Sie, nicht darüber nachzudenken. Stellen Sie sich einfach vor, das sei nur rote Farbe und konzentrieren Sie sich auf die fehlenden Gegenstände, Herr Roth", versuchte Jo ihn zu beruhigen.

Robert Roth atmete tief durch.

„Sehen Sie mal auf die Kommode. Waren dort zwei von diesen Tischlampen?", fragte Breuer.

Roth schaute mit gerunzelter Stirn auf die besagte Stelle. „Ja, die zweite kleine Lampe war das genaue Gegenstück zu dieser da."

Er sah sich weiter im digitalisierten Zimmer um. „Hier, in der Vitrine fehlen einige Flaschen Whisky."

„Na ja, die werden wohl nicht mehr auftauchen", meinte Breuer. „Ich schätze, die haben sich die Täter als Wegzehrung mitgenommen. Möglicherweise finden wir etwas am Straßenrand. Das könnte Aufschluss über die Richtung geben, die die Täter genommen haben."

„Das waren ziemlich viele Flaschen. Und ziemlich teure", ergänzte Herr Roth.

„Wie teuer?", hakte Damian nach. „Ich weiß, dass es da eine sehr weite Preisspanne gibt. Manche Whiskys gehen für horrende Summen über den Tisch. Von bisweilen mehreren Tausend Euro, habe ich gelesen."

„Was? Das gibt es doch nicht. Wer kauft denn einen Whisky zu so einem Preis? Das ist doch verrückt!", platzte es aus Breuer heraus.

„Nein, nein, durchaus nicht", pflichtete Roth Damian bei. „Darum ist diese Vitrine auch klimatisiert. In ihr herrscht immer eine Temperatur um die 12 Grad. Ein Whisky sollte immer zwischen 8 und 16 Grad gelagert werden. Und dunkel. Darum hat auch nur der Bereich, in dem die Gläser hängen, einen Glaseinsatz. Die Flaschen meines Bruders waren Wertobjekte!"

Damian bemerkte, dass Roths Sprache flüssiger wurde, sobald er über ein sachliches Thema sprechen konnte. Es fiel ihm verständlicherweise leichter.

„Wertobjekte? So etwas taugt als Geldanlage?", fragte Breuer.

„Aber ja. Wann immer irgendwo eine Flasche geöffnet wird, steigert das automatisch den Wert jeder weiteren verschlossenen Flasche derselben Brennerei. Interessant sind vor allem die limitierten Sonderabfüllungen. Von den anderen kommen einfach zu viele auf den

Markt, als dass sich daraus eine große Wertsteigerung ergeben könnte. Ich habe schon von einem Whisky gehört, der einen sechsstelligen Betrag erzielt hat. Aber das sind doch die Ausnahmen."

„Und wie wertvoll waren die Whiskys Ihres Bruders?", fragte Breuer.

Roth zucke mit den Schultern. „Ich weiß es nicht. Der eine war, glaube ich, 25.500 Euro wert. Auf den war er besonders stolz. Wie hieß er noch? Er hat doch andauernd mit ihm angegeben. Jahrgang 1926. Ach, ich kann mir so einen Kram nicht merken, aber die waren sicherlich alle bei der Versicherung angegeben. Von dort bekommen Sie wahrscheinlich auch noch einige Bilder der besonders wertvollen Gegenstände im Haus."

Robert Roth starrte angestrengt auf den Bildschirm. „Hier, in der Schublade hatte er immer sein Geld aufbewahrt."

„Wissen Sie, wie viel er im Haus hatte?", fragte Damian.

Roth zuckte mit den Schultern. „Ein paar Hundert Euro vielleicht. Nicht genug, um sich einen Safe anzuschaffen. Meistens hat er mit Karte bezahlt."

„Danke, Herr Roth. Das hilft uns sehr weiter. Fällt Ihnen sonst noch etwas auf?", fragte Breuer.

Robert Roth schaute sich noch einmal alle Ansichten des Raumes an. Gespannte Stille breitete sich aus.

Damian zuckte zusammen, als sein Handy sich laut-stark in seiner Anzuginnentasche meldete. Über seine Schreckhaftigkeit verlegen lächelnd, entschuldigte er sich, entfernte sich ein paar Schritte und nahm mit einem kurzen Blick auf die Anzeige des Handys den Anruf entgegen.

„Hallo, Sarah. Es ist gerade nicht so günstig. Kann ich dich später zurückrufen?", sprach er leise ins Telefon.

Am anderen Ende der Leitung herrschte Stille.

„Bist du noch dran?"

Was war los? Warum meldete sie sich nicht? Er konnte sie deutlich atmen hören. Nicht das ruhige, entspannte Atmen. Es klang eher gepresst. Etwas stimmte hier nicht. Damian konnte spüren, wie sich seine Nackenhaare aufstellten. Vom anderen Ende des Raumes fing er Breuers besorgten Blick auf.

„Sarah, alles in Ordnung?"

Kapitel 7

Gabriela tigerte durch den spärlich eingerichteten Raum. Auf und ab, auf und ab. Sie fühlte sich wie ein gefangenes Tier in seinem Käfig. Ihr glühender Blick schweifte über ihre Gefährten. Alles Männer. Sie durfte nicht den geringsten Eindruck von Schwäche aufkommen lassen. Für eine Frau war es schwer, sich in der rumänischen Männerwelt zu behaupten. Doch sie hatte ihre eingespielte Bande, in der jeder wusste, was er an dem anderen hatte. Sie, Gabriela Macarescu, war die Planerin, und damit die Chefin. Sie gehörte zu einem einflussreichen Clan, der schon seit Generationen in der Beschaffungsbrache tätig war und ein großes logistisches Netzwerk sein Eigen nennen durfte. Breda war der Sachverständige. Derjenige, der Kunst von Krempel unterscheiden konnte und wusste, was sich zu stehlen lohnte. Der zierliche, gerade siebzehnjährige Fabiu Facaeanu war der Geschickte, auch „die Katze" genannt. Er konnte alles erklimmen. Marius Ababi war der Schlossknacker. Und Licas war der Starke gewesen. Doch er wurde kurz vor ihrer Abreise nach Deutschland verhaftet und Gabriela hatte ein neues Mitglied für ihre Bande finden müssen. Eines, das Licas' Aufgabe erfüllen konnte. Sorin schien perfekt. Die Arme waren von Muskelmasse geschwollen. Sie waren so dick wie Bredas Beine. Die muskulöse

Brust, die kein Pulli verbergen konnte, der Nacken eines Stiers, doch leider auch das Gemüt eines solchen. Doch sie hatte keine Zeit, noch länger zu suchen, und hoffte das Beste. Doch schon bald zeigte sich, dass Sorin sich nichts von einer Frau sagen lassen wollte. An die Spitze der Bande gehörte, seiner Meinung nach, ein Mann. Und es war klar, dass er diesen Posten haben wollte.

Gabriela fluchte. Vielleicht hätten sie einfach zu viert weitermachen sollen, anstatt sich einen Unbekannten aufzuhalsen. Doch es gab immer wieder Situationen, da brauchte man einfach einen Starken. Und Gabriela war gerne auf alles vorbereitet. Das war der Schlüssel ihres Erfolgs.

Und jetzt? Jetzt gab es einen Mord. Verdammt. Was nützte ihr nun die monatelange Vorbereitung? Nichts.

„Wir sollten unsere Tour hier abbrechen und so schnell wie möglich nach Rumänien zurück", sagte sie in die Runde.

„Nein, auf gar keinen Fall!", warf Sorin ein. „Wir haben bisher gerade so unsere Kosten gedeckt. Ich habe das alles doch nicht umsonst gemacht!" Er sah sich Zustimmung heischend im Raum um.

„Gabriela hat recht", stimmte ihr Breda zu. „Ab hier wird es zu gefährlich."

„Ist ja klar, dass du kuschst, wenn Gabriela etwas sagt. Doch hier in diesem Raum befinden sich auch echte Männer. Ich sage, wir machen weiter! Ich möchte nicht mit leeren Taschen nach Hause kommen", polterte der Starke.

„Sorin, sei doch vernünftig. Wenn es um Einbruch geht, müssen wir die deutsche Polizei nicht fürchten. Die sind da vollkommen machtlos gegen unser Geschick. Doch wenn es um Mord geht ... da werden ganz andere Kaliber aufgefahren. Die Aufklärungs-quote liegt hier bei nahezu fünfundneunzig Prozent! Wenn sie auf unsere Spur kommen, werden wir gejagt wie die Hasen", versuchte Gabriela den Starken zu überzeugen.

Sorin stand auf und trat ganz dicht an sie heran. Sie konnte seinen aufdringlichen Pfefferminzatem in ihrem Gesicht spüren.

„Wenn du Angst hast, Gabriela, dann kusch dich nach Hause und koch deinen Lieben ein schönes Süppchen. Wir Männer lassen uns nicht so leicht einschüchtern."

Gabrielas Finger zuckten. Wie gerne hätte sie Sorin für seinen Macho-Spruch eine geknallt, aber bei einer körperlichen Auseinandersetzung würde sie gegen diesen Hornochsen den Kürzeren ziehen. Stattdessen sprach sie mit ruhiger Stimme: „Ich habe keine Angst, Sorin. Und schon gar nicht vor dir. Also tu mir den Gefallen und tritt ein paar Schritte zurück. Mir wird schlecht von deinem widerlichen Atem. Ich komme mir vor, als hätte ich eine ganze Packung Pfefferminz-bonbons im Mund und ich hasse die Dinger."

Die anderen Männer lachten. Sorins Gesicht verdunkelte sich vor Wut, aber er zog sich auf seinen Platz am Fenster zurück. Dieser Punkt ging an sie.

„Stimmen wir ab", sagte Gabriela. „Hand hoch: Wer ist dafür, dass wir hier aufhören und nach Hause fahren?"

Gabriela hob entschlossen ihre Hand. Zögerlich folgte ihr Breda. Drei gegen zwei. Verdammt, dieser Punkt ging an Sorin. Sie schaute in dessen triumphierendes Gesicht.

„Also gut. Wir machen weiter. Luana, reich uns bitte die Pläne."

Aus dem Schatten trat eine zart gebaute junge Frau. In der einen Hand hielt sie die angeforderten Pläne, die andere Hand führte sie unbewusst zum Mund und kaute an den Nägeln. Gabriela nahm ihr die Papiere ab und zog Luanas andere Hand von ihrem Mund weg. Die junge Frau lächelte Gabriela verlegen an und verschwand wieder im Schatten.

Gabriela hielt das Bild eines Hauses hoch. „Wir schlagen hier zu. Wir gehen wie folgt vor ..."

Kapitel 8

„Sarah, alles in Ordnung?"

„Ich ... ja. Tut mir leid, dass ich dich bei der Arbeit störe, aber es ist dringend." Sarah umklammerte das Telefon mit beiden Händen, als wäre es ein Rettungsanker.

„Was ist los?", drang Damians Stimme durch den Hörer.

Sarah überlegte angestrengt, wie sie es am besten formulierte. Das Problem war nur, dass ihr Kopf seit dem Gespräch mit dem Arzt wie leer gefegt war.

„Hör zu, ich bin gerade im Krankenhaus ..."

„Was ... im Krankenhaus?"

„Es ist alles gut. Ich habe heute im Tanztraining nur abgebaut", versuchte sie, Damian zu beruhigen.

„Was heißt *abgebaut*?"

Sarah atmete tief durch. „Ich bin kurz ohnmächtig geworden. Es ist aber nichts Schlimmes. Die Ärzte haben mich bereits untersucht. Alles in Ordnung. Ich brauche nur ein bisschen Ruhe. Heute soll ich noch mal zur Beobachtung dableiben. Morgen kann ich wieder heim. Kannst du bitte Kathy vom Kindergarten abholen und dich um sie kümmern? Ich habe schon mit der Kindergartenleitung gesprochen. Sie kann heute bis siebzehn Uhr bleiben, isst also auch dort zu

Mittag und morgen früh kann sie ab sieben wieder hin. Morgen Mittag hole ich sie dann wieder ab."

„Ja, das ... das klappt schon irgendwie."

„Es tut mir leid, Damian. Ich weiß, das ist total schlecht für dich, wegen der Arbeit und so. Wenn es gar nicht geht, frag ich bei Hannes nach. Vielleicht kann Kathy ja bei ihm schlafen. Ich habe ihn nur noch nicht erreichen können."

„Nein, ich schaff das schon", widersprach Damian entschieden. „Ist wirklich alles in Ordnung?"

„Ja, mach dir keine Sorgen", sagte Sarah.

„Ich komme heute Abend mit Kathy vorbei. Soll ich dir etwas mitbringen?"

„Mein Waschzeug, eine Bürste und meinen Schlafanzug", flüsterte Sarah. Sie verabschiedete sich von Damian und beendete das Gespräch. Sarah reichte das Telefon der Krankenschwester und bedankte sich. Diese nickte und ging zur Tür. Bevor sie jedoch das Krankenzimmer verließ, drehte sie sich nochmals zu ihr um.

„Wissen Sie, es geht mich zwar nichts an, aber ich würde Ihnen raten, es ihm so schnell wie möglich zu sagen. Es wird nicht einfach so wieder weggehen und Sie werden es auch nur bis zu einem gewissen Punkt ignorieren können."

Sarah atmete tief durch. „Ich weiß", flüsterte sie und schloss erschöpft die Augen.

Kapitel 9

Momo hatte einen riesigen Lageplan der Gegend rund um den Tatort besorgt, der nun auf dem Besprechungstisch im Präsidium lag. Das Team sowie zwei Kollegen vom Einbruchsdezernat hatten sich darum versammelt. Der Plan war mit einem Farbcode versehen. Manni erklärte die Bedeutung.

„An allen markierten Häusern haben wir die Gaunerzinken entdeckt. Die Häuser mit der blauen Markierung sind uninteressant. Dort stehen Warnungen oder so etwas wie der Kreis. Der bedeutet: Hier ist nichts zu holen.

Unsere gelbe Markierung zeigt, dass an diesen Häusern Zeichen gefunden wurden, die durchaus zum Einbruch animieren könnten, wie zum Beispiel dieses Zeichen." Manni zeigte auf ein auf dem Kopf stehendes T. „Es besagt, dass dort eine alleinstehende Person wohnt. Oder dieses Zeichen: Es sieht so ähnlich aus, wie das auf dem Kopf stehende T, hat aber zwei senkrechte Striche. Das bedeutet, dass dort alte Leute leben.

Die Häuser, welche wir rot markiert haben, halten wir für die interessantesten Objekte. Dort wurden die Zeichen gefunden, die besagen, dass es hier etwas gibt. Das ist die waagerechte Linie, welche von drei senkrechten Linien gekreuzt wird, oder das gleiche Zeichen, nur mit zwei waagerechten Linien. Das besagt, dass es hier Geld gibt oder dass in diesem Haus reiche Leute wohnen. In dem Haus mit dem blauen Kreuz wurde bereits eingebrochen, in dem mit dem roten Kreuz befindet sich unser Mordschauplatz."

„Danke, Manni. Was sind deine Erfahrungen, Tim? Wann wird die Bande wieder zuschlagen, falls sie noch nicht über alle Berge sein sollte?", wandte sich Breuer an einen Kollegen vom Einbruchsdezernat. Hauptkommissar Tim Herzog kratzte sich am Kinn. „Normalerweise schlagen sie innerhalb kurzer Zeit wieder zu. Das wiederholt sich einige Tage, dann sind sie wieder über die Grenze geflüchtet."

„Was habt ihr unternommen, als euch klar wurde, dass ihr es mit einer solchen Bande zu tun habt?", fragte Breuer.

„Wir sind in der Gegend verstärkt Streife gefahren."

„Wie jetzt? Sonst nichts?" Momo sah Herzog entsetzt an. Hauptkommissar Tim Herzog sprang auf. Sein Gesicht hatte eine knallrote Farbe angenommen. „Was erwartet ihr denn? Was soll ich tun? Wir sind hoffnungslos überlastet. Fast die Hälfte aller Einbrüche findet zwischen Oktober und Januar statt. Meine Leute schieben Überstunden ohne Ende und raus kommt dabei nichts! Wenn wir wirklich mal einen schnappen, wird er bald darauf wieder entlassen. Nur etwa dreizehn Prozent der Einbrüche werden aufgeklärt und nur lächerliche drei Prozent der festgenommenen Täter wandern in den Knast. Drei Prozent! Der Rest spaziert grinsend an uns vorbei, weil die Beweislage zu dünn ist, ihre Haftstrafe zur Bewährung ausgesetzt wird oder so ein Scheiß. Das ist frustrierend! Wie soll ich das meinen Leuten begreiflich machen, die sich zur Ergreifung dieses Mistkerls Tage und Nächte um die Ohren gehauen haben, ihre Familien vernachlässigt haben. Für nichts und wieder nichts! Bei uns wird gespart. An Personal und Material. Ich kann nicht einfach ein paar zusätzliche Ermittler aus dem Hut zaubern, auch wenn ich das möchte."

„Schon gut, Tim. Momo hat es nicht so gemeint", warf Breuer ein und bedachte Momo mit einem strengen Blick. Die IT-Spezialistin senkte den Kopf und murmelte eine unverständliche Entschuldigung.

Tim Herzog nickte und setzte sich wieder. „Das ist so frustrierend", wiederholte er. Doch sein Tonfall zeigte, dass er sich wieder beruhigt hatte.

„Bei der Mordkommission haben wir bessere Mittel zur Verfügung. Ich beantrage eine engmaschige Überwachung aller rot markierten Häuser. Wir müssen dabei möglichst unsichtbar bleiben. Falls die Bande nach dem Mord nicht über die Grenze abgehauen ist, werden wir sie schnappen. Momo, Manni: Ihr arbeitet einen entsprechenden Plan aus. Ich kümmere mich um die rechtliche Absegnung. Bis Sonnenuntergang müssen wir startklar sein. Konnte schon die Putzfrau, die unser Mordopfer entdeckt hat, befragt werden?"

Der Aktenführer Dirk Falkner blätterte in den Unterlagen. „Ja, sie konnte uns aber leider keine weiteren Hinweise geben. Sie ist um 8:30 Uhr an Richard Roths Haus angekommen. Ihr erster Gang führt sie jedes Mal durch das Wohnzimmer hindurch in die Küche. Als sie an diesem Morgen die Tür zum Wohnzimmer öffnete und den mit Blutspritzern übersäten Raum und die Leiche sah, ist sie zusammengebrochen. Durch den Schock kann sie sich danach an wenig erinnern. Sie hat mit ihrem Handy den Notruf gewählt, erinnert sich aber nur noch bruchstückhaft an das Gespräch und an das Eintreffen der Kollegen und des Notarztes. Sie hatte wenig persönlichen Kontakt mit dem Opfer. Meist war Roth gar nicht im Haus, wenn sie putzte. Sie verständigten sich über einen Notizblock in der Küche. Darauf stehen aber nur Bemerkungen zu Putzutensilien, die Roth nachkaufen musste, oder Aufgaben, die die Putzfrau erledigen sollte. Nichts Interessantes."

„Also gut. Dirk, Jo, während wir uns auf die Einbrecherbande konzentrieren, bevor uns diese durch die Lappen geht, sammelt ihr bitte Hinweise, die in eine andere Richtung deuten könnten. Wir dürfen keine Spur übersehen."

„Geht klar, Chef", meinte Dirk.

Breuer schaute sich zufrieden um. Nachdem die Aufgaben verteilt waren, herrschte im Präsidium reges Treiben. Jeder bereitete sich auf seinen Einsatz vor.

Er hatte gute Leute. Wenn diese mörderische Bande noch im Land war, würden sie sie schnappen. Er sah, wie Damian von einem Fuß auf den anderen trat.

„Nun geh schon, Junge. Wir kommen heute Abend auch mal ohne dich aus."

Mit einem Blick auf die Uhr nickte Damian. „Es tut mir leid, Aaron. Ausgerechnet heute ..."

„Mach dir keine Gedanken. Jetzt musst du für deine Familie da sein. Also hau schon ab."

Breuer sah Damian nach, wie dieser den Raum verließ. Der Junge hatte sich in diesem Jahr gut gemacht. Sarah und ihre Tochter taten Damian gut. Sie holten ihn aus seinem Schneckenhaus, ließen ihn am wahren Leben teilhaben und gaben ihm Halt. Mit Schrecken dachte er an den Tag im vergangenen Sommer, als er die Befürchtung gehabt hatte, Damian könne wieder in die Drogensucht abgerutscht sein. Achtundneunzig Prozent der ehemaligen Heroinsüchtigen wurden wieder rückfällig, das hatte ihm Doktor Elfi Sommer damals, vor fünfzehn Jahren, gesagt. Für Breuer war klar, dass Damian nicht dazugehören würde. Dafür war der Junge zu intelligent und zu diszipliniert. Aber an jenem Sommermorgen, als er Damian am Boden und die Spritze im Mülleimer fand, wurde ihm zum ersten Mal so wirklich bewusst, wie schwierig es war, zu den zwei Prozent zu gehören, die es tatsächlich schafften. Der Junge war damals clean geblieben und Breuer vertraute noch immer voll und ganz darauf, dass er es weiterhin schaffen würde. Hoffentlich war mit Sarah alles in Ordnung. Wenn ihr etwas zustoßen sollte ... Breuer wollte gar nicht an die Konsequenzen denken.

Kapitel 10

Damian zögerte vor der schweren Eingangstür des Kindergartens. Der Raum neben der Treppe war schon dunkel und verlassen, aber er konnte noch deutlich Kinderstimmen aus dem Gebäude wahrnehmen. Damian fühlte sich unsicher. Das hier war absolut nicht seine Welt. Das war das Gegenteil von seiner Welt. Er mochte keine Kinder. Wahrscheinlich wegen seiner eigenen katastrophalen Kindheit. Kinder waren nervig, schwach und so verletzlich. Er hasste das, denn er wusste noch genau, wie es sich angefühlt hatte, als ihn seine Mutter mit seinem gewalttätigen, alkoholkranken Vater im Stich gelassen hatte.

Dieses ganze Gebäude war vollgestopft mit diesen empfindlichen Kleinlingen. Er wollte hier erst gar nicht rein.

Und dann ... dann musste er irgendwie bis morgen früh mit Kathy überleben. Kathy war okay. Er mochte sie sogar. Sie war sein Lieblingskleinling. Aber er hatte sich bisher nie alleine um sie kümmern müssen. Immer war Sarah dabei gewesen.

Es half nichts. Mit einem letzten Blick auf seine Uhr zog er die Tür auf und betrat das Gebäude.

Die Stimmen kamen aus dem rechten Teil des Hauses. Drei Stufen hoch sah er einen offen stehenden Raum. Mit Erleichterung und gleichzeitig mit einem schlechten

Gewissen bemerkte er, dass kaum mehr Kinder da waren. Die meisten waren wohl schon vor einiger Zeit von ihren Eltern abgeholt worden. Auch Kathy blieb normalerweise nur bis halb eins.

Damian entdeckte Sarahs Tochter an einem Tisch, in ein Steckspiel vertieft. Als sie ihn bemerkte, stürmte sie auf ihn zu.

„Damian!" Ein kleines Bündel Mensch flog in seine Arme und brachte Damian unwillkürlich zum Lächeln. So eine Begrüßung tat gut. In seinem Inneren breitete sich eine angenehme Wärme aus.

„Sind Sie Herr Johannsson?", fragte die Erzieherin.

Damian nickte und zeigte seinen Ausweis. „Kathys Mutter hat Sie informiert, dass ich heute ihre Tochter abhole?"

Die Frau lächelte freundlich. „Ja, das hat sie. Kathy hat erst geweint, als wir ihr mitteilen mussten, dass ihre Mutter sie heute nicht abholen kann und sie bis heute Abend hierbleiben muss. Aber sie hat sich schon darauf gefreut, dass sie dafür Ihnen ihren Kindergarten zeigen kann. Nicht wahr Kathy?"

Das Kind nickte und schaute mit großen Augen zu Damian hoch, in denen schon wieder die ersten Tränen schimmerten.

„Ich bin sicher, Herr Johannsson würde unheimlich gerne deinen Gruppenraum sehen, in dem du jeden Tag bist", versuchte die Erzieherin die Stimmung zu retten. Es klappte. Eifrig zog Kathy Damian aus dem Raum.

„Komm mit. Ich zeig es dir", sagte sie und winkte zum Abschied.

„Bis Morgen dann, Kathy", rief die Erzieherin hinter ihnen her.

„Du hattest doch bestimmt deinen Kindergartenrucksack dabei", meinte Damian, als sie die drei Stufen nach unten gingen.

„Der ist da hinten. Neben der Bistrotür."

Kathy stürmte dorthin und holte schnell den Rucksack. Dann führte sie Damian in den Gruppenraum, den er schon vom Eingang aus gesehen hatte. Er schaltete das Licht an und ließ sich alles zeigen. Schließlich gingen sie in den Eingangsbereich des Kindergartens zurück. Dort waren Bänke aufgestellt, unter denen die Straßenschuhe der Kinder standen. Dahinter waren Ablagen mit Kleiderhaken angebracht. Zu jedem Haken gehörte ein Symbol.

„Ich bin der Hampelmann", verkündete Kathy und setzte sich unter das entsprechende Bild. Leider ging es nicht so zügig weiter. Das Kind redete und träumte und kämpfte mit den Straßenschuhen, bis Damian ihr diese aus der Hand nahm und ihr beim Ankleiden half. Er seufzte erleichtert auf, als sie endlich das Gebäude verließen.

„Hallo. Entschuldigen Sie", wurden sie vor Damians Auto angesprochen.

Damian drehte sich zu dem Mann, der ebenfalls ein kleines Mädchen im Schlepptau hatte, um.

„Darf ich fragen, wer Sie sind?", wollte der Mann wissen.

Damian runzelte die Stirn. „Und warum interessiert Sie das?", fragte er mürrisch.

„Entschuldigung, wenn das unhöflich klang. Aber in den heutigen Zeiten muss man einfach vorsichtig sein. Mein Name ist Hannes Matthiesen. Ich bin der Papa von Sophie", stellte er sich vor und lächelte Kathy an, bevor er fortfuhr: „Ich weiß, dass Sarah Kathy immer selbst abholt oder mich fragt, wenn etwas dazwischen kommt, was sehr selten geschieht. Sie kenne ich nicht. Ich möchte mich nur vergewissern, dass alles in Ordnung ist."

Damian musterte den Mann. Das war also Hannes. Der beste Freund. Der Retter in der Not. Er hatte schon viel von ihm gehört. Zu viel für seinen Geschmack, ihn aber in dem halben Jahr, das er mit Sarah zusammen war, noch niemals getroffen. Dieser Hannes sah gut aus. Verdammt. Selbst die alberne Nickelbrille stand ihm unverschämt gut und ließ ihn irgendwie gelehrt aussehen.

Damian setzte ein unverbindliches Lächeln auf. „Mein Name ist Damian Johannsson. Sarah hat mit der Kindergartenleitung abgesprochen, dass ich heute Kathy abhole."

„Weil Sarah Sie nicht erreicht hat", ließ er aus. Er musste es Hannes ja nicht noch unter die Nase reiben, dass er, Damian, nur die zweite Wahl für diesen Job war.

„Oh, Herr Johannsson. Sarah hat mir schon viel von Ihnen erzählt."

„Dito."

„Dann ist ja alles in Ordnung. Entschuldigen Sie nochmals, dass ich so unverblümt gefragt habe."

„Nein, das war schon richtig. Ich wünschte, mehr Leute würden sich so verhalten."

„Die Erzieherin hat Kathy gesagt, dass ihre Mami im Krankenhaus ist", sagte das Kind an Hannes' Seite.

„Was?", entfuhr es dem Mann. Entsetzt sah er Damian an. „Was fehlt Sarah?"

Damian fluchte innerlich. Er hatte keine Ahnung und keine Lust, das vor Hannes zuzugeben.

„Sie ist kurz ohnmächtig geworden. Genaueres erfahre ich später. Morgen kann sie aber wieder nach Hause."

Damians Gedanken waren noch immer bei Hannes, als er Kathy in ihrem Kindersitz, den er zuvor aus Sarahs Auto geholt hatte, anschnallte.

„Warum ist Mami im Krankenhaus? Muss sie sterben?"

Damian verschluckte sich an seiner eigenen Spucke.

„Was ... wie kommst du auf so etwas? Sie muss nicht

sterben. Die Ärzte haben sie nur gründlich untersucht. Morgen kommt deine Mutter wieder heim."

Damian versuchte, sich seine eigenen Sorgen um Sarah nicht anmerken zu lassen. Hoffentlich war wirklich alles in Ordnung.

„Die Mama von meiner besten Freundin Sophie ist bei der Geburt gestorben."

„Deine Mutter wird nicht sterben, Kathy. Alles ist gut."

„Sophie wohnt jetzt bei ihrem Papa, bei Hannes. Ich hätte dann niemanden mehr", schniefte Kathy.

Damian atmete tief durch. Drei Meter aus dem Kindergarten raus und schon fühlte er sich total überfordert. Und zu allem Überfluss wuchs sein Respekt für Hannes, je mehr er über ihn erfuhr. Dabei war er doch fest entschlossen, ihn zu hassen. Er hielt sich nicht für sonderlich eifersüchtig, aber dieser Hannes ...

Sarah und er waren schon die besten Freunde, er schien ein toller Kerl zu sein, sah gut aus und dann war da noch das herzzerreißende Schicksal, welches ihn gebeutelt hatte. Welches Herz einer Frau schmolz bei so etwas nicht dahin? Da musste nur ein Funke Romantik dazukommen und schon hatte er gegen diesen Mann keine Chance.

„Du hättest deine Großeltern und du hättest mich", versuchte er weiter, Kathy zu beruhigen. „Aber ich sag es noch mal: Es ist alles in Ordnung. Deine Mutter kommt morgen nach Hause und alles ist gut. Mach dir bitte keine Sorgen."

Hatte er Kathy gerade wirklich angeboten, bei ihm zu leben, sollte ihrer Mutter etwas passieren? Der Gedanke war beängstigend.

„Was hältst du davon, wenn wir jetzt von zu Hause ein paar Sachen für deine Mutter holen und sie dann besuchen?"

Kathy war begeistert. Zufrieden, die Krise für den Moment abgewendet zu haben, fuhr Damian los.

Unten an der Rezeption fragte er nach der Zimmernummer. Seit sie das Krankenhaus betreten hatten, schwieg Kathy, was äußerst ungewöhnlich für das lebhafte Kind war. Damian hoffte, dass sich das erledigt hätte, sobald sie ihre Mutter sah. Ihm war allerdings auch nicht nach Reden zumute. Ein unangenehmer Knoten hatte sich in seiner Magengegend gebildet. Vor der Tür zum Krankenzimmer hielt er an.

„Du wirst sehen: Es ist alles in Ordnung", sagte er zu Kathy. Oder wollte er nur sich selbst beruhigen? Er klopfte dreimal, bevor er mit dem Kind eintrat.

Sarah lag in ihrem Bett und schlief. Das Nachbarbett sah zerwühlt aus, war aber für den Moment verwaist. Damian schob zwei Stühle an Sarahs Bett und setzte sich. Kathy würdigte den zweiten Stuhl nicht einmal mit einem Blick, sondern streckte ihm die Arme entgegen, um auf Damians Schoß gehoben zu werden.

Damian ersparte sich einen Einwand und beugte sich ihrem Willen. Sie kuschelte sich an seine Brust. Damian konnte ihre Angst spüren, doch was sollte er sagen?

Er betrachtete die schlafende Sarah. Sie war ein wenig blass. War das schon gestern so? War er nicht aufmerksam genug gewesen? Sie hatte ihm doch gesagt, dass es ihr nicht gut ging. Warum hatte er nicht nachgefragt? Er hätte darauf eingehen sollen. Stattdessen hatten sie den Film zu Ende gesehen und geschwiegen. So etwas würde ihm nicht wieder passieren, schwor er sich. Damian schloss Kathy in seine Arme und stützte sein Kinn auf ihren hellblonden Lockenkopf.

„Feenhaare", dachte er. *„Wie ihre Mutter."*

Sarah öffnete ihre Augen und lächelte bei dem Anblick, der sich ihr bot.

„Sarah, wie geht es dir?", fragte Damian und küsste sie zärtlich, als sie sich aufgesetzt hatte.

„Gut. Sagte ich doch. Hey, Kathy. Habe ich dich erschreckt?"

Kathy nickte und stürzte in Sarahs ausgestreckte Arme. Dicke Tränen kullerten aus den Augen des Kindes.

„Morgen bin ich wieder zu Hause. Um zwölf Uhr hole ich dich schon vom Kindergarten ab", beruhigte Sarah ihre Tochter.

Sie scherzte und lachte viel mit Kathy, aber Damian hatte das Gefühl, dass sie einem Gespräch mit ihm aus dem Weg ging. Als das Abendessen gebracht wurde, verabschiedeten sie sich von Sarah. Der Knoten in seiner Magengegend wurde durch seinen wachsenden Ärger verhärtet. Er versuchte, sich nichts davon anmerken zu lassen. Vielleicht wollte Sarah ja nur nicht vor ihrer Tochter mit ihm über ihre Gesundheit reden. Wahrscheinlich kein schlechter Gedanke, wenn er an Kathys Reaktion dachte, als sie erfahren hatte, dass ihre Mutter im Krankenhaus lag. Letztendlich erleichterte Sarah damit ungemein Damians Aufgabe, sich bis zum nächsten Morgen alleine um Kathy zu kümmern. Er spielte mit dem Gedanken, mit dem Kind in ein Fastfood-Restaurant zu gehen, aber er hielt nichts davon, den Körper mit Schrott abzufüttern. Wenn er sich um Kathy kümmern sollte, würde er es richtig tun. Er fuhr nach Hause und bereitete einen Gemüseauflauf zu. Mit viel Käse, damit es der Kleinen auch schmeckte.

Kapitel 11

Gabriela Macarescu sah es nicht kommen. Zu vertieft war sie in ihren Plan. Sie hatte ihn sorgfältig ausgearbeitet. Nichts durfte unbedacht bleiben. Nichts dem Zufall überlassen werden.

Ein hundertfaches Klopfen ließ sie zusammenzucken. Gabrielas Blick flog zum Fenster. Eine Mischung aus Regen und Hagel prasselte gegen die Scheiben.

„Verdammt."

Laut Vorhersage sollte der Regen erst in zwei Stunden einsetzen. Dieses Wetter war in ihrem Plan nicht vorgesehen. Bei Regen hinterließ man zu viele Spuren und dieses Hagelgemisch war da noch schlimmer. Alles würde gefrieren und rutschig werden.

Luana kam ins Zimmer. Sie kaute wieder an ihren Nägeln. Ihre dunklen Augen bildeten einen starken Kontrast zu ihrem blassen Gesicht. Ihre Blicke trafen sich.

„Es hagelt."

„Lässt sich nicht ändern."

„Willst du es dennoch durchziehen?"

Gabriela nickte. „Das Zeitfenster beginnt in einer Stunde. Ich habe keine Wahl. Jeder Einwand von mir würde von Sorin als Schwäche ausgelegt werden. Das kann ich mir nicht leisten." Sie zog ihre Augenbrauen zusammen und schlug mit ihrer geballten Faust auf den Tisch. „Verdammt! Manchmal hasse ich es einfach, eine Frau zu sein."

Luana lächelte scheu. „Aber nicht besonders oft, nicht wahr?" Gabriela blickte sie an. In diese warmen, braunen Augen, die belustigt glitzerten. Ihre Schwester lebte schon einige Zeit im Saarland, hatte ein sehr gutes Gehör und eine Begabung für Sprachen. Wenn sie Deutsch sprach, war kein Akzent mehr zu hören.

Gabrielas Stirn glättete sich und sie lachte laut auf. „Nein, Luana. Du hast recht. Nicht besonders oft."

Ihre Schwester strich sich eine hellbraune Strähne ihres Haares hinter das Ohr. „Ich wünschte, ich wäre mehr wie du, Gabriela. So mutig und selbstbewusst."

Gabriela nahm ihre Hand. „Nein, kleine Schwester. Bleib immer so, wie du bist. Das liebe ich so sehr an dir. Darum mache ich all das. Lass dich nur nicht wieder in unsere Welt hineinziehen."

Sie griff nach einer Aquarell-Illustration. Sie zeigte ein rothaariges Mädchen mit grünen Augen.

„Du hast Talent, Luana. Du bist eine wunderbare Künstlerin. Ich bin so stolz auf dich!"

Seufzend ließ sie das Bild wieder sinken. „Ich hätte nicht herkommen sollen. Ich gefährde nur all das, was du dir hier aufgebaut hast. Aber ich habe dich so sehr vermisst."

Luana nahm ihre Hand. „Ich bin froh, dass du da bist. Ich hatte dich auch vermisst."

Kapitel 12

Damian betrat das Präsidium später als sonst, da er um sieben Uhr erst noch Kathy in den Kindergarten hatte bringen müssen. Das hatte sich länger hingezogen als erwartet. Ein Kind war nun mal kein Buch, das man so einfach abgab und ging. Sie hatte sich an ihn geklammert, als wäre die Welt ein sinkendes Schiff und er ihr letzter Rettungsanker.

„Geh nicht", hatte sie ihn angefleht und ihr kleines Gesicht an seiner Brust vergraben. Wären sie nicht an diesem verdammten Fall dran gewesen, hätte er Kathy wieder mit nach Hause genommen und den Tag frei gemacht. Aber so ... Hilfesuchend hatte er die Erzieherin der Kindergartengruppe angesehen. Diese konnte Kathy zu einem Spiel überreden. Als er das Gebäude verließ, stand die Kleine am Fenster und winkte mit tränennassem Gesicht. Damian hatte ihr lächelnd zurückgewunken, während er das Gefühl hatte, sein Herz würde entzweibrechen.

Er hatte sich fest vorgenommen, direkt nach seiner Ankunft im Präsidium im Kindergarten anzurufen und zu fragen, ob mit Kathy alles in Ordnung sei, doch ein Blick in Aaron Breuers Gesicht genügte, um dieses Vorhaben zu verschieben. Irgendetwas musste gestern Abend fürchterlich schiefgelaufen sein. Breuers Mund bildete einen dünnen Strich, in seinen Augen hatte sich scheinbar eine ganze Gewitterfront zusammengebraut. Seine Kollegen saßen schon alle am Besprechungstisch. Da sie Verstärkung durch Hauptkommissar Tim Herzog und sein Team von der Soko Dämmerung bekommen hatten und auch Staatsanwältin Theresia Rau und Engel von der Spurensicherung daran teilnahmen, war es recht eng. Damian quetschte sich schnell neben Manni. Er hatte das Gefühl, dem korpulenten Mann bald auf dem Schoß zu hocken, aber das ließ sich leider nicht ändern.

„Was ist passiert?", fragte er leise.

Manni brummte unwirsch. „Die haben uns gestern vorgeführt, als wären wir Amateure, diese Drecksbande", sagte er leise. Seine sonst so fröhliche Stimme klang wie ein knurrender Hund.

Damian sah den Mann erstaunt an. „Wie das?"

Manni warf ihm einen düsteren Blick zu und senkte seine Stimme zu einem heiseren Flüstern. „Wir haben alle relevanten Objekte observiert. Für jedes wahrscheinliche Ziel der Bande haben wir einen Wagen mit einer Nachtsichtkamera präpariert und davor abgestellt. Momo und ich saßen im Überwachungswagen, wo alle Bilder zusammenlaufen. Plötzlich kommen der Chef und Herzog mit Blaulicht vorgefahren und parken direkt vor uns. Wir sind natürlich sofort ausgestiegen und haben gefragt, was los ist. Du hättest Breuers Gesicht sehen müssen! Wenn Blicke töten könnten, Momo und ich wären mausetot, das sag ich dir. ‚*Was los ist?*‘, hat er uns angezischt. ‚*In eines eurer Zielobjekte wurde eingebrochen. Das ist los!*‘ Ich habe ihn noch nie so wütend gesehen. Er hat das echt persönlich genommen." Manni schüttelte den Kopf. „Das war nicht meine erste Observation. Ich weiß, wie man so etwas macht. Wir hatten alles im Blick. Wir haben gesehen, wie die Eheleute Heinrich ihr Haus gegen 19:00 Uhr verlassen haben und wie sie um 23:06 Uhr wieder zurückkamen. Und dennoch hat die Drecksbande unser Objekt direkt vor unserer Nase ausgeräumt. Der geschätzte Schaden liegt bei 200.000 Euro! Der Hausbesitzer hat nach der Bankenkrise sein Geld lieber in Gold und Edelsteine investiert und die lagen schön zu Hause im Safe. Der war allerdings kein Problem für unsere Bande. Die haben den geknackt, ohne dass wir auch nur etwas davon mitbekommen haben. Das ist natürlich blamabel ohne Ende. Nicht nur für Momo und mich, sondern für unsere ganze Abteilung. Dementsprechend mies ist die Stimmung vom Chef."

Damian sah zu Aaron Breuer hinüber. Ein düsterer Blick traf ihn. Schnell schaute er weg. Verdammt. Man hätte ihn gestern gebraucht. Das schlechte Gewissen krampfte seinen Magen zusammen. Aber was hätte er tun sollen? Kathy hatte er auch nicht im Stich lassen können. Doch dieses Wissen half seinem Gewissen nicht weiter.

„Also gut, Leute. Lasst uns anfangen", sagte Breuer. „Ich muss wohl nicht wiederholen, was gestern passiert ist?"

Er sah in die Runde. Betretenes Schweigen und gesenkte Blicke im ganzen Raum.

„Wir wurden von dieser Diebesbande vorgeführt. Bis auf die Knochen blamiert haben sie uns. Wenn die Presse davon Wind bekommt, sind wir die Lachnummer im ganzen Land! Ich möchte – nein, ich erwarte von euch, dass ihr mit den Ermittlungen zu diesem Einbruch durchstartet."

Breuer ließ jedes Team seine Ergebnisse des vergangenen Tages vortragen.

„Die Spuren am Tatort haben gezeigt, dass sich zum Zeitpunkt des Mordes nur ein Täter im Raum befunden hat. Schuhgröße zweiundvierzig. Mit großer Wahrscheinlichkeit handelt es sich um einen Mann. Rechtshänder", fasste Engel die Ergebnisse der Spusi zusammen und fügte hinzu: „Das heißt aber nicht, dass sich im Haus nicht noch weitere Personen aufgehalten haben könnten. Ich erwarte in spätestens zwölf Stunden erste Ergebnisse bezüglich möglicher DNA-Spuren. Anhand der Menge der Spuren, wird es allerdings noch etwas dauern bis sie alle ausgewertet sein werden. Die Vitrine wurde gereinigt. Wir gehen davon aus, dass der Täter dort blutige Abdrücke hinterlassen hat und diese beseitigt hat. Auf dem Ohrensessel befanden sich blutige Abdrücke, die den Schluss zulassen, dass sich der Täter dort nach der Tat hingesetzt hat. Wir haben einen Teilabdruck der linken Hand durch das Blut des Opfers. Durch den Stoffbezug ist ein Fingerabdruck allerdings unmöglich. Außerdem haben wir ermittelt, dass zuerst der Mord geschah und danach der Raum nach Wertgegenständen durchsucht worden ist."

Nach den anderen Berichten verteilte Breuer neue Aufgaben. Dann knallte er seine Unterlagen auf den Tisch und schaute grimmig in die Runde.

„Heute Abend werden wir die restlichen Zielobjekte observieren. Und diesmal stehen zusätzlich zu den Kameras noch zwei Mann vor jedem Objekt. Aufmerksam und unsichtbar. Ich dulde keine Fehler mehr! Die Kerle sind verdammt gut. Aber ich kenne mein Team. Ihr seid noch besser. Also beweist es mir. Los! An die Arbeit."

Die Stühle rückten polternd über den Boden, als sämtliche Anwesenden aufsprangen, um sich in die Arbeit zu stürzen.

Kapitel 13

Wie immer beschlich Damian ein mulmiges Gefühl, als ihre Schritte durch die Gänge des Instituts für Rechtsmedizin hallten. Aber bei jeder Leichenöffnung musste mindestens ein ermittelnder Beamter und gegebenenfalls ein Vertreter der Staatsanwaltschaft dabei sein. Schon, um die Identifikationskette zu sichern.

Breuer klopfte an der Tür von Doktor Elfi Sommer. Ihre warme Stimme bat sie herein. Das Büro der Gerichtsmedizinerin sah hell und freundlich aus. Die hintere Wand war in einem kräftigen Sonnenblumen-gelb gestrichen. Eine rotbraune Samtcouch direkt davor bildete einen starken Kontrast. Durch die Kissen, die dieselbe Farbe wie die Wand hatten, wurde das Ganze wieder zu einer Einheit. Im ganzen Raum waren unzählige Skulpturen, Lichtspiele und Figuren verteilt, ohne dass dieser dabei überladen wirkte. Ein großes Fenster bot einen Blick in die Grünanlage. Wenn man die Gegenstände auf dem großen, dunklen Holzschreibtisch außer Acht ließ, war das ein sehr behaglicher Raum, der zum Verweilen einlud. Doch die ausgebreiteten grausigen Bilder von geöffneten Leichen und deren Innereien zeigten deutlich die andere Seite des Gebäudes, außerhalb dieses Raumes.

„Damian, Aaron! Meine zwei Lieblingskommissare. Schön, euch zu sehen", begrüßte sie Doktor Sommer. Sie umrundete schnell ihren Schreibtisch und drückte einen nach dem anderen an sich.

Damian lächelte verlegen. Er mochte die herzliche Art von Elfi, die er schon kannte, seit er fünfzehn Jahre alt gewesen war und sich aus der Drogensucht herausgekämpft hatte. Ohne die Hilfe von Breuer und Doktor Sommer hätte er es niemals geschafft. Er hatte es schon vorher alleine versucht und war jedes Mal kläglich gescheitert. Diesen beiden Menschen verdankte er sein gesamtes jetziges Leben. Sie waren mehr als nur Freunde. Sie waren Familie.

Gemeinsam machten sie sich auf den Weg zum Obduktionssaal, in dem schon ein zweiter Gerichtsmediziner und ein Assistent auf Doktor Sommer warteten. Auf dem silbernen Seziertisch lag die Leiche von Richard Roth. Im unbarmherzigen Licht des Obduktionsraumes sahen die Kopfverletzungen des Mannes noch schlimmer aus als am Tatort. Der Hinterkopf wies ein riesiges Loch auf, dessen Ränder ausgefranst waren und von denen Teile der Kopfhaut und Stücke der Hirnmasse herunterhingen. Das Gesicht war deformiert.

„So, fürs Protokoll: Ist das eure Leiche vom Tatort?", fragte Elfi. Breuer bejahte dies.

Die Gerichtsmedizinerin begann mit der äußeren Leichenschau. Lage für Lage wurde die Kleidung aufgeschnitten und genau wie die Uhr des Toten in beschrifteten Tüten verpackt. Die genommenen Fingerabdrücke bestätigten noch einmal die Identität des Toten.

„Nach der Nomogramm Methode nach Henßge, das heißt unter Einbeziehung der Körpertemperatur, der Umgebungstemperatur, des Gewichts des Opfers und eines Korrekturfaktors für dessen Bekleidung, kann ich den Todeszeitpunkt zwischen 17:00 und 22:00 Uhr eingrenzen", sagte Elfi.

Damian versuchte, auch während der inneren Leichenschau seinen Magen unter Kontrolle zu halten. Es roch einfach penetrant nach Schlachthaus. Dazu mischte sich der süßliche Duft von Verwesung, der sehr schnell nach dem Tod zu riechen war. Damian konzentrierte sich auf die Tatsache, dass dieser Mensch nicht mehr lebendig aussah. Die gelblich-graue Hautfarbe, die erschlafften Muskeln und die Leichenstarre, die sich langsam wieder löste, ließen den Toten wie eine Puppe aussehen. Eine Puppe wie aus einem Horrorfilm. Aber so konnte Damian besser damit umgehen. Gerade für diesen Teil seiner Arbeit benötigte er so viel emotionalen Abstand wie möglich.

„Das Opfer scheint keine Zeit gehabt zu haben, sich zu wehren. Es finden sich keine Abwehrverletzungen und auch keine Spuren unter den Fingernägeln, wie sie entstehen, wenn ein Opfer seinen Täter noch kratzen kann. Direkt der erste Schlag traf Richard Roth auf den Hinterkopf. Dem Aufprallwinkel zufolge hat er da noch gestanden. Alle weiteren Schläge trafen ihn in kniender beziehungsweise in liegender Position."

„Herr Roth hat seinen Angreifer also nicht gesehen", stellte Breuer fest.

„Oder er kannte ihn und drehte ihm den Rücken zu", ergänzte Damian.

„Es wurde mindestens zwölfmal auf den Schädel eingeschlagen", berichtete Elfi weiter.

„Nach wie vielen Schlägen war er tot?", fragte Breuer.

Elfi zuckte mit den Achseln. „Schwer zu sagen, bei dem Ausmaß an Zerstörung, das hier auf den Schädel eingewirkt hat. Aber ich würde mal schätzen, dass er höchstens die ersten drei Schläge noch am Leben war."

„Entweder war das unbändige Wut oder der Täter hat sich im Rausch des Tötens gehen lassen", sagte Damian.

„Dann hoffen wir mal, dass er keinen Gefallen daran gefunden hat", merkte Breuer an. „Sonst könnten wir es demnächst mit noch mehr Leichen zu tun bekommen."

Kapitel 14

Gabrielas Finger fuhren zart an den Umrissen der kleinen Keramik-Figur entlang. Ein kleines Mädchen unter einem Schirm.

„Wunderschön, nicht wahr?" Breda war unbemerkt die Treppe hochgekommen, betrat den Raum und schaute über ihre Schulter. Gabrielas Körper verkrampfte. Doch dann entspannte sie ihn wieder. Das war Breda. Vor ihm durfte sie sich auch einmal eine Schwäche erlauben.

„Ja, sie ist wunderschön", sagte sie mit sanfter Stimme. Die Figur berührte sie auf eine Art und Weise, die sie nicht näher bestimmen konnte. „Sie ist eine original Maria Innocentia Hummel-Figur und trägt den Titel ‚Geborgen'. Sie spiegelt das Recht eines jeden Kindes auf eine geschützte Kindheit voller Freude wider. Das ist so das Hauptthema aller Hummel-Figuren. Sie ist über tausend Euro wert", sagte Breda.

Gabriela schloss kurz die Augen. Wie gerne hätte sie diese Figur behalten. Aber sie war zu wertvoll. Energisch schlug sie sie in Zeitungspapier ein und legte sie in die Transportbox. Sie spürte Bredas Atem in ihrem Nacken. Seine Hand streichelte zart ihren Rücken. Gabriela drehte sich zu ihm herum, fuhr mit ihrem Zeigefinger die Umrisse seines Gesichtes nach.

„Mein Breda. Du weißt so viel. Sicher kennst du auch die Bedeutung deines eigenen Namens?"

Breda sah sie verwirrt an. Gabriela lachte leise. „Oh, Breda. Dein Name bedeutet ‚*Geliebter der Nacht*'. Denk immer daran, wenn ich dich rufe."

Breda zog sie näher an sich heran und küsste sie. Glücklich schlang Gabriela ihre Arme um seinen Hals. Von unten ertönte die scharfe Stimme von Sorin. Er schnauzte wieder Fabiu an. Der arme Kerl konnte Sorin nichts recht machen. Gabriela seufzte und löste sich von Breda.

„Gabriela, du solltest Sorin dringend loswerden."

„Ich weiß. Er ist schrecklich. Aber ich fürchte, wir brauchen ihn noch."

„Er kann ein Ekel sein, so sehr er will. Darum geht es hier nicht. Aber er will deinen Platz in unserer Bande einnehmen. Du darfst ihm nicht trauen, Gabriela. Er ist gefährlich!"

„Dessen bin ich mir bewusst", flüsterte sie. „Jeder hat seine Aufgabe. Wir brauchen einen Starken. Und das ist nun mal Sorin. Niemand kann seinen Platz übernehmen." Sie schaute in Bredas besorgte, dunkle Augen.

„Ich bin vorsichtig. Versprochen", versuchte sie ihn zu beruhigen.

„Ich weiß nicht, ob das reicht", sagte Breda. „Dreh ihm niemals deinen Rücken zu. Und pass auf, dass er Fabiu und Marius nicht auf seine Seite zieht."

Als hätten sie ihre Namen gehört, betraten die beiden Männer den Raum.

„Ist hier noch etwas für den Fahrer? Er möchte jetzt los, damit er den Berufsverkehr nicht verpasst. Da sind die wenigsten Kontrollen", fragte Marius.

Gabriela reichte ihm die Schachtel mit der Figur, die Marius sogleich an Fabiu weiterreichte.

„Wieso bin ich immer der Laufbursche?", grummelte Fabiu und verschwand mit der Kiste.

„Du hattest recht, Gabriela", sagte Marius. „Die Polizei hat uns mit dem Mord in Verbindung gebracht und jagt uns. Das hätte gestern Abend auch schiefgehen können. Wenn dir nicht die fremden Autos in der Straße aufgefallen wären ..."

„Sie sind mir aber aufgefallen. Darum bereiten wir uns ja immer so gründlich vor. Damit wir nicht überrascht werden können."

Sorin und Fabiu betraten den Raum.

„Und wisst ihr, wieso nicht?" Sorin schaute herausfordernd in die Runde. „Weil wir schlauer sind als sie. Sie werden uns nie schnappen."

„Hochmut kommt vor dem Fall, Sorin. Du solltest die Polizei nicht unterschätzen. Wir sollten es unserer Ware gleichtun und das Land auf dem schnellsten Weg verlassen", sagte Gabriela.

Sorin schnaubte abfällig. „Angst, Gabriela? Wie ich schon immer sagte: Lass uns Männer das machen. Wir haben die richtigen Nerven dazu."

Gabriela starrte ihn an. „Ich habe keine Angst. Dafür aber gesunden Menschenverstand."

Sorin winkte ab. „Ich sage euch: Lasst uns gleich heute Abend weitermachen. Gebt den Bullen keine Verschnaufpause. Welches ist unser nächstes Zielobjekt?"

Gabriela starrte ihn fassungslos an.

„Die Dreiundzwanzig scheint am profitabelsten. Da ist, glaube ich, eine Menge zu holen", sagte Marius und warf Gabriela einen entschuldigenden Blick zu.

Gabriela merkte, wie ihr die Führung der Bande durch die Finger glitt. Sie musste jetzt etwas unternehmen, oder Sorin nahm ihren Platz ein. „Also gut. Wir nehmen die Dreiundzwanzig. Aber das ist ein großes Risiko. Wir müssen also noch besser vorbereitet sein als sonst. Sobald es dunkel wird, beziehen wir unsere Stellungen. Um 16:00 Uhr ist jeder an seinem Platz. Um 23:30 Uhr schlagen wir zu."

„Oh, müssen wir so ewig in der Kälte rumhängen, Gabriela?", klagte Fabiu.

„Ja, müssen wir. Es ist wichtig, unsere Feinde im Auge zu haben, sodass sie uns nicht überraschen können."

Sorin ließ seine Faust auf den Tisch donnern. „So machen wir es. Haut euch noch ein paar Stunden aufs Ohr, damit ihr heute Nacht wach seid. Wir treffen uns hier um 14:00 Uhr wieder", schloss er die Besprechung.

Der Raum leerte sich schnell. Gabriela starrte mit geballten Fäusten vor sich. Breda hatte so recht. Sorin war gefährlich. Sie hatte das zu lange ignoriert. Nun stellte sich die Frage, ob sie ihren Platz in der Bande noch retten konnte, oder ob es dafür schon längst zu spät war.

Sie straffte ihre Gestalt. Nein, eine Gabriela Macarescu gab sich nicht geschlagen. Das war ihre Bande. Es hatte Jahre gedauert, sie so gut aufzubauen. Sie würde sie sich nicht wegnehmen lassen.

Kapitel 15

Damian ging zum wiederholten Male die Straße ab. Er versuchte, jedes potenzielle Versteck aufzuspüren, an den Häusern vorbeizuschauen. Immer wieder hielt er an und machte sich Notizen. Breuer kam auf ihn zu.

„Schon was entdeckt?", fragte er.

Damian zuckte mit den Schultern. „Kommt darauf an, wonach du suchst. Ich habe versucht, mich in die Einbrecherbande hineinzuversetzen. Hier habe ich einige gute Verstecke notiert." Damian blätterte einige Seiten zurück. „Das sind die Schwachstellen unserer Zielobjekte, wo die Einbrecher am Leichtesten eindringen können. Aber das sind alles die Betrachtungen von der Straße aus."

„Von dort aus wurden die Häuser ja auch ausgespäht", warf Breuer ein.

„Ja, aber ich denke nicht, dass die Täter diesen Weg nehmen werden. Das ist eine gehobene Wohngegend. Hier liegt weitläufiger Garten an weitläufigem Garten. Sie werden eher von der Parallelstraße, dem Birkenweg, kommen. Die wird nicht überwacht. Sie gehen vom Birkenweg quer über das Grundstück in den angrenzenden Garten des Zielobjekts. Es spielt sich alles hinter dem Haus ab, sodass wir hier vorne gar nichts mitbekommen. Nur so konnten sie uns gestern entgehen. Sie wissen oder ahnen, dass die Häuser überwacht werden. Sie werden also auch im Haus sehr vorsichtig sein. Bei dem gestrigen Einbruch wurden auch nur die Räume durchwühlt, bei denen der Rollladen heruntergelassen war. Das obere Stockwerk, wo die Läden noch offen waren, blieb unangetastet."

Breuer sah sich erneut um. „Ich verstehe. Ja, das ergibt Sinn. Aber wie können wir die Gärten der Häuser überwachen? Da bräuchten wir zuhauf Beschlüsse von der Staatsanwaltschaft. Und die Bewohner müsste man auch informieren, damit sie keinen Schock bekommen, wenn sie plötzlich jemanden von uns in ihrem Garten entdecken."

„Nein, da bekommt die Bande bestimmt etwas mit. Ich würde vorschlagen, wir überwachen die Parallelstraße. Von dort müssen sie in die Gärten eindringen", sagte Damian.

„Die Observierung auf den Birkenweg zu verlagern und die eigentlichen Zielobjekte außen vor zu lassen, ist riskant", bemerkte Breuer und fuhr fort: „Aber wir haben auch nicht genügend Männer, um beide Positionen zu besetzen. Jedes Überwachungsteam muss aus mindestens zwei Mann bestehen. Du weißt schon: Das Vier-Augen-Prinzip."

„Diese Regel ist im Moment nicht sonderlich hilfreich", sagte Damian.

„Doch, das ist sie. Stell dir mal vor, ein Überwachungsposten wird von der Bande überrascht und ist dann ganz alleine. Das ist viel zu riskant. Die Regel

94

hat schon ihren Sinn. Auch damit nichts übersehen wird und alles bezeugt werden kann", meinte Breuer.

„Ja, stimmt schon. In der Straße vor den Zielobjekten haben wir ja noch die Wagen mit den Überwachungskameras. Wir lassen sie also in unserer Observation nicht ganz außen vor", überlegte Damian. Er dachte kurz nach. „Können wir zu dem Plan gehen, den Manni markiert hat? Ich habe da eine Idee, wie wir uns am besten verteilen."

Breuer schmunzelte. „Der liegt noch im Überwachungswagen. Lass uns gehen."

Kapitel 16

Damian rieb seine eiskalten Hände aneinander. Obwohl er Handschuhe trug, hatte er das Gefühl, sie kaum mehr bewegen zu können. Er fluchte leise.

„Alles klar?", fragte Breuer.

„Es ist schon mitten in der Nacht und wir sitzen noch immer hier in unserem Versteck. Und nichts ist passiert! Vielleicht kommen sie ja heute gar nicht", sagte Damian und versuchte, seine Stimme nicht zittern zu lassen. Das war schwer. Fast alles an ihm bibberte vor Kälte. Er hasste die Kälte. Sie erinnerte ihn an früher, als er noch nicht einmal eine Jacke besessen hatte, um dem Winter zu trotzen. Das hatte sich erst geändert, als Breuer in sein Leben getreten war. Verdammt viel hatte sich seitdem geändert und er wollte nicht an früher erinnert werden. Das brachte ihn nur auf schlechte Gedanken.

Damals hatte er die Kälte mit Heroin betäubt. Es konnte ihn zwar nicht wärmen, aber zumindest war es ihm danach egal, dass er fror.

Verdammt! Da waren sie schon, die dummen Gedanken. Damian spürte, wie das Verlangen nach der Droge in ihm hochkroch. Wie ein abscheuliches Monster, das in den Tiefen seiner Seele auf den richtigen Moment gelauert hatte, um wieder zuzuschlagen. Ihn in Besitz zu nehmen. Zu verschlingen.

Er stöhnte auf, krümmte sich zusammen. Würde das denn niemals enden?

„Damian, alles in Ordnung?", fragte Breuer besorgt.

Sollte er ihm davon erzählen? Er konnte auf seine Unterstützung zählen, das wusste er. Aber Breuer war auch sein Chef und sie waren mitten in einem Fall.

„Mir ist nur kalt", erwiderte er darum leise.

Ein Geräusch ließ sie aufhorchen. Waren das Schritte? Der Frost hatte die Straßen und Wiesen mit Eis überzogen. Ja, da knirschte es. Jemand kam auf sie zu. Damian schaute angestrengt in die Dunkelheit und versuchte zu hören, um wie viele Menschen es sich handelte. Waren es drei oder fünf, oder noch mehr? Auf jeden Fall mehr als zwei. Die Schritte stoppten. Als sie wieder einsetzten, hatte sich das Geräusch, welches sie verursachten, geändert.

„Sie sind jetzt im Garten. Im Haus links von uns", flüsterte Damian.

Breuer nickte und erteilte leise den Zugriffsbefehl über Funk. Schnell näherten sie sich den Geräuschen.

„Poliție!", ertönte ein Warnruf über ihnen.

Die zuvor noch schleichenden Schritte gerieten in Bewegung. Stoben nach allen Richtungen auseinander. Breuer und Damian knipsten ihre Taschenlampen an. Da, auf dem Balkon über ihnen, von wo der Warnruf gekommen war, lief eine schlanke Gestalt.

„Stehen bleiben! Polizei", rief Damian, doch die Person sprang ohne Mühen über das Geländer, auf ein

Garagendach und von diesem Dach auf die benachbarte Garage. Von dort lief sie über das angrenzende Hausdach und verschwand aus ihrem Sichtfeld. Damian sprintete, so schnell er konnte, auf das Nachbargrundstück, doch eine Hecke behinderte ihn. Als er endlich dort angekommen war, war von dem Flüchtigen keine Spur mehr zu sehen. Die Kollegen kamen von allen Seiten. Ihre Taschenlampen erhellten die Nacht.

„Habt ihr jemanden schnappen können?", fragte Breuer.

„Nein, Chef. Das versteh ich nicht. Wie konnten sie uns entkommen?", fragte Momo und trat frustriert gegen einen Baum.

„Der eine hatte die Fähigkeiten eines Parkour-Läufers. Jegliche Hindernisse hat der Kerl mühelos überwunden", bemerkte Damian.

„Wir hätten beinahe einen gehabt, aber das war ein Bär von einem Mann, der einen riesigen Blumenkübel samt Inhalt nach uns geworfen hat", sagte Johanna Schneider.

„Jemand verletzt? Nein? Jo?", fragte Breuer.

„Alles in Ordnung, Chef. Nur unser Stolz wurde verletzt." Johanna verzog das Gesicht und zuckte hilflos mit den Schultern.

„Sie müssen noch hier in der Gegend sein. Teilt euch in Zweiergruppen auf und sucht. Wir bleiben in ständigem Funkkontakt. Seid vorsichtig. Momo, veranlass

Straßenkontrollen im Umkreis von fünf Kilometern. Also los!", trieb Breuer sie an.

Nach drei Stunden trafen sie sich wieder am Überwachungsbus, ohne ein Ergebnis vorlegen zu können. Frustriert lehnte sich Breuer in einem Sitz des Wagens zurück und schloss kurz seine Augen. Damian beobachtete ihn. Er stand mit seinen Kollegen außerhalb des Busses. Aaron Breuer sah genauso müde aus, wie er sich selbst fühlte.

„Es ist jetzt nach drei. Machen wir Schluss für heute. Morgen früh treffen wir uns wieder im Präsidium."

Alle nickten. Sie waren zu erschöpft für weitere Erwiderungen.

Kapitel 17

Damian rieb sich über sein Gesicht. Stundenlang starrte er nun schon auf seinen Computerbildschirm, ging Akten durch, schrieb Berichte, versuchte Zusammenhänge zu erfassen.

Die Spurensicherung konnte noch keine fremde DNA am Tatort ermitteln. Alle Spuren waren von Personen, die eindeutig dem nahen Umfeld des Opfers zugeordnet werden konnten. Sie waren entweder vom Opfer selbst, vom Bruder, der sich ja am Abend der Tat noch im Haus befunden hatte, oder von der Putzfrau, die zweimal die Woche dort war.

„Wir sind natürlich mit der Auswertung der gesammelten Asservate noch lange nicht fertig", hatte Engel seinen Bericht am Morgen beendet.

Damian schloss seine Augen für einen Augenblick. Nur, bis das Brennen nachließ.

„Hey, schläfst du?" Er wurde von Momo angestupst.

„Was? Nein! Natürlich nicht. Meine Augen brennen nur so."

War er eingeschlafen? Er war sich nicht sicher, aber zugeben würde er das natürlich nicht. Sie hatten heute Morgen alle wieder früh angefangen. Niemand hatte genug Schlaf bekommen.

„Staatsanwältin Rau muss über den aktuellen Ermittlungsstand informiert werden. Sie hat um 14:00 Uhr einen Termin frei. Wer fährt rüber?", fragte Breuer.

„Ich mach das", meldete sich Damian und schnappte sich die Ermittlungsakte, die eigens für die Staatsanwaltschaft angelegt worden war.

„Ich habe vorher noch eine Ortsbegehung mit Herrn Soerne von Richard Roths Versicherung. Der Mann, der am Tag vor dem Mord im Haus war und sich als enger Freund des Opfers bezeichnet. Ich fahre von dort aus dann direkt zur Staatsanwaltschaft. Das haut zeitlich gerade hin."

„Was versprichst du dir von einer Ortsbegehung mit dem Versicherungsfritzen?", fragte Momo.

„Nach eigenen Angaben weiß er ganz genau, wo etwas von Wert gestanden hat und kann so unsere Liste der gestohlenen Gegenstände vervollständigen."

„Sehr gut", sagte Breuer. „Je mehr Einzelheiten wir kennen, desto höher unsere Erfolgsaussicht. Schick die Ergebnisse dann auch sofort zu unseren rumänischen Kollegen. Die sollen die Augen nach den Sachen offen halten. Wenn wir einen dieser gestohlenen Gegenstände finden, haben wir damit eine Spur zu unseren potenziellen Tätern."

Klirrend kalte Dezemberluft schlug ihm entgegen, als Damian das Präsidium verließ. Der Parkplatz war an diesem Samstag menschenleer und von glitzernden

Eiskristallen bedeckt, die bei jedem seiner Schritte knirschend zusammenbrachen. Er schaute auf die Fußspuren, die er bereits hinterlassen hatte. Hatte es in der Nacht des Mordes Bodenfrost gegeben? Er holte die Akte aus seiner Tasche und klappte sie auf. Ja, aber bis die Leiche am nächsten Morgen gefunden worden war, waren all diese Spuren schon weggeschmolzen. Die Luft, die er durch die Nase stieß, materialisierte sich in einer großen, weißen Wolke. Mit klammen Fingern steckte er die Mappe zurück und stellte die Tasche in den Fußraum auf der Beifahrerseite des Dienstwagens.

Er war gerade vor Richard Roths Haus vorgefahren, als ein rot-glänzender Porsche vor ihm parkte.

„Nicht schlecht", dachte Damian. *„Der war bestimmt nicht billig."*

Der Mann, der aus dem Auto ausstieg, strahlte Erfolg und Dynamik aus. Seine dunklen Haare waren mit so viel Pomade zurückgegelt, dass sie nass wirkten, sein Anzug war augenscheinlich maßgeschneidert. Er trug dazu eine rosa Krawatte, die farblich sehr gut passte. Aber als Mann musste man schon das nötige Selbstbewusstsein haben, um so etwas zu tragen.

„Soerne, mein Name. Sind Sie der Herr von der Kripo?"

Damian reichte ihm die Hand. „Johannsson, LPP 213. Danke, dass Sie so schnell Zeit gefunden haben. Lassen Sie uns reingehen."

Soernes wache Augen begannen sofort, die Umgebung zu scannen, kaum dass sie durch die Tür getreten waren. Damian führte den Mann durch das ganze Haus mit Ausnahme des Tatorts. Von diesem Raum zeigte er ihm auf einem Laptop die digitalisierte Ansicht, wie sie zuvor auch schon Robert Roth zu sehen bekommen hatte. Soerne brummte unentwegt vor sich hin, schüttelte den Kopf und zeigte hie und da auf eine Stelle.

„Dort hat eine Bronze-Skulptur gestanden. Kein Einzelstück, aber Bronze bringt halt Geld ... die Manschettenknöpfe fehlen. Er hatte drei Paare. Nur eines war wirklich teuer. Die anderen hatten so um die fünfzig Euro gekostet ... Hmm, sonst fehlt hier oben nichts von Wert. Nichts, was mir auffallen würde. Für die Unordnung, die hier herrscht, hätte ich mit mehr Verlust gerechnet. Einzig aus dem Wohnzimmer wurde wirklich viel entwendet. Was alleine die Whisky-Sammlung wert war ..." Soerne verzog gequält das Gesicht.

„Haben Sie Unterlagen zu der gestohlenen Whisky-Sammlung?", fragte Damian.

„Ja, natürlich." Soerne zog eine Mappe aus seiner Aktentasche. „Besonders interessant ist hierbei diese Flasche: Ein Dalmore Pure Highland Malt Scotch Whisky, Jahrgang 1926. Ein Einzelstück. Über 25.000 Euro wert. Das kostbarste Stück dieser Sammlung."

„Wäre denn in den anderen Räumen etwas von Wert zu holen gewesen?", fragte Damian weiter.

„Oh ja. Absolut. Alleine im Schlafzimmer die Uhren. Das waren alles teure Stücke. Sogar eine Rolex war dabei und dass die teuer sind, weiß eigentlich jeder."

Damian runzelte die Stirn. „Also, wer immer hier eingebrochen ist, kannte sich nicht besonders gut aus."

Soerne nickte. „Meiner Meinung nach: Ja. Der hatte keine Ahnung."

Damian reichte Soerne abwesend die Hand. Zu viele Gedanken schwirrten durch seinen Kopf. „Vielen Dank für Ihre Zeit, Herr Soerne. Sie haben uns sehr geholfen."

„Ich helfe immer gerne. Noch dazu, wo Richard mein Freund war. Ich hoffe, Sie finden die Mörder-Bande."

Damian öffnete die Haustür und blieb wie angewurzelt stehen.

„Alles in Ordnung, Herr Johannsson?", fragte Soerne hinter ihm. Damian drehte langsam den Kopf und sah Soerne mit großen Augen an.

„Mein Auto. Ich hatte es doch direkt vor dem Eingangstor abgestellt? Es ist weg."

Soernes Augen weiteten sich panisch. „Mein Porsche!", rief er und stürmte an Damian vorbei.

Dieser folgte ihm.

„Oh, mein Gott, ich danke dir! Er steht noch da." Soerne streichelte zärtlich über den roten Lack des Sportwagens. Damian suchte mit zusammengezogenen

Augenbrauen beide Seiten der Straße ab. Keine Spur von seinem Wagen.

Herr Soerne drehte sich zu ihm um. „Es tut mir so leid um Ihr Auto, Herr Johannsson."

Ein Lächeln durchbrach Damians düsteres Gesicht. „Jetzt haben die Einbrecher einen großen Fehler gemacht", sagte er mit leiser Stimme, zückte sein Handy und gab den Diebstahl seines Dienstwagens durch. „Aktiviert sofort den GPS-Sender und gebt die Position an alle Kollegen weiter. Bei den Dieben handelt es sich möglicherweise um Tatverdächtige in einem Mordfall." Damian starrte gedankenverloren die Straße entlang. „Lauf, Kaninchen, lauf!", flüsterte er.

„Was?", fragte Soerne verwirrt.

Damian schüttelte den Kopf, wie um sich aus seinen Gedanken zu befreien, und sah Soerne in die Augen. „Das ist, als würde man ein Rudel Jagdhunde auf die Fährte eines Kaninchens setzen. Und wir haben soeben die Fährte aufgenommen."

„Und das heißt?"

„Wenn sie den Fehler machen, noch mit dem Auto unterwegs zu sein, sind sie schon so gut wie geschnappt."

Soerne schüttelte verständnislos den Kopf.

„Wer klaut denn Ihren Dienstmercedes, der sicherlich schon etliche Kilometer auf dem Buckel hat, wenn direkt davor ein neuer Porsche steht? Diese Bande hat wirklich nicht viel Verstand."

Damian wurde blass. „Verdammt!"

Er zog wieder sein Handy aus der Jackentasche und rief Aaron Breuer an. „Chef, mir wurde das Auto vor der Haustür von Roth geklaut", meldete er sich, als Breuer das Gespräch entgegennahm.

„Ich nehme an, du hast das schon gemeldet?"

„Natürlich. Das habe ich als Erstes gemacht."

„Ich schick dir Manni vorbei, damit er dich abholt und zur Staatsanwaltschaft fahren kann. Wenn wir Glück haben, war das unsere rumänische Einbrecherbande. Dann kriegen wir sie jetzt vielleicht."

„Ja, ähm ... da gibt es noch ein Problem", sagte Damian leise.

„Und das wäre?", fragte Breuer.

„Also, im Auto, auf dem Boden der Beifahrerseite ... also da lag meine Tasche mit der Ermittlungsakte für die Staatsanwaltschaft", erläuterte Damian.

Am anderen Ende der Verbindung wurde heftig geflucht. Damian verzog gequält das Gesicht.

„Manni holt dich gleich ab und fährt dich ins Präsidium zurück. Ich ruf bei Staatsanwältin Rau an und erklär ihr die Situation. Sie wird wohl kaum begeistert sein, aber mit ein wenig Glück haben wir die Bande gleich."

Damian steckte sein Handy wieder in die Jackentasche und verabschiedete sich von Soerne.

Zwanzig Minuten später traf Manni ein.

„Gibt es schon was Neues bezüglich des gestohlenen Wagens?", fragte Damian, kaum dass er eingestiegen war.

Manni trat aufs Gas. „Ja, aber leider sind es keine guten Neuigkeiten. Die hatten den Wagen bereits in einem Waldstück, keine fünf Minuten von hier, abgestellt und waren schon über alle Berge. Wir fahren da gerade hin."

Der Wagen stand mit offenen Türen auf gefrorenem Lehmboden. Wo sich sonst die Wanderlustigen oder Sportbegeisterten trafen, wimmelte es von den Männern und Frauen der Spurensicherung in ihren weißen Overalls. Überall standen kleine, gelbe Kärtchen mit Spurenziffern auf dem Boden verteilt. Damian stieg aus und ging mit Manni zum abseits stehenden Breuer.

„Die waren aber schnell", sagte er und trat nervös von einem Fuß auf den anderen. Er fürchtete sich davor, die entscheidende Frage zu stellen.

Breuer brummte unwirsch. „Fast hätten wir sie gehabt. Wir können sie nur um Minuten verpasst haben. Die Kühlerhaube war noch warm. Aber die wussten genau, dass sie gegen die Zeit arbeiten. Verdammt! Seht ihr die Reifenspuren? Sie sind noch ganz frisch. Die aufgewühlte Erde ist noch nicht wieder gefroren. Ich wette, da stand ein zweites Fahrzeug, mit dem sie dann schnell abgehauen sind."

Breuer stellte eine Spurenziffer vor den Reifenabdruck und winkte einen Mitarbeiter der Spurensicherung heran, der sich direkt daran machte, die Spur zu fotografieren und danach einen Gipsabdruck davon nahm.

„Den Fußspuren nach zu urteilen, waren sie mindestens zu viert", fuhr Breuer fort.

„Wir gehen also davon aus, dass das die rumänische Bande war? Versteifen wir uns da nicht auf etwas? Autodiebstahl ist doch eigentlich gar nicht ihr Metier?", fragte Manni.

„Es ging ihnen ja auch gar nicht um das Auto. Die Tasche mit der Ermittlungsakte für die Staatsanwaltschaft ist geklaut worden. Dann noch einige Wechselnummernschilder aus dem Kofferraum, die wir für Observationen benutzen", erwiderte Breuer.

Damian schluckte. Also war seine Befürchtung doch eingetreten. Das Ziel dieser Aktion war die Ermittlungsakte gewesen.

„Jetzt weiß die Bande also genau über unseren Ermittlungsstand Bescheid. Mist, Mist, Mist." Damian trat frustriert gegen einen großen Begrenzungsstein und wurde sofort mit einem scharfen Schmerz durch seinen Fuß bestraft. Warum hatte ihm das passieren müssen? Er wusste, er hatte keinen Fehler gemacht, aber dennoch fühlte er sich schuldig für diese Panne und die weitreichenden Konsequenzen, die sich daraus ergeben konnten.

„Hoffentlich bekommen wir wenigstens ein paar aussagekräftige DNA-Spuren aus dem Auto", sagte Manni.

Kapitel 18

Die Befragung von Richard Roths Nachbarn verlief ins Leere. Zwar hatten zwei Personen den Dienstwagen dort stehen sehen, doch niemand hatte beobachtet, wie er entwendet wurde. Die Auswertung eventueller DNA-Spuren aus dem Auto würde noch mindestens drei Tage in Anspruch nehmen. Sie hatten ja noch nicht einmal die vollständigen Ergebnisse vom Mordschauplatz.

Breuer trommelte im Präsidium sein Team zusammen. „Okay, Leute. Heute Nacht gibt es noch mal Nachtschicht. Wir werden wieder die Häuser observieren. Fahrt jetzt nach Hause und legt euch ein wenig aufs Ohr. Ich brauche euch später hellwach und voll konzentriert. Wir treffen uns um einundzwanzig Uhr hier im Präsidium. Bis später!"

Damian seufzte erleichtert. Die bleierne Müdigkeit vom Vormittag hatte das Adrenalin wieder verdrängt und sich mit einem pochenden Schmerz in seinem Kopf manifestiert. Ein paar Stunden Schlaf waren jetzt genau das, was er im Moment brauchte. Es war fünf Uhr, aber schon stockdunkel. Team zwei würde während ihrer Abwesenheit die Observation starten. Doch die Erfahrung zeigte, dass die Bande eher zur späteren Stunde mit ihren Einbrüchen begann. Dann, wenn die Gefahr, von einem Hausbewohner oder Nachbarn überrascht zu werden, am geringsten war.

Damian hielt an einer roten Ampel und schaute in den Rückspiegel. Der weiße Kastenwagen fuhr nun schon eine ganze Weile hinter ihm her. Hier, in der Stadt mit der Straßenbeleuchtung, konnte man das gut erkennen. Später, auf der Autobahn und über Land wäre nur das Licht der Scheinwerfer zu sehen. Ein ungutes Gefühl beschlich ihn. Nur noch zwei Ampeln, dann war er auf der Autobahn. Es wurde grün. Kurz entschlossen setzte er den Blinker und bog rechts ab. Der Kastenwagen folgte ihm. Damian nahm die nächste Abzweigung nach links und wieder war der Kastenwagen hinter ihm. Er griff nach seinem Handy. Sollte er um Verstärkung bitten? Kurz entschlossen bog er abermals links ab. Nichts. Der Kastenwagen fuhr geradeaus weiter. Damian suchte sich wieder seinen Weg zur Autobahn. Den Rückspiegel immer im Auge. Doch der große, weiße Wagen tauchte nicht wieder auf.

„Also echt. Ich brauche dringend eine Mütze voll Schlaf. Ich habe schon Verfolgungswahn", murmelte er.

Zu Hause angekommen stand er schon mit dem Schlüssel vor seiner Haustür, als er es sich doch noch einmal anders überlegte. Er ging zu Sarahs Haus und klingelte. Sarah öffnete mit zerzausten Haaren und rot geränderten Augen. Sie sah sehr blass aus.

„Wie geht es dir, Sarah?", fragte er.

Sarah zuckte mit den Schultern und schaute zu Boden.

„Darf ich einen Moment reinkommen?", fragte Damian.

„Klar."

Sarah ging ins Wohnzimmer und setzte sich auf die Couch. Damian folgte ihr und warf auf dem Weg zum Wohnzimmer einen Blick in die offen stehende Küche. Das schmutzige Geschirr stapelte sich. Im Wohnzimmer selbst lag überall Kathys Spielzeug herum. Damian setzte sich neben Sarah.

„Was hast du, Sarah? Etwas stimmt doch nicht."

„Ach, ich bin nur etwas erschöpft. Sonst nichts."

„*Ich* bin erschöpft. *Dir* fehlt doch etwas, Sarah! Nun sag schon: Was haben die im Krankenhaus festgestellt?"

Sarah schaute wieder zu Boden. „Es ist nichts Ernstes, Damian. Lass es bitte gut sein."

„Nein, ich lass es nicht gut sein. Ich mache mir Sorgen um dich. Rede doch mit mir. Bitte!"

Die Wohnzimmertür wurde aufgerissen und Kathy kam hereingestürmt.

„Damian! Komm mit. Ich muss dir was zeigen." Das Kind zog an seinem Arm. Damian versuchte noch einmal Blickkontakt mit Sarah herzustellen, doch sie wich ihm aus. Also ließ er sich von Kathy mitziehen.

„Schau, was ich gebaut habe", sagte sie und deutete auf zwei Stühle, über deren Lehne eine Decke hing.

„Eine Höhle", beantwortete sie ihre eigene Frage und sah Damian mit strahlendem Gesicht an.

„Ich mach dir einen Vorschlag, Kathy." Damian beugte sich zu dem Kind hinunter. „Ich helfe dir, deine Höhle zu verbessern, und du räumst in der Zwischenzeit dein Spielzeug im Wohnzimmer auf, okay?" Kathy überlegte nicht lange.

„Au ja! Ich beeile mich", sagte sie und verschwand singend ins Wohnzimmer.

Damian holte noch einen dritten Stuhl und eine weitere Decke. So vergrößerte er die Höhle und legte Kathys Kopfkissen und die Kuscheltiere aus ihrem Bett ins Innere. Kathy flitzte unaufhörlich vom Wohnzimmer in ihr Kinderzimmer und brachte ihr Spielzeug zurück. Sie ließ es dort zwar nur auf den Boden fallen, aber wenigstens war es schon mal aus dem Wohnzimmer. Mehr konnte er von einer Vierjährigen wohl nicht erwarten.

„So, ich bin fertig, und du?", fragte Damian.

„Ich auch, ich auch", rief die Kleine und hüpfte aufgeregt auf und ab. „Darf ich jetzt in die Höhle rein?"

„Klar. Nur zu!", sagte Damian und folgte ihr ins Innere. „Wie gefällt es dir, Kathy?"

„Toll. Danke, Damian. War ich auch eine gute Helferin heute?"

„Ja, Kathy. Das warst du. Weißt du, deine Mami benötigt im Moment unsere Hilfe."

Kathy nickte mit ernstem Gesicht. „Sie ist immer müde und sie mag kein Essen mehr."

Damian schluckte schwer. „Sie mag kein Essen mehr?"

Kathy schüttelte mit betrübtem Gesicht den Kopf.

„Ich geh jetzt mal zu ihr. Mal sehen, ob ich ihr noch etwas helfen kann."

„Hmhm." Kathy nickte.

Als Damian das Wohnzimmer betrat, war Sarah schon wieder auf der Couch eingeschlafen. Er betrachtete sie einen Moment still. Kathy hatte recht. Ihre ohnehin schon zierliche Gestalt war inzwischen verdammt dünn geworden. Zu dünn. Er spielte einen Moment mit dem Gedanken, sie zu wecken, um mit ihr zu sprechen. Stattdessen betrat er die Küche und begann mit der Arbeit. Als er das Spülwasser eingelassen hatte, kam Kathy herein.

„Sag mal, Kathy: Weißt du, was die Buchstaben auf den Spülbürsten bedeuten, die deine Mami da drauf geschrieben hat?"

Kathy nickte. „Mami hat mir das erklärt."

„Hier, auf dieser steht ein A. Was bedeutet das?", fragte Damian.

„A kenne ich. Ich kann schon meinen Namen schreiben. Da kommt ein A vor."

„Das ist toll, Kathy. Was bedeutet nun das A?"

„A bedeutet Armaturenreinigungsdings!", sagte Kathy.

„Armaturenreinigungsdings? Ernsthaft?"

Kathy nickte und kicherte.

„Also gut. Ich denke, ich habe das Prinzip verstanden. Dann ist das wohl das Tellerreinigungsdings", sagte Damian, griff nach der separat liegenden Bürste mit dem aufgemalten T und wollte sie gerade in das Spül-wasser tauchen, als Kathy aufschrie. „Nein! Halt! T bedeutet Toilettenreinigungsdings!"

Damian erstarrte mitten in der Bewegung. „Was hat das in der Küche zu suchen?", fragte er entsetzt.

„Hier liegen alle Putzsachen", erwiderte Kathy und wollte sich ausschütten vor Lachen. „T kommt auch in meinem Namen vor, weißt du?", klärte sie Damian auf. „Du musst die Bürste mit dem S nehmen. S sieht aus wie eine Schlange!"

Kathy steckte ihre Zunge zwischen ihre Zähne und zischte wie eine Schlange.

Damian griff die richtige Bürste. „Und was bedeutet S?", fragte er vorsichtig.

„Spüldings. Das ist doch klar!", belehrte Kathy ihn.

Als er die Küche eine Stunde später verließ, war Kathy wieder in ihrem Zimmer. Die Spülmaschine lief und auch der Rest war gespült und wieder an seinem Platz. Die Koch- und Arbeitsflächen waren sauber.

Sarah schlief noch immer. Er küsste sie sanft auf die Lippen. Langsam öffnete sie ihre Augen.

„Hey, wie geht es dir?", fragte er.

Sarah lächelte müde. „Willst du mich das jetzt jedes Mal fragen?"

Damian nickte. „Ja. Bis ich eine richtige Antwort von dir bekomme."

Sarah senkte wieder den Blick.

Damian seufzte. „Also gut. Ich gehe jetzt mal rüber zu mir und leg mich noch ein bisschen aufs Ohr. Schlaf ist bei uns auf dem Präsidium im Moment Mangelware. Sehen wir uns morgen?"

Sarah nickte nur, zog ihre Beine an und ließ den Kopf wieder auf die Couchlehne sinken.

Damians Magen verkrampfte wieder. Warum redete Sarah nicht mit ihm? Stand es so schlecht um sie? Oder stand es so schlecht um ihre Beziehung?

Zu Hause ging er auf direktem Weg hoch in sein Schlafzimmer. Er zog sich bis auf die Unterhose aus, räumte die Kleider auf. Er konnte kaum mehr seine Augen offen halten, wusste aber aus Erfahrung, dass sein Schlaf kein erholsamer sein würde, solange Unordnung in seiner Umgebung herrschte. Zu nah war die Erinnerung an die letzte Nacht, an die Kälte und was sie in ihm freigesetzt hatte. Würde er bis zu seinem Lebensende gegen seine Dämonen kämpfen müssen? Er sollte mit jemandem darüber sprechen. Solange sie mitten in einer Mordermittlung waren, wollte er Aaron Breuer nicht damit belasten. Er durfte bei aller Vertrautheit nicht vergessen, dass dieser auch sein Chef war. Normalerweise würde er in einer solchen Situation mit Sarah reden. Doch sie hatte im Moment genug mit ihrer eigenen Erkrankung zu tun.

Hoffentlich wurde sie bald wieder gesund. Jedes Mal, wenn sie sich weigerte, ihm zu sagen, was los war, kamen die schlimmsten Befürchtungen in ihm hoch. War es eine unheilbare Krankheit? Vielleicht Krebs? War sie so schnell aus dem Krankenhaus entlassen worden, weil man nichts mehr für sie tun konnte?

Er schüttelte seinen Kopf, als könne er so die Gedanken vertreiben, die sich dort breitmachten. Es nutzte nichts, zu grübeln. Er musste mit Sarah sprechen. Ganz dringend!

Er kroch unter seine Decke und fiel in einen tiefen, unruhigen Schlaf, kaum dass sein Kopf das Kissen berührte.

Kapitel 19

Damian fror. Seine Zähne schlugen klappernd aufeinander. Er öffnete die Augen und fand sich in dem Versteck von letzter Nacht wieder. Warteten sie auf die rumänische Bande? Er sah sich um, konnte Breuer aber nirgends entdecken. Er war alleine. Er wollte seine Jacke enger um sich herum ziehen, aber traf nur auf kalte Haut. Verwirrt sah er an sich herunter. Wo waren seine Kleider? Hatte er sich vor lauter Müdigkeit vergessen anzuziehen? Peinlich berührt sah er sich um. Er musste nach Hause. So konnte er nicht vor seine Kollegen treten. Aber durfte er seinen Posten im Stich lassen? Am Ende würde ein zweiter Mord geschehen, weil er nicht hier gewesen war. Unschlüssig trat er von einem Bein auf das andere. Da hörte er etwas. Der gefrorene Boden gab die Geräusche gut wieder. Jemand kam auf ihn zu. Ein schlurfender Gang, ein Keuchen und Stöhnen. Damian stellten sich sämtliche Nackenhaare auf. Was war das? Er wollte nach seiner Waffe greifen, aber sie war nicht da. Angestrengt schaute er in die Dunkelheit. Die Geräusche näherten sich dem Schein einer Straßenlaterne. Ein Bein schob sich in das Licht. Die Jeans zerfetzt, darunter ein offener Schienbeinbruch, der Knochen hatte die Haut durchstoßen. Eine zertrümmerte Hand, zur Klaue verkrampft, griff nach der Helligkeit. Der

Rest der Gestalt zog nach, stand keuchend und stöhnend im Schein der Laterne. Damian schlich sich im Schutz der Dunkelheit näher, versuchte, das Gesicht der Gestalt zu erkennen. Plötzlich hob diese den Kopf. Starrte ihn direkt an.

„Viktor!" Entsetzt stolperte Damian zurück. Viktor gab einen fauchenden Laut von sich und kam mit unglaublicher Geschwindigkeit auf ihn zugerast. Damian wollte fliehen, doch er stolperte über seine eigenen Füße und fiel zu Boden. Sofort war Viktor über ihm.

„Hast du mich vermisst, Damian?", fragte er zischend. Damians Herz raste, schien aus seinem Brustkorb springen zu wollen. Etwas Warmes, Feuchtes tropfte auf seinen Körper. Entsetzt registrierte er, dass es Viktors Blut war.

„Das ist nicht möglich. Du bist tot!", rief er.

„Ja, und wessen Schuld ist das?", fragte Viktor und schob sein Gesicht ganz nah an Damians.

„Ich ... ich wollte das nicht. Ich hatte noch versucht, dich festzuhalten ... es war ein Unfall."

Die Bilder von damals drängten sich in sein Bewusstsein. Als er fünfzehn Jahre alt war und Viktor siebzehn. Als sein Freund von dem einfahrenden Regionalzug überrollt wurde, der ihn wie eine Papierpuppe zerfetzte.

„Nein. Du bist schuld", beharrte Viktor. „Nur weil du dein Leben ändern und mich, deinen Freund, daraus ausschließen wolltest, ist das passiert! Durch deinen

Egoismus hatten wir diesen Streit, ohne den ich heute noch leben könnte. Wer weiß: Vielleicht hätte ich ja heute einen tollen Job und eine Familie. Stattdessen verfaule ich in meinem nassen Grab. Deinetwegen!"

„Nein!", schrie Damian. „Die Drogen waren schuld. Durch sie hattest du den Krampfanfall und bist auf die Schienen gestürzt."

Ein dämonisches Grinsen durchbrach Viktors entstelltes Gesicht. „Die Drogen? Du meinst diese Drogen?" Und damit zog er eine gefüllte Spritze aus seiner Hosentasche. „Du meinst das Heroin?", fuhr er unbarmherzig fort.

Damian keuchte. Sein Blick klebte an der Spritze. Unmöglich, weg zu schauen. Sein Körper wurde von unbändigem Verlangen danach gepackt. „Nein, Viktor nicht!"

„Warum wehrst du dich so sehr, Damian? Wenn du aufgehört hättest, dich dagegen zu wehren, wäre ich heute noch am Leben!", schrie Viktor.

„Nein! Es tut mir leid. Das habe ich doch nicht gewollt."

Wo waren die anderen? Wieso war niemand hier?

„Hilfe!", rief er aus Leibeskräften.

Viktor lachte gehässig. „Wer sollte dir denn helfen? Du bist ganz alleine."

„Nein, bin ich nicht", entgegnete Damian schwach.

„Dann sieh dich doch um. Wer ist denn da, um dir zu helfen? Mit wem kannst du über deine Probleme sprechen? Mit niemandem! Du bist ganz allein." Viktor zog die Schutzkappe von der Spritze. „Aber das wird dir helfen. Du wirst sehen, wie du dich direkt besser fühlst. Das ist viel besser, als jedes Gespräch. Viel besser als alles." Er griff nach Damians Arm.

„Nein, Viktor, nicht. Bitte nicht!" Damian versuchte, sich aus Viktors Griff zu befreien, aber der andere hielt ihn mit unmenschlicher Kraft fest. Seine eigene Energie schien aus Damian herauszufließen, genau wie sein Wille, sich noch länger zu wehren. Viktor setzte die Spritze an Damians Arm und stach zu.

„Nein, nicht." Der Einwand war nur noch schwach. Zu sehr gierte sein Körper nach der Droge. Und dann drückte Viktor den Inhalt der Spritze in seine Venen.

Damian schloss die Augen, bäumte sich auf. Jedoch nicht um sich dagegen zu wehren, sondern weil sein Körper das Heroin begrüßte. Eine Welle aus Ekstase riss ihn mit sich. Er atmete keuchend. Es war, als würden seine Lungen das pure Glück einsaugen. Er wollte mit seinen Händen durch seine Haare fahren, aber noch immer hielt Viktor ihn gefangen. Er konnte sie nicht anheben, genauso wenig wie seine Beine.

„Gib mich frei!", flehte er. Nichts sollte diesen Augenblick stören.

„Tut mir leid. Das kann ich nicht tun", erwiderte eine Stimme. Eine weibliche Stimme.

Verwirrt riss Damian die Augen auf. Er wollte nach oben schnellen, wurde aber zurückgeworfen. Durch seine Handgelenke schoss ein scharfer Schmerz. Verwirrt sah er, dass sie über seinem Kopf mit weißen Kabelbindern an sein Bettgestell gebunden waren.

„Was ...?"

Die Entzugserscheinungen trafen ihn wie einen Hammerschlag, als sein Körper registrierte, dass das Heroin nur ein Traum gewesen war.

„Scheiße ..." Er wollte sich zusammenkrümmen, doch wieder hinderten ihn die Fesseln daran. Auch seine Fußgelenke waren am Bettrahmen festgebunden. Panik erfasste ihn. Was ging hier vor sich? Wie konnte man ihn fesseln, ohne dass er davon wach geworden war? Er schaute sich hektisch im Raum um.

Eine mächtige Gestalt stand am Türrahmen, verschwand fast im Schatten des dunkler werdenden Tages. Eine Frau saß auf der Fensterbank, rechts von ihm. Sie konnte er im Dämmerlicht besser erkennen. Ihre langen, blonden Haare fielen ihr ungezähmt auf den Rücken. Ihre feurigen braunen Augen standen im Gegensatz zu ihren feinen Gesichtszügen, die nur durch einen kleinen Höcker auf dem Nasenrücken gestört wurden.

„Sieht so aus, als habe unser lieber Kriminalkommissar seine Dämonen, mit denen er zu kämpfen hat", sagte sie. Ihre Stimme hatte einen warmen, weichen Klang. Der rumänische Akzent war deutlich zu hören. Die Person im Schatten lachte gehässig und trat an das Fußende seines Bettes. Es war ein großer Mann. Trotz der Kälte war er nur mit einem T-Shirt bekleidet, das kaum seinen muskelbepackten Oberkörper verdecken konnte, der mit zahlreichen Tattoos geschmückt war. Eine dunkle Sonnenbrille verdeckte die Augen. Damian verglich ihn unweigerlich mit einem Stier. Einem gereizten, gefährlichen Stier. Richard Roths zertrümmerter Schädel kam ihm in den Sinn. Verzweifelt zog Damian an seinen Fesseln. Sie schnitten ihm ins Fleisch, aber lösten sich keinen Millimeter. Es hatte keinen Sinn.

„Was haben Sie vor?", fragte er.

Der Mann grinste: „Da würde mir eine Menge einfallen."

Damian schluckte und zog unweigerlich abermals an seinen Fesseln. Sein Gesicht spiegelte sich in den dunklen Gläsern der Sonnenbrille des Mannes.

„Wir möchten mit Ihnen reden", sagte die Frau.

„Dafür hätten Sie mich nicht fesseln müssen", erwiderte Damian. Im Geiste rechnete er sich die Chancen aus, diese Situation zu überleben. Dass die Frau reden wollte, war schon mal ein gutes Zeichen. Dass weder sie noch der Mann ihre Gesichter maskierten, jedoch ein äußerst schlechtes. Das bedeutete oft, dass die Täter nicht vorhatten, ihr Opfer am Leben zu lassen.

„Wir wollten, dass Sie uns auch zuhören", sagte die Frau.

„Okay, ich höre zu", antwortete Damian.

„Wir sind in der Beschaffungsbranche tätig. Wir sorgen dafür, dass gewisse Dinge sehr unproblematisch ihren Besitzer wechseln", begann sie.

„Eine nette Umschreibung für Einbruch und Diebstahl", warf Damian trocken ein.

Die Frau lächelte nur und fuhr fort: „Es ist viel mehr als nur das. Wir haben es perfektioniert. Zu einer Kunst erhoben. Wir können unbemerkt ein Haus ausräumen, während die Polizei davor steht und es bewacht." Sie lächelte stolz.

Damian schluckte seinen Ärger über diesen Seitenhieb hinunter. „Warum erzählen Sie mir das?"

„Weil es da etwas gibt, was mir meinen Ruf ruinieren könnte und uns im Moment nur unnötig Ärger bereitet."

„Sie sprechen von dem Mord", sagte Damian.

„Ja. Wir sind zu gut, als dass uns so etwas passieren könnte. Unsere Vorbereitung ist vortrefflich, unsere Ausführung meisterhaft. So etwas wäre bei uns niemals vorgefallen. Es ist nicht unser Stil."

Damian sah den Stier von einem Mann an. Ihm würde er einen Mord durchaus zutrauen. Die Frau schien seine Gedanken zu erraten und nahm eine reich gefüllte Akte in die Hände. Damian erkannte in ihr die entwendete Ermittlungsakte.

„Vergleichen Sie die Tatorte. Ich bin mir sicher, Sie werden die Unterschiede erkennen", sagte sie. „Mir hat ein Blick auf ihre Tatortfotos gereicht, um es zu sehen. Die Schubladen sind chaotisch und unprofessionell durchsucht worden." Sie nahm das entsprechende Foto aus der Ermittlungsakte und hielt es Damian vor die Nase. „Und hier: Eine ganze Uhren-Sammlung:

Aber hallo! So etwas nehmen wir doch mit. Das hier ist kein Schund, sondern bares Geld wert. Das hätten wir niemals dort gelassen. Aber eine Bronze-Statue? Die ist doch viel zu groß und schwer, um damit unauffällig und schnell das Haus zu verlassen. Auch die ganzen Whisky-Flaschen. Da hätte unser Wagen schon direkt vor dem Haus parken müssen, damit wir sie hätten mitnehmen können. Viel zu gefährlich."

Damian runzelte die Stirn. Die Frau sprach genau das an, was ihm ebenfalls schon merkwürdig vorgekommen war.

„Selbst wenn ich Ihnen glauben würde, können wir Sie kaum einfach gewähren lassen", sagte Damian.

„Nein, aber wir sind kein Fall für die Mordkommission, sondern fürs Einbruchsdezernat."

„Und die sind keine Gefahr für Sie."

„Nicht wirklich." Die Frau lächelte selbstbewusst.

„Okay. Dann lassen Sie mich frei. Ich werde das überprüfen", sagte Damian.

Der Mann trat zu ihm an das Kopfende und starrte ihm ins Gesicht. Langsam umfasste er mit seiner großen Prankenhand Damians Kehle und drückte zu. „Warum glaubst du, dass wir dich gehen lassen?", fragte er gefährlich leise.

Damian versuchte, ihm zu antworten, aber nur ein Krächzen entrang sich seiner Kehle. Sein Körper schrie nach Luft, doch er lag hilflos auf seinem Bett und konnte nichts tun.

„Opriți-l! Aufhören!", befahl die Frau.

Der Mann schaute sie finster an und schien zu überlegen, ob er der Anweisung der Frau Folge leisten sollte. Das Blut rauschte in Damians Ohren und sein Sichtfeld zog sich zusammen. Der Mann drückte Damians Kehle noch einmal kräftig zu und ließ dann abrupt los. Damians Brustkorb bäumte sich auf, als er gierig die Luft in seine Lungen zog.

„Entschuldigen Sie bitte meinen Partner. Er ist noch neu in unserer Gruppe und ein wenig ungestüm", sagte die Frau und warf dem Mann einen finsteren Blick zu.

Damian sah sie mit weit aufgerissenen Augen an. „Ich gebe die Informationen weiter. Wenn Sie mich jetzt umbringen, hatte unsere ganze Unterhaltung keinen Sinn und Sie haben die Mordkommission erst recht auf den Fersen. Und wenn es um Mord an einem Kollegen geht, werden Sie keine ruhige Minute mehr haben." Damian hasste, wie seine Stimme krächzte. Sein Hals brannte wie Feuer. Er hatte noch immer das Gefühl, als würde die Hand des Mannes seine Kehle zerdrücken.

„Es lag nie in meiner Absicht, Sie umzubringen. Wie schon gesagt, das ist nicht unser Stil." Sie sah den Mann scharf an und veranlasste ihn mit einer einzigen Kopfbewegung dazu, den Raum zu verlassen. Die Frau setzte sich neben Damian auf sein Bett. Sie fuhr mit einem Finger an Damians geschundener Kehle entlang. „Ich hätte den Kerl nicht mitbringen sollen. Jeder andere wäre vermutlich die bessere Wahl gewesen. Aber ich brauchte den Starken, falls Sie aufwachen, bevor wir Sie fixiert hatten, verstehen Sie?" Sie blickte eindringlich in Damians Augen, schien dort nach irgendetwas zu suchen. „Sie scheinen mir ein kluger Mann zu sein, Kriminalkommissar Damian Johannsson. Sie wissen, dass ich recht habe!"

Sie stand auf und ging in Richtung Tür.

„Warten Sie! Woher wussten Sie, dass ich an dem Mordfall arbeite?", fragte Damian.

„Na, aus den Ermittlungsakten. Dort steht Ihr Name", sagte die Frau.

„Ich weiß, Sie sind mir vom Präsidium aus nach Hause gefolgt. Aber woher wussten Sie, wem Sie folgen müssen? Sie hatten vielleicht einen Namen, aber kein Foto von mir und dort arbeiten verdammt viele Menschen."

Die Frau lachte. „Sie wollen es aber ganz genau wissen, Herr Kommissar. Also gut. Ich war auf meinem Posten, ganz in der Nähe des Mordschauplatzes, als Sie und ein Typ in einem roten Porsche vorfuhren. Da habe ich Sie gesehen. Da Sie das Haus des Mordopfers betraten, war klar, dass Sie zur Polizei gehören. Wir wussten also, wie Sie aussehen, und mussten nur noch vor dem Revier warten, bis Sie sich auf den Heimweg machten. Ihren Namen konnte ich mit dem Klingelschild an Ihrer Tür und der Ermittlungsakte abgleichen. Sehen Sie? Wir sind einfach nur sehr gründlich. Sehr gründlich und sehr gut."

„Machen Sie mich los", flüsterte Damian.

„Das kann ich nicht tun, Herr Johannsson. Sie würden direkt versuchen, mich zu überwältigen."

„Dann geben Sie mir wenigstens die Möglichkeit, Hilfe zu rufen. Geben Sie mir mein Handy."

Die Frau legte ihren Kopf schief und lächelte ihn an.

„Wenn Sie nicht auf Ihrer Arbeitsstelle erscheinen, wird man Sie suchen. Haben Sie ein wenig Geduld, Herr Johannsson. Haben Sie Geduld." Und damit verschwand sie endgültig aus seinem Sichtfeld.

Damian spitzte die Ohren. Er konnte nichts hören. Keine Stimmen, keine Schritte. Wie konnten sich zwei Menschen durch sein Haus bewegen, ohne dass er etwas davon hörte? Zumal der Mann nicht gerade ein Leichtgewicht war.

Damian fröstelte. Er war in Schweiß gebadet aus seinem Albtraum erwacht und in seinem Schlafzimmer herrschten recht kühle Temperaturen. Durch das Adrenalin war ihm nicht kalt gewesen, doch jetzt spürte er regelrecht, wie sein Körper auskühlte. Er reckte seinen Kopf. Seine Decke lag auf dem Boden. Er ließ ihn wieder auf sein Kissen fallen.

„Na, toll. Der perfekte Abschluss eines beschissenen Tages."

Kapitel 20

Kriminalhauptkommissar Aaron Breuer kochte vor Wut. Wieder war ein Haus ausgeräumt worden. Drei Straßen weiter. Und damit war es nicht auf ihrem Radar gewesen und wurde folglich nicht überwacht. Die Hausbewohner, ein älteres Ehepaar, hatten zur Tatzeit im Wohnzimmer ferngesehen. Weil der Hund sich unter der Couch versteckte und sie mit seinem andauernden Gekläffe bei ihrem Film störte, hatte der Mann ihn geschnappt und in den Flur gesetzt. Da war ihm die nur angelehnte Haustür aufgefallen. Ängstlich hatte er den Namen seiner Frau geflüstert, die sofort den Notruf wählte, als sie registrierte, was los war. Es dauerte nur ein paar Minuten, bis Breuer und sein Team das Haus erreicht hatten, aber das war Zeit genug, um das ältere Ehepaar vollkommen aus der Fassung zu bringen.

„Sind Sie sich auch ganz sicher, Herr Kommissar, dass sich niemand mehr im Haus aufhält? Da gibt es so viele Versteckmöglichkeiten. Haben Sie schon unter den Betten nachgesehen? Und in den Schränken? Auch hinter dem Duschvorhang?"

„Ja, Herr Moser. Wir haben alles durchsucht", versuchte Breuer, den Mann zu beschwichtigen.

„Ich glaub, ich kann hier nicht bleiben. Wir müssen umziehen! Hier fühle ich mich einfach nicht mehr sicher."

„Was redest du da für einen Unsinn, Ludwig. Wir können doch nicht so einfach umziehen. Reiß dich bitte ein wenig am Riemen", erwiderte seine Frau gereizt.

„Gleich kommt noch ein Spürhund. Warum gehen Sie und Ihre Frau heute Nacht nicht in ein Hotel? Sie werden sehen: Morgen bei Tageslicht ist alles besser. Dann können Sie neues Vertrauen in Ihr Heim finden."

„Ja, aber irgendwann wird es wieder dunkel. Und dann?", flüsterte der Alte.

Breuer seufzte: „Sie werden nicht wiederkommen. Sie haben schon alles, worauf sie es abgesehen hatten."

Breuer sah dem Mann an, dass er sich durch diese Worte nicht wirklich beruhigt fühlte, aber ihm fiel nichts mehr dazu ein. Egal, was er jetzt sagte, er konnte dem Mann das Gefühl der Sicherheit in den eigenen vier Wänden nicht mehr zurückbringen. Mit viel Glück konnten das ein guter Psychologe und die Zeit. Er verfluchte die Einbrecher, denen es egal war, was für einen seelischen Schaden sie bei ihren Opfern hinterließen.

Breuer versuchte wieder, Damian zu erreichen. Der Junge meldete sich weder auf seinem Festnetz noch auf seinem Handy. Was war da nur los? Er blieb doch nicht einfach seinem Dienst fern? War etwas mit Sarah passiert oder vielleicht sogar ...?

Er schauderte und wollte den Gedanken nicht fortführen. Zu gut erinnerte er sich daran, wie er Damian einmal vollkommen fertig auf dem Boden seines Schlafzimmers entdeckt hatte, und das Heroin-Besteck in seinem Mülleimer. Damals hatte er an einen Rückfall geglaubt. Zum Glück war das ein Irrtum gewesen. Aber was war jetzt?

„Immer noch kein Glück, Chef?", fragte Manni und deutete mit dem Kopf auf das Handy in Breuers Hand.

„Nein. Ich fahr da jetzt hin und schau nach, was los ist", sagte Breuer.

„Wir kommen mit", sagte Momo und trat an Mannis Seite.

„Nein. Kommt gar nicht infrage. Ich mach das alleine. Bleibt ihr hier und ermittelt weiter", erwiderte Breuer schnell. Nicht auszudenken, wenn Damian einen Rückfall erlitten hatte. Seine Kollegen wussten nichts von seinen Drogenproblemen und das musste auch so bleiben. Er konnte den Jungen nicht richtig befragen, wenn Zeugen anwesend waren. Falls er rückfällig war, hatte sich seine Karriere so oder so erledigt. Dann war er draußen aus dem Job. Aber bevor das passierte, hatte er eine Chance verdient. Und darum musste das auch ein Geheimnis zwischen ihnen bleiben.

„So geht das nicht, Chef", sagte Manni ruhig, aber bestimmt. „Du weißt nicht, was da los ist. Da geht man nicht alleine hin."

„Manni hat recht. Und das weißt du", sagte Momo. „Wahrscheinlich pennt er nur so tief und fest, dass er gar nichts hört. Vielleicht ist aber auch was ganz anderes. Du solltest da nicht alleine hin."

Breuer seufzte. Wenn Manni und Momo einer Meinung waren, war es fast unmöglich, ihnen etwas auszureden.

„Also gut. Aber ihr seid nur die Rückendeckung. Lasst mich alleine mit Damian reden."

„Geht klar, Chef", sagte Momo.

Damians Haus lag im Dunkeln.

„Sein Honda ist da", sagte Momo und zeigte auf Damians schwarzes Auto.

„Das Auto von Sarah steht auch in ihrer Einfahrt", bemerkte Breuer.

„Ist Sarah nicht die Freundin von Damian? Die wohnt direkt nebenan? Wie praktisch!", sagte Momo.

Breuer klingelte mit klopfendem Herzen.

„Bitte lass alles gut sein", dachte er. Aber das sah Damian so gar nicht ähnlich. Irgendetwas musste passiert sein. Er klingelte ein zweites Mal, diesmal länger.

„Warte mal, Chef", flüsterte Momo nervös und legte ihr Ohr an den Briefkastenschlitz. „Ich glaub, ich hab da was gehört." Sie hob die Abdeckung der schmalen

Öffnung mit den Fingern an. Auch Breuer und Manni beugten sich hinunter. Jetzt konnten sie es auch hören. „Da ruft doch jemand um Hilfe!", sagte Manni.

Breuer holte sein Lockpicking-Set aus der Tasche. Er würde nicht hier vor der Tür auf die Feuerwehr oder den Schlüsseldienst warten, während Damian dort drinnen ihre Hilfe brauchte! Er öffnete das Schloss, indem er den Spanner ins Schloss einhängte und damit Druck auf den Kern ausübte. Der Spanner drehte sich in dem Moment, in dem Breuer mit dem Pick alle Sperrstifte im Schloss in die richtige Position gesetzt hatte. Es dauerte nur ein paar Minuten.

Die Rufe waren nun deutlicher zu hören. Sie kamen von oben. Sie sprinteten die Treppen hinauf und näherten sich dem Raum, aus dem die Stimme gekommen war. Doch inzwischen war alles still. Breuer wusste, dass sich hinter dieser Tür Damians Schlafzimmer befand. Leise öffnete er sie und spähte mit gezückter Waffe hinein. Was er sah, ließ ihm das Blut in den Adern gefrieren. Damian lag gefesselt auf seinem Bett.

„Damian!", flüsterte er. Der Junge hob seinen Kopf und sah Breuer hinter dem offenen Türspalt.

„Sie sind weg", sagte er matt. Breuer öffnete nun richtig die Tür und kam auf ihn zugestürmt. Er holte ein Messer aus seiner Tasche, um die Kabelbinder um Damians Hand- und Fußgelenke durchzuschneiden.

„Warte noch, Chef", sagte Momo und holte eine kleine Digitalkamera aus ihrer Jacke.

„Wage nicht, mich so zu fotografieren!", zischte Damian.

„Red keinen Stuss, Damian. Du weißt, das gehört zur Beweissicherung", erwiderte Momo und begann zu fotografieren. Als sie die Hämatome auf Damians Hals entdeckte, hielt sie schockiert inne und sah Breuer an. Dieser nickte ihr wissend zu.

„Mach weiter", sagte er leise.

Erst als sie fertig war und die Kamera wegsteckte, durchschnitt Breuer die Fesseln. Damian setzte sich auf. Breuer konnte ihm deutlich ansehen, wie gedemütigt er sich fühlte. Manni hatte inzwischen die Lage durchgegeben. Bald würde es hier sehr eng werden.

„Was ist passiert?", fragte Breuer.

„Es waren die Rumänen. Jedenfalls zwei von ihnen. Eine Frau, sie schien das Sagen zu haben, und ein Mann. Er ist so der Typ Bodybuilder auf Anabolika."

„Wie haben sie dich überwältigt?", fragte Breuer weiter.

Damian senkte beschämt den Kopf. „Ich wünschte, ich könnte sagen, ich hätte dem Bodybuilder einen heftigen Kampf geliefert, aber die Wahrheit ist, dass sie mich im Schlaf gefesselt haben. Als ich aufwachte, war ich schon vollkommen in ihrer Gewalt."

„Deinen Namen kannten sie von der Ermittlungsakte, aber woher wussten sie, wo du wohnst? Stehst du im Telefonbuch?", fragte Breuer.

„Nein, natürlich nicht. Sie haben mich am Tatort gesehen. Auf dem Heimweg vom Präsidium hatte ich das Gefühl, von einem weißen Kastenwagen verfolgt zu werden. Reich mir mal deinen Notizblock, Manni. Ich habe mir das Kennzeichen gemerkt." Damian notierte es und erzählte weiter: „Ich dachte nur, ich hätte mich getäuscht und würde schon unter Verfolgungswahn leiden, weil er dann doch in eine andere Richtung weitergefahren ist. Ich habe die ganze Fahrt über aufgepasst, aber es war halt auch schon dunkel. Da ist mir nichts Verdächtiges mehr aufgefallen."

„Kannst du dich gleich mit unserem Phantomzeichner an einen Laptop setzen und mit den Fahndungsbildern helfen?", fragte Breuer.

Damian nickte. Ein Zittern schüttelte seinen Körper durch. Er schnappte sich die Decke vom Boden und wickelte sich darin ein.

„Mir ist so kalt", sagte er und lächelte Breuer entschuldigend an. Dieser gab per Handy das Kennzeichen durch. Sein Gesicht verdunkelte sich, als er auflegte.

„Das war eines von unseren Kennzeichen, die aus dem Kofferraum deines Dienstwagens gestohlen wurden", informierte er sie.

„Wie kannst du nicht bemerken, wenn jemand dich fesselt?", fragte Momo aggressiv.

„Ich weiß auch nicht. Ich war hundemüde und hatte einen Albtraum." Damian zuckte hilflos mit den Schultern.

Momo ging zum Fenster, warf einen kurzen Blick nach draußen und tigerte wieder zurück. Ihre braunen Augen so stürmisch wie ihre Frisur. Mit einer Hand strich sie sich fahrig die dunklen, ungezähmten Locken aus dem Gesicht. Manni legte ihr eine Hand beruhigend auf den Arm.

„Ganz ruhig, Momo. Es ist ja alles gut", sagte er.

„Es ist alles gut?", schrie Momo. „Jetzt kommen die schon zu uns nach Hause! Hast du die Würgemale um Damians Hals gesehen? Die Mistbande hätte ihn beinahe umgebracht. Gar nichts ist gut, Manni! Gar nichts. Dafür mach ich die so was von fertig. Das schwör ich dir. Die mach ich fertig!" Momo verstummte schwer atmend.

„Besser?", fragte Manni lächelnd.

„Ich meine das ernst, Manni", erwiderte Momo und sah den Mann mit gerunzelter Stirn an.

Manni lachte leise. „Ich weiß", sagte er. „Diese Rumänen tun mir auch fast schon leid, aber nur fast. Wer Kathrin Momsens Zorn auf sich zieht, hat schlechte Karten. Die sind schon so gut wie erledigt."

Momo lachte. „Da hast du verdammt recht, Manni."

„Was wollten sie von dir?", fragte Breuer.

Damian schüttelte den Kopf. „Sie wollten uns sagen, dass sie es nicht waren. Dass sie Richard Roth nicht umgebracht haben."

„Eine verdammt komische Art und Weise, seine Unschuld zu beteuern", sagte Momo und deutete auf Damians Hals.

„Das war der Bodybuilder, der Starke, wie die Frau ihn nannte. Er schien ein wenig außer Kontrolle zu sein. Ich schätze, in der Bande herrscht im Moment nicht nur eitel Sonnenschein. Der Typ ist so eine Art Notbesetzung, weil ein anderer ausgefallen ist. Wenn ihr mich fragt, war das ein Machtkampf zwischen den beiden auf meine Kosten", erklärte Damian.

„Der Starke?", fragte Manni.

„Ja. In der Bande scheint wohl jeder seine Funktion zu haben. Der Bodybuilder war jedenfalls der Starke und wenn ich das richtig interpretiert habe, ist die Frau der Kopf der Bande."

„Warum gehen sie so ein großes Risiko ein, nur um uns mitzuteilen, dass sie unschuldig sind?", fragte Breuer.

„Nun, sie wollten uns wohl beweisen, wie gut sie sind. Erst brechen sie direkt vor unserer Nase in ein überwachtes Haus ein und dann sogar in mein Haus, das Haus eines Polizisten. Sie sind extrem von sich überzeugt und glauben, dass niemand ihnen gewachsen ist. Doch sie haben wohl auch gemerkt, dass die Mordkommission andere Mittel zur Verfügung hat als das

Einbruchsdezernat. Sie möchten ihre alten Gegner wiederhaben und uns los sein", erklärte Damian.

Momo schnaubte. „Das können die vergessen. Nach dieser Aktion sind die uns erst hinter Schloss und Riegel wieder los."

Damian lächelte Momo dankbar an.

Breuer schaute vom einen zur anderen. Als Damian in Saarbrücken angefangen hatte, konnte Momo ihn zuerst gar nicht leiden. Sie hatte ihn für einen Schnösel und einen Besserwisser gehalten. Na ja, für einen Besserwisser hielt sie ihn noch heute, doch sie wusste auch, dass er ein guter Polizist war und die beiden begegneten sich mittlerweile mit gegenseitigem Respekt. Das zeigte Momos Reaktion. Sie nahm den Angriff auf Damian persönlich.

„Haben die Rumänen irgendwelche Alibis vorzuweisen, die ihre Unschuldsthese untermauern?", fragte Breuer.

Damian zeigte auf das Tatortfoto, welches noch neben seinem Bett lag. „Sie sagt, der Einbruch sei stümperhaft ausgeführt. Es seien viel zu viele sperrige Gegenstände mitgenommen worden. Sie hätten auf jeden Fall die Uhren gestohlen. Das stimmt schon. Auch der Versicherungsmensch, dieser Soerne, meinte, dass die Täter bei ihrer Beuteauswahl nicht viel Verstand bewiesen hätten. Wir sollten uns die anderen Tatorte noch mal vergleichend ansehen, aber ich habe die Befürchtung, dass das stimmen könnte."

„Wenn das wahr ist, brauchen wir einen neuen Haupt-verdächtigen. Dann jagen wir tatsächlich die Fal-schen", stöhnte Manni.

„Wir werden dennoch nicht aufhören, sie zu jagen. Das ist doch klar?", beharrte Momo.

„Ja, schon. Aber sie stehen dann nicht mehr ganz oben auf unserer Prioritätenliste", sagte Breuer.

Momo verschränkte die Arme, sagte aber nichts mehr. Ihr düsteres Gesicht sprach jedoch Bände.

Kapitel 21

Damian ließ das eigentlich viel zu heiße Wasser über seinen Rücken laufen. Er hatte noch immer das Gefühl, innerlich zu Eis erstarrt zu sein. Viktors Schreckensgestalt kam ihm wieder in den Sinn und das Gefühl, als das Heroin in seine Adern floss. Obwohl es nur ein Traum gewesen war, schrie sein Körper wieder mit voller Macht nach diesem Teufelszeug. Wie sollte er nur die nächsten Tage durchhalten? Unten klingelte es. Damian sprang schnell aus der Dusche, trocknete sich hastig ab und schlüpfte in die Hose. Auf dem Weg zur Haustür streifte er sich noch schnell ein Unterhemd über.

Als er aufmachte, sah er in die nervösen Gesichter von Breuer, Momo und Manni.

„Warum dauert das so lange? Wir dachten schon, du hättest dich wieder in Schwierigkeiten gebracht", schnauzte Momo ihn an.

„Ich war noch unter der Dusche", murmelte Damian und ließ sie ein.

„Mann, Damian. Deine Handgelenke und dein Hals sehen heute ja noch schlimmer aus als gestern", bemerkte Manni.

Damian zuckte mit den Schultern, als würde ihn das nicht treffen. Auf keinen Fall wollte er preisgeben, wie sehr ihn die Sache noch beschäftigte. Sein ganzes

Haus fühlte sich für ihn schmutzig an, nachdem nicht nur die zwei Mitglieder der rumänischen Einbrecherbande, sondern auch eine Meute an Spusi-Mitarbeitern dort durchgegangen war, Spurennummern aufgestellt und Fingerabdrücke gesucht hatte.

„Wie geht es dir, Damian?", fragte Breuer.

„Gut", erwiderte Damian.

Breuer brummte. „Und jetzt die ehrliche Antwort."

„Ich war gestern Nacht zu erledigt, um noch das Haus zu putzen", flüsterte Damian.

„Häh?", kam es von Manni.

Momo stieß ihm den Ellenbogen in die Seite.

„Unser Saubermann konnte seinen Putzfimmel nicht ausleben und fühlt sich deshalb scheiße", übersetzte sie. „Zieh dich mal fertig an, wir fangen schon mal an zu putzen. Gib uns nur vorher den ganzen Kram dafür."

„Danke, Momo. Aber das ist nicht nötig. Ich mach das heute Abend", sagte Damian.

„Klar ist das nötig. Es ist sowieso noch zu früh, um bei deinen Nachbarn zu klingeln", beharrte Momo.

„Bei meinen Nachbarn? Das ist nicht euer Ernst." Damian sah sie mit entsetzt aufgerissenen Augen an.

„Natürlich ist das unser Ernst. Du weißt doch, wie es läuft, Junge", schaltete sich Breuer wieder ein.

Damian schluckte. „Okay, können wir Sarah verheimlichen, dass ich überfallen wurde? Wenn ihr sie nach dem Einbruch befragt, reicht das doch, oder? Es geht ihr im Moment wirklich nicht sehr gut."

„Noch immer? Was hat sie denn?", erkundigte sich Breuer.

„Ich weiß es nicht. Sie spricht ja nicht mit mir darüber. Wie soll ich ihr dann helfen?" Damian verschränkte frustriert die Arme vor der Brust.

„Mensch, ihr Männer! Hast du Sarah mal gefragt, ob sie vielleicht schwanger ist?", fragte Momo.

Damian schnaufte verächtlich. „Quatsch. Sie nimmt jeden Morgen die Pille. Da ist sie absolut zuverlässig. Sie möchte kein weiteres Kind vor einer Hochzeit und ich ... na ja, ich möchte generell keins. Das ist es nicht."

„Du wirst ihr auf jeden Fall das erklären müssen.", sagte Momo und deutete auf Damians Hals und Handgelenke. „Also, wenn ich deine Freundin wäre und merken würde, dass du mir was vormachen willst, würde ich fuchsteufelswild."

Damian sah Breuer hilfesuchend an. „Was soll ich tun?"

„Das überlegen wir uns später. Gib uns dein Putzzeug und zieh dich an", erwiderte dieser.

Als Damian kurze Zeit später wieder herunter kam, schrubbten Breuer und Momo die Möbel und Manni ging mit dem Wischer zügig über die Böden.

„Mann, Damian. Bei dir steht echt gar nichts rum. Nicht mal ein Glas oder so. Lebst du überhaupt hier drinnen?", fragte Manni erstaunt. Sein Gesicht hatte eine rötliche Farbe angenommen und kleine Schweißperlen standen auf seiner Stirn. Damian lächelte nur verlegen und nahm dem korpulenten Mann den Wischer aus der Hand, um selbst weiter zu putzen.

„Alles sauber und ordentlich zu machen, entspannt mich. Unordnung und Schmutz regen mich auf. Das ist reiner Selbstschutz, dass es hier so aussieht. Ich sag immer: Mit einem ordentlichen Haus klappt auch ein ordentliches Leben."

Momo grinste. „Dann dürftest du nicht in meine Wohnung kommen. Die sieht nämlich nicht so aus. Aber mein Leben gefällt mir dennoch ganz gut."

Kapitel 22

„Also gut. Momo und Manni, Ihr nehmt die Nachbarn auf der linken Seite, Damian und ich befragen Sarah", teilte Breuer sie in Teams ein. Sie standen vor Damians kleinem Häuschen unter einer Straßenbeleuchtung. Es war noch stockdunkel und wieder mal eisig kalt. Die ersten Rollläden öffneten sich verschlafen.

„Ich glaub nicht, dass da letzte Nacht jemand was mitbekommen hat", meinte Momo zweifelnd und blies in ihre kalten Hände.

„Ich auch nicht. Aber manchmal hat man Glück", erwiderte Breuer.

An Sarahs Haus ging das Licht an. Die Haustür öffnete sich und ein Mann mit Nickelbrille trat nach draußen, sprach mit jemandem im Inneren. Sarah erschien in der Tür. Die beiden umarmten sich zum Abschied, bevor Sarah die Gruppe vor Damians Haus bemerkte und sich schnell aus der Umarmung löste.

Damian schluckte krampfhaft. Er fühlte sich plötzlich völlig benebelt.

„Oh-oh", sagte Momo. „Ich hoffe mal, das ist ihr Bruder."

Damian schüttelte den Kopf. „Das ist Hannes", krächzte er. „Mr. Ich-bin-der-beste-Freund, Mr. Perfect, Mr. Super-Daddy ..." Damian ballte seine

Fäuste, dann zwang er sich, sie wieder zu lösen und ging zu Sarah.

„Hallo, Sarah", sagte er ruhig. „Hannes", begrüßte er auch den dunkelblonden Mann mit eisigem Tonfall und ließ alle Höflichkeitsfloskeln fallen.

Sarah stand mit blassem Gesicht im Türrahmen und zitterte. Vor Kälte? Aus dem Hintergrund betrachteten Kathy und Hannes' Tochter Sophie die Szene mit großen Augen.

„Ja, das könnte jetzt ein wenig befremdlich ausgesehen haben, wenn wir beide es nicht besser wüssten, nicht wahr, Damian?", platzte es mit aufgesetzter Fröhlichkeit aus Hannes heraus. Er tat es Damian gleich und ging zum Du über. Zur Begrüßung streckte er Damian seine Hand entgegen. Dieser starrte ihn nur mit frostigem Blick an und wandte sich dann abrupt an Sarah, ohne auf Hannes' ausgestreckte Hand einzugehen.

„Hat er bei dir geschlafen?", fragte er ohne Umschweife mit leiser, kalter Stimme. Er wollte schreien. Er wollte Hannes seine dämliche Harry-Potter-Brille von der Nase schlagen, aber das würde er alles nicht tun. Nicht vor den Kindern.

„Er hat hier im Haus geschlafen. Nicht bei mir. Das ist etwas ganz anderes. Ich brauchte einfach jemanden zum Reden und dann waren Sophie und Kathy schon eingeschlafen ...", begann Sarah.

„Mit *ihm* redest du also. Ich frag dich schon die ganze Zeit, was los ist. Jedes verdammte Mal, wenn wir uns sehen. Warum kannst du dann nicht mit *mir* reden?" Damian sog scharf die Luft ein und schloss kurz die brennenden Augen, um sich zu beruhigen. Seine Stimme war doch lauter geworden, als er beabsichtigt hatte. Noch einmal atmete er tief ein und öffnete die Augen wieder.

Sarah wischte sich schnell eine Träne aus den Augen.

„Weil ... weil ich dann Angst habe, dich zu verlieren", flüsterte sie.

„Mich verlieren? Ich verstehe nicht. Habt ihr ein Verhältnis?"

„Hey, nein, Mann. Ehrlich, so ist das nicht. Sarah ist gar nicht mein Typ", beeilte sich Hannes zu sagen.

„Sie ist nicht dein Typ? Sag mal, hast du sie noch alle?", platzte es aus Damian heraus.

Seine Kollegen waren langsam verlegen näher getreten. Momo stupste Damian von hinten an.

„Sei still, das ist doch gut", flüsterte sie ihm zu.

Hannes fuhr sich durchs Haar. „Ja ... nein ... ich meine, ich steh eher auf Bärte, wenn du verstehst, was ich meine." Er grinste verlegen.

Damian sah ihn mit offenem Mund an, dann schaute er zu Hannes' Tochter Sophie rüber, bevor er seinen Blick wieder auf Hannes fixierte. „Willst du mich verarschen? Du hast ein Kind!"

„Damian!", flüsterte Sarah und nickte mit dem Kopf unauffällig zu den beiden Mädchen.

„Damian hat ein böses Wort gesagt", flüsterte Kathy gut hörbar Sophie zu.

„Äh, ich meine: Veralbern. Willst du mich veralbern?", verbesserte sich Damian schnell.

Um Sarahs Mundwinkel zuckte es verdächtig.

„Nein, wirklich nicht. Das ist eine lange Geschichte", sagte Hannes.

„Mir genügt die Kurzfassung", gab Damian trocken zurück.

Hannes seufzte theatralisch. „Also gut. Marie, Sophies Mutter, war eine wundervolle Frau mit einem ganz schlechten Männergeschmack. Sie verliebte sich irgendwie immer in den Falschen. Aber sie wünschte sich sehnlichst ein Kind und so langsam hörte sie immer lauter ihre innere Uhr ticken. Ich wollte auch nichts lieber, als Vater werden, aber wie sollte das gehen? Eines Abends saßen wir bei mir zu Hause, schauten *Schlaflos in Seattle* und tranken einen köstlichen Weißwein. Wir klagten uns unser Leid und in dieser beschwipsten Stimmung beschlossen wir einfach, gemeinsam ein Kind zu bekommen. Mithilfe von künstlicher Befruchtung. Am nächsten Tag fragten wir uns, wie ernst uns dieses Vorhaben noch im nüchternen Zustand war. Wir beschlossen, es auf jeden Fall durchzuziehen. Es war der wundervollste Entschluss unseres Lebens. Wir waren beide überglücklich, machten Pläne, wie wir das Kind gemeinsam großziehen würden. Wir gaben beide unsere Wohnungen auf, kauften uns ein Doppelhaus. Jeder zog in eine Hälfte. Es wäre toll geworden", Hannes lächelte wehmütig, sein Blick weit weg.

„Was ist passiert?", fragte Momo mit belegter Stimme.

Hannes' Blick kehrte ins Hier und Jetzt zurück.

„Erst schien alles gut. Anstrengend, aber gut. Eine natürliche Geburt. Ich war dabei, die ganzen dreißig Stunden. Wie waren wir glücklich, als unsere kleine Sophie das Licht der Welt erblickte. Hier, ich habe ein Bild von diesem Augenblick." Hannes zog ein schwarzes Ledermäppchen aus seiner Jackentasche. Dort drinnen befanden sich in kleinen Klarsichthüllen mehrere Fotos. Das zweite Foto zeigte eine brünette Frau mit einem Neugeborenen im Arm. Sie sah sehr blass und müde aus, aber strahlte in die Kamera.

„Sieht sie nicht glücklich aus? Aber es ging ihr immer schlechter. Sie musste sich immer wieder übergeben und dann kollabierte sie einfach. Sie hatte innere Blutungen. Die Ärzte versuchten sie noch zu retten, aber es war zu spät." Hannes blickte zu Boden.

Betretene Stille herrschte.

„Ich dachte, so etwas passiert nur noch in Dritte-Welt-Ländern. Dass Frauen bei der Geburt sterben, meine ich", sagte Momo leise.

„Nein. Leider gibt es häufiger Probleme, als die meisten denken", sagte Hannes, dann blickte er zu Sophie, die ihn mit großen Augen ansah. Hannes setzte ein strahlendes Lächeln auf. „Aber ich bin mir sicher, Marie sitzt da oben auf einer Wolke und lacht jedes Mal mit uns mit, wenn wir fröhlich sind. Nicht wahr, Sophie?"

„Ja, manchmal kann ich sie dann sogar hören", behauptete die Kleine. Ihr Vater nickte.

„Mann, Damian. Du hast ja so ein Glück, dass Hannes schwul ist. Du hättest sonst echt keine Chance gegen ihn", sagte Momo neckend.

Damian lächelte. Seine Wut auf den Mann war verraucht. Er streckte ihm nun seinerseits seine Hand entgegen.

„Also gut. Verzeihung für die doofe Szene. Ich verstehe zwar immer noch nicht, wieso Sarah mit dir, aber nicht mit mir reden kann, aber das ist ein Problem zwischen Sarah und mir."

Hannes ergriff die dargebotene Hand. „Schon gut. Sah wahrscheinlich ziemlich blöd aus, so aus deiner Perspektive."

„Ja, ziemlich", bestätigte Damian.

Sie schüttelten sich die Hände. Hannes zog Damians Hand zu sich heran. „Au, das sieht ja fies aus. Was ist denn mit deinem Handgelenk passiert?"

„Und damit sind wir direkt beim Grund für unsere Versammlung", schaltete sich Breuer ein. „Bei Damian wurde heute Nacht eingebrochen."

„Eingebrochen? Das sieht mir eher nach einem Überfall aus", unterbrach Sarah ihn und sah Damian mit vor Angst geweiteten Augen an. Ihre Arme verschränkte sie um ihre Mitte.

„Es ist nichts weiter passiert", versuchte Damian, sie zu beruhigen, und zupfte unweigerlich an seinem Schal herum. Irgendwann musste er ihn abnehmen und dann würde Sarah sehen, dass es gar nicht so ohne gewesen war.

„Haben Sie bei Ihrer Ankunft etwas gesehen, das Ihnen verdächtig vorkam?", fragte Breuer.

Hannes überlegte. „Nein, eigentlich nicht. Es war alles ruhig und fast überall schon die Rollläden unten. Es wird im Moment ja so früh dunkel."

„Beschreiben Sie die Wagen, die Sie gesehen haben", fuhr Breuer fort.

Hannes zuckte hilflos mit den Schultern. „Ehrlich, ich wünschte, ich könnte helfen, aber da habe ich nicht so drauf geachtet." Er schaute die Straße entlang. „Hinter dem blauen Toyota stand noch ein weißer Lieferwagen, glaube ich."

„So ein Kastenwagen?", hakte Damian nach.

Hannes nickte. „Ja, genau."

„Haben Sie gesehen, ob jemand im Wagen saß?", fragte wieder Breuer.

„Nein, beim besten Willen nicht. Das Auto ist mir sowieso nur aufgefallen, weil es größer als die anderen in der Straße, war. Aber auch eher auf der unbewussten Ebene", erwiderte Hannes.

„Ist dir noch etwas aufgefallen, Sarah?", fragte Breuer.

Sarah schüttelte den Kopf. Sie zitterte inzwischen am ganzen Körper. „Ich hab gar nicht nach draußen geschaut, als ich die Tür geöffnet habe", sagte sie und schaute Damian entschuldigend an.

„Macht nichts, Sarah. Geh nur wieder rein. Hier draußen ist es eiskalt und du hast keine Jacke an. Du bist schon krank", sagte Damian. Er trat zu ihr und umarmte sie. Selbst durch seine dicke Winterjacke konnte er spüren, wie dünn sie war. Er drückte sie noch fester an sich und warf Hannes einen verzweifelten Blick zu. Er wusste, was los war.

Hannes schaute zu Boden. Als Damian Sarah wieder losließ, sagte Hannes zu ihr: „Dein Freund sieht mir wie jemand aus, mit dem man reden kann, Sarah. Versuch es doch einfach. Vielleicht überrascht er dich ja. Schlimmer als die jetzige Situation kann es doch nicht mehr werden."

Sarah nickte beklommen, verabschiedete sich von allen und schloss die Haustür.

Sie gingen durch Sarahs Vorgarten. An der Straße stand Hannes' Auto. Er ließ seine Tochter auf den Kindersitz krabbeln und schnallte sie an. Dann schloss er die Autotür und drehte sich nochmals zu Damian um. Aus seinem Gesicht war mit einem Male jegliche Gutmütigkeit verschwunden.

„Ich möchte dich vorwarnen: Wenn Sarah mit dir spricht und du dich doch wie ein Arsch verhältst, solltest du am besten gleich umziehen. Irgendwo in eine andere Stadt, wo du mir ganz sicher nicht über den Weg laufen wirst."

Damian trat einen Schritt zurück und hob beschwichtigend die Hände. „Ich liebe Sarah, weißt du? Ich habe ganz gewiss nicht vor, ihr wehzutun."

Hannes' Gesichtszüge entspannten sich wieder. Dieses spitzbübische Lächeln, das ihm so zu eigen war, huschte wieder über sein Gesicht und er rückte mit einem Finger seine Brille zurecht. „Dann ist ja gut. Wir sehen uns, Damian."

Er winkte in die Runde, stieg auf der Fahrerseite des Autos ein und fuhr davon. Damian sah ihm nach.

„Scheint ein anständiger Kerl zu sein, dieser Hannes", meinte Breuer.

„Hmmm", brummte Damian zustimmend.

Kapitel 23

„Diese diebische Drecksbande. Wir werden sie so was von fertigmachen. Die werden den Tag verfluchen, an dem sie einen Fuß in unser schönes Saarland gesetzt haben", ereiferte sich Momo zum wiederholten Male bei der Morgenbesprechung.

Damian ließ sich auf seinem Stuhl zurücksinken. Momos Empörung tat ihm gut. Die Befragung seiner Nachbarn hatte wie erwartet zu keinem Ergebnis geführt.

„Lasst uns noch mal die Fakten durchgehen. Vergleichen wir die Tatorte. Wie sieht es mit den Einbruchspuren aus?", fragte Breuer.

Manni blätterte durch die Unterlagen. „Die sind grundverschieden. Bei Roth ist wesentlich mehr kaputtgegangen. Da hat jemand ganz schön an der Tür herumgefuhrwerkt, ehe er sie aufbekommen hat. Die Werkzeugspuren sind auch nicht dieselben. Das Werkzeug der rumänischen Bande hatte eine V-förmig herausgebrochene Ecke auf der rechten Seite. Die Türen oder Fenster waren immer mit einer bis drei Hebelbewegungen aufgebrochen", sagte er.

„Das heißt aber nicht, dass es nicht unsere Bande war. Vielleicht haben sie dieses Mal nur einen anderen die Tür öffnen lassen als gewöhnlich. Es handelt sich immerhin um mehrere Personen, die in dieser Gruppe agieren", beharrte Momo.

„Was wurde entwendet?", fragte Breuer.

„Beim Einbruchshaus vor allem Schmuck, Geld und kleine Dinge, die leicht zu verstauen waren. Beim Mordschauplatz Geld, die Whisky-Sammlung, eine Bronze-Skulptur, Manschettenknöpfe. Die wertvolle Uhrensammlung wurde dagegen liegen gelassen", fasste Jo zusammen.

„Dafür hätte der Wagen der Bande direkt vor der Haustür oder in der Einfahrt parken müssen. Sonst hätte das ganze sperrige und schwere Zeug nicht abtransportiert werden können", bemerkte Manni.

„Eine Gemeinsamkeit ist der saubere Tatort. Wir haben keine Fußspuren oder Fingerabdrücke gefunden, die nicht zu Robert oder Richard Roth oder zu der Putzfrau gehörten, die alle noch kurz vor dem Mord im Haus waren. Das ist typisch für die rumänische Bande, die darum ja auch Phantom-Bande heißt", versuchte Momo zu argumentieren.

Damian schüttelte den Kopf. „Das passt alles nicht zusammen. Im Mordhaus wurde im Nachhinein geputzt und so die Spuren vernichtet, während in den anderen Häusern, in denen eingebrochen wurde, erst gar keine Spuren hinterlassen wurden. Es hat nur so offensichtlich ausgesehen. Die unmittelbare Nähe zum Einbruchshaus und dieselben Gaunerzinken an der Tür. Davon haben wir uns blenden lassen. So ungern ich es auch zugebe, aber ich fürchte, die rumänische Frau hat die Wahrheit gesagt. Sie waren das nicht."

„Nehmen wir einmal an, das stimmt. War es also ein zweiter, unabhängiger Einbruch?", fragte Breuer.

„Was, wenn Momo teilweise recht hat? Damian, du sagtest, der Bodybuildertyp sei neu in der Bande. Wenn der jetzt alleine einen Bruch gewagt hat, unerfahren, wie er noch ist, um noch ein bisschen Extra-Kohle zu scheffeln? Wenn ich mir deine Blutergüsse anschaue, dürfte der Typ vor Mord auch nicht zurückschrecken", meinte Manni.

„Das wäre eine Möglichkeit", gab Damian zu.

„Wer könnte noch ein Motiv haben, Richard Roth umzubringen?", fragte Breuer.

„Hmm, normalerweise fängt man mal bei der Familie an, weil die meisten Täter aus diesem Umfeld kommen", sagte Manni.

„Aus der Familie ist nur noch Robert Roth übrig. Aber sein Bruder war alles, was er noch an Familie hatte. Welches Motiv sollte er haben, ihn umzubringen?", fragte Breuer.

„Habgier? Richard war ein vermögender Mann. Jetzt erbt Robert alles", sagte Manni.

„Glaubt ihr, den kümmert so was? Der hängt doch eh nur den ganzen Tag auf dem Friedhof rum und würde sich lieber früher als später neben seine Frau und seine Tochter zur letzten Ruhe legen", grübelte Momo.

„Gibt es Neuigkeiten von der DNA-Front?", fragte Breuer den Chef der Spusi.

Engel grinste. Ein vollkommen ungewohnter Anblick bei dem sonst so mürrischen Mann. „Ja, die gibt es. Wir haben eine fremde DNA-Spur gefunden! Ein Haar und eine Hautschuppe eines Mannes. Leider hat der Abgleich mit der DNA-Datenbank keinen Treffer ergeben. Weder in der hiesigen noch in der rumänischen."

„Das könnte also unser Bodybuilder sein", warf Momo ein.

„Lag die Spur über einer Blutspur?", fragte Breuer.

„Nein, leider nicht. Sie lag in einem sauberen Bereich. Auf einem Couchkissen", sagte Engel.

„Schade. Dann kann sie auch schon lange vor dem Mord dorthin gelangt sein", meinte Breuer. „Wen haben wir noch?"

„Den Versicherungsfritzen, Herrn Soerne. Der wusste ganz genau, was die Whisky-Sammlung wert war. Alleine das teuerste Exemplar mit einem Sammlerwert von über 25.000 Euro. Das ist ein Motiv. Und der hat durch seinen Beruf bestimmt auch die passenden Interessenten für solche Ware", sagte Damian.

„Und dann lässt er die Rolex liegen?", zweifelte Momo.

„Ja, genau darum. Um den Verdacht erst gar nicht auf sich zu lenken, weil jeder weiß, dass ein Versicherungsmann den Wert einer Rolex kennt. Oder er hatte dafür keinen Abnehmer", mutmaßte Damian.

„Was ist mit den Feinden, die Roth sich durch seinen Beruf gemacht hat? Robert Roth hat doch so etwas erwähnt", warf Breuer ein.

Dirk Falkner zog eine Mappe mit Ausdrucken hervor. „Richard Roth war leider ein sehr ordentlicher Mensch. Selbst sein Computer war penibel aufgeräumt. Alle gelesenen und abgearbeiteten Mails waren gelöscht. Ich habe einen Beschluss bekommen und mir von Roths Provider den E-Mailverkehr der letzten zwei Jahre herunterladen lassen. Das waren über zweitausendfünfhundert Mails! Die sind wir am Durcharbeiten. Heute Morgen habe ich eine gelesen, da sind bei mir direkt sämtliche Alarmglocken angegangen. Moment, wo hab ich die noch gleich?" Er blätterte durch die Ausdrucke. „Ja, hier: *Sie dreckiger Verräter! Ich werde Sie fertigmachen! Wenn ich mit Ihnen durch bin, können Sie sich die Radieschen von unten ansehen!*"

Momo lehnte sich in ihrem Stuhl zu Dirk rüber. „Wow, so viele Ausrufezeichen habe ich selten hintereinander gesehen."

„Das ist eine eindeutige Morddrohung", meinte Jo. „Von wem stammt diese Mail?"

„Von einem Guido Stratmann."

„Also gut. Ich möchte, dass ihr mir alles ausgrabt, was ihr über diesen Guido Stratmann finden könnt. Außerdem durchleuchtet ihr Herrn Soerne. Jetzt setze ich ein Ausrufezeichen: An die Arbeit!", schloss Breuer die Besprechung.

Kapitel 24

Der Wartebereich der Kfz-Zulassungsbehörde war, wie immer, überfüllt.

„Herr Stratmann?", begrüßte Breuer den untersetzten Mann hinter der Glasscheibe. „Kriminalhauptkommissar Breuer und Kriminalkommissar Johannsson. Wir müssten mit Ihnen reden."

Stratmann blickte nur kurz auf und widmete sich sofort wieder seinem Computer. „Haben Sie eine Nummer gezogen? Nein? Dann Abmarsch und kommen Sie erst wieder, wenn Sie an der Reihe sind."

Breuer runzelte verärgert die Stirn. „Wir haben unsere eigene Nummer", sagte er und drückte seinen Dienstausweis gegen die Scheibe.

Stratmann nahm sich Zeit, den Ausweis genau anzusehen, bevor er mit gelangweilter Stimme fragte: „Und was wollen Sie von mir?"

„Können wir irgendwo ungestört reden? Das liegt auch in Ihrem Interesse", fragte Breuer hörbar gereizt.

Stratmann zuckte mit den Schultern und tippte wieder auf seiner Computertastatur.

„Herr Stratmann", drängte Breuer. „Jetzt!"

„Jaja, schon gut", meinte der Mann und stand auf. Gemächlich trottete er zum Ausgang des gläsernen Käfigs und führte Breuer und Damian in einen kleinen

Raum, in dem ein pickeliger Jugendlicher gerade sein Brot aß.

„Du da! Raus hier!", fuhr er den Jungen an. Dieser kramte schnell seine Sachen zusammen und verließ den Raum fluchtartig. Stratmann ließ sich in einen Stuhl sinken und bot Breuer und Damian mit einer großzügigen Geste die Stühle auf der anderen Seite des Tisches an.

„Also gut, wie kann ich der Polizei, unserem Freund und Helfer, dienen?", fragte er herablassend.

Breuers Augen verengten sich. Er konnte diesen Mann nicht ausstehen.

„Wir untersuchen den Tod von Rechtsanwalt Richard Roth", begann er.

Stratmanns Mundwinkel zuckten kurz nach oben, bevor er einen betroffenen Gesichtsausdruck auflegte. „Herr Roth ist tot? Oh, wie schrecklich! Was ist passiert?"

„Er wurde ermordet. Wir besuchen gerade alle, die ein Motiv hätten – also Sie", provozierte Breuer.

„Ich? Was für ein Motiv sollte ich denn bitte haben?"

„Sie waren doch Gesellschafter der Firma SaarLoTec? Die Firma ist insolvent gegangen. Sie scheinen nicht glücklich mit Ihrem Insolvenzverwalter gewesen zu sein", meinte Breuer.

„Nicht glücklich? Wie kommen Sie denn darauf?", fragte Stratmann mit großen Augen.

Damian zog den Ausdruck der E-Mail aus seiner Tasche und hielt sie Stratmann unter die Nase. Dieser erbleichte, bevor er sich wieder fing. „Ja, und? Ich war halt ein wenig wütend. Da ist doch nichts dabei."

„*Sie dreckiger Verräter! Ich werde Sie fertigmachen! Wenn ich mit Ihnen durch bin, können Sie sich die Radieschen von unten ansehen!*", las Damian die Mail vor. „Das hört sich für mich wie eine Morddrohung an, Herr Stratmann."

Stratmanns Unsicherheit verwandelte sich in Wut. „Ja, und wenn schon. Ich war halt wütend und habe ein bisschen Dampf abgelassen."

„Wir nehmen solche Morddrohungen sehr ernst, Herr Stratmann. Ganz besonders, wenn es danach wirklich Tote gibt", sagte Breuer.

„Ja ... möglicherweise bin ich in dieser E-Mail ein wenig über das Ziel hinausgeschossen. Ich hatte meinen Job verloren, so wie viele gute Leute mit mir. Wir waren alle sauer. Aber ich bring doch niemanden um. So was mach ich nicht. Das müssen Sie mir glauben!"

„Nein, müssen wir nicht", sagte Damian, ohne von dem Papier in seiner Hand hochzublicken.

Stratmanns Lippen bildeten einen dünnen Strich. Er ballte die Hände zu Fäusten. „Warum sollte ich ihn umbringen? Ich würde aus seinem Tod doch gar keinen Vorteil ziehen", versuchte er, sich rauszureden.

„Rache?", meinte Breuer.

„Rache? Das ist doch kein richtiges Motiv."

„Es wurden schon Menschen für weitaus weniger umgebracht, Herr Stratmann", sagte Damian.

„Aber ich war es nicht! Soll ich es Ihnen noch buchstabieren?"

„Vorsicht, Herr Stratmann. Werden Sie mal nicht unverschämt", warnte Breuer. „Wo waren Sie am Mittwochabend, zwischen 17:00 und 22:00 Uhr?"

Der Mann überlegte. „Zu Hause."

„Gibt es dafür Zeugen?"

„Nein, verdammt. Ich lebe alleine." Der Schweiß brach ihm aus.

„Wir haben also Motiv und Gelegenheit", überlegte Damian laut.

„Nein! Hören Sie zu: Das Motiv ist doch gar keins. Ich bin halt ein Mensch, der schnell mal auf hundertachtzig ist und da ich auch sehr impulsiv bin, habe ich ohne groß zu überlegen diese E-Mail geschrieben. Aber damit war die Sache für mich abgehakt. Ich hatte meinem Ärger Luft gemacht und gut. So bin ich nun mal. Danach habe ich mir einen neuen Job gesucht und auch gefunden. Ich mache Herrn Roth keine Vorwürfe. Warum auch? Er konnte ja schließlich nichts dafür, dass die Firma insolvent ging. Mit dem Verkauf an die Groß GmbH hat er so viele Arbeitsplätze wie möglich gerettet. Das rechne ich ihm hoch an, auch wenn ich zu dem Zeitpunkt, als ich die E-Mail geschrieben hatte, noch zu aufgewühlt war, um das so zu sehen."

„Tatsächlich?", meinte Breuer.

„Ja, wenn ich es Ihnen doch sage. Schon am nächsten Tag tat mir die Sache mit der Mail leid, und ich habe bei Rechtsanwalt Roth angerufen und mich bei ihm persönlich entschuldigt."

„Wären Sie dazu bereit, uns eine DNA-Probe von Ihnen zur Verfügung zu stellen? Es handelt sich dabei nur um einen Abstrich der Mundhöhle durch ein Wattestäbchen", versuchte es Breuer.

„Was? Nein! Bin ich denn bekloppt? Unser Überwachungsstaat hat schon genug Informationen über mich", schimpfte Stratmann.

Kapitel 25

„Keinen Moment glaub ich Stratmann, dass er sich bei Roth entschuldigt hat. So jemand wie der entschuldigt sich nicht", sagte Damian, kaum dass sie das Gebäude der KFZ-Zulassung verlassen hatten.

Breuer wickelte sich seinen olivgrünen Schal um den Hals. Der Wind war eisig kalt. Einzelne Schneeflocken fielen zu Boden.

„Das sehe ich genauso. Wir brauchen noch mehr Infos, um den Kerl festzunageln. Die Mail reicht da nicht aus. Wir müssen dahinterkommen, was Stratmann dem Roth genau vorgeworfen hat. Da gibt es etwas. Da bin ich mir sicher. Vorher müssen wir wegen des DNA-Tests auch gar nicht bei der Staatsanwaltschaft nachfragen."

„Wir sollten mit dem Käufer von SaarLoTec sprechen. Der Groß GmbH. Vielleicht können die etwas Licht ins Dunkle bringen", schlug Damian vor.

„Darf ich Ihnen einen Kaffee anbieten?", fragte Herr Groß.

Breuer und Damian nahmen dankend an. Sie waren inzwischen beide durchgefroren. Der eiskalte Wind ging durch sämtliche Kleidungsschichten.

„Sabine ... wenn du so freundlich wärst", meinte der Mann zu seiner Sekretärin. Die junge Frau nickte lächelnd und eilte davon. Kurz darauf kam sie mit einem Tablett, auf dem drei Tassen mit dampfendem Kaffee standen, zurück.

„Vielen Dank. Bitte stell keine Anrufe zu mir durch, solange die Herren von der Polizei bei uns sind."

„Natürlich", sagte die Frau und ging.

Herr Groß wandte sich ihnen zu. „So, nun bin ich gespannt, wie ich der Kriminalpolizei, auch noch dem Morddezernat, behilflich sein kann."

„Wir untersuchen den Tod von Rechtsanwalt Richard Roth", begann Breuer.

Herr Groß machte ein bestürztes Gesicht. „Herr Roth ist tot? Wie schrecklich! Wer war es?"

„Das versuchen wir herauszufinden. Sie haben vor einiger Zeit die insolvente Firma SaarLoTec aufgekauft. Rechtsanwalt Roth war der Insolvenzverwalter", sagte Damian.

„Ja, das ist richtig. Mein Gott. Ich kann es noch gar nicht fassen. Hat sein Tod etwas mit dem Verkauf dieser Firma zu tun?"

„Wäre möglich. Herr Roth hat nach dem Verkauf eine recht unangenehme E-Mail von einem Herrn Stratmann bekommen. Der schien sehr wütend zu sein", fuhr Damian fort.

Herr Groß schürzte die Lippen und nickte grimmig. „Kann ich mir denken. Und wenn Sie mich fragen, ob ich dem Stratmann den Mord zutrauen würde, kann ich das mit einem klaren Ja beantworten."

„Können Sie uns sagen, warum Herr Stratmann so wütend auf Rechtsanwalt Roth war?", fragte Breuer.

„Sicher. Das kann ich. Stratmann hielt sich für besonders clever. Unsere beiden Firmen standen schon immer in direkter Konkurrenz. Daher kenne ich den Mann besser, als mir lieb ist. Er hat gerne in den rechtlichen Grauzonen gemauschelt. So auch in diesem Fall."

„Wie meinen Sie das?", fragte Breuer und beugte sich im Stuhl nach vorne.

„In den letzten Jahren lief es für unsere Branche prächtig. Man könnte sagen, das waren unsere goldenen Jahre. SaarLoTec hatte in dieser Zeit das Personal massiv ausgebaut. Sie haben sogar versucht, meine Leute abzuwerben. Aber seit zwei Jahren ist die Nachfrage wieder – ich sage mal – auf Normalbedarf gesunken und SaarLoTec stand mit überschüssigem Personalbestand da."

„Was war mit Ihnen? Hatten Sie nicht das gleiche Problem?", fragte Damian.

„Nicht so massiv. Ich habe mir schon gedacht, dass dieses Hoch nicht unbegrenzt halten würde, habe Zeitarbeitsverträge abgeschlossen, sodass ich meiner Firma nicht die Luft zum Atmen nehme, sobald das Hoch vorbei ist."

Breuer nickte. „Aber SaarLoTec fehlte diese Luft zum Atmen und sie wurden insolvent."

Groß lachte kurz auf. „Nein, nein. So schlimm war es gar nicht. Aber Stratmann wollte das Personal nicht sozialverträglich oder mit hohen Abfindungen reduzieren, sondern sich die Leute raussuchen, die er behalten wollte. Er plante, die anderen einfach vor die Tür zu setzen. Er wähnte sich besonders schlau, indem er Insolvenz anmeldete. So wollte er möglichst kostengünstig sein Unternehmen sanieren. Sein Ziel war eine Insolvenz in Eigenregie."

„In Eigenregie?"

„Ja, man kann beantragen, dass man sein eigener Insolvenzverwalter wird. Das Insolvenzgericht stellt einem in diesem Fall einen Anwalt beratend zur Seite, aber man behält die Kontrolle über das Unternehmen."

„Aber der Plan ging nicht auf", vermutete Damian.

Groß schüttelte den Kopf. „Nein, ging er nicht. Er ging sogar gewaltig nach hinten los. Zu der Zeit, als Stratmann den Antrag auf Eigenregie stellte, tauchte sein Name in Zusammenhang mit den Panama-Leaks auf. Diese dubiosen Papiere des panamaischen Offshore-Dienstleisters. Die Bank wollte ihn nicht als Insolvenzverwalter, solange nicht geklärt war, was es damit auf sich hatte. Das Insolvenzgericht setzte Stratmann den Anwalt Herrn Roth als Insolvenzverwalter vor die Nase. Damit hatte er die Kontrolle verloren. Sein schöner Plan endete in einem Blindflug."

„Und der ging schief", vermutete Breuer.

„Kann man wohl so sagen", bestätigte Groß. „Stratmanns Absicht war es ja gewesen, die Firma nach der Sanierung wieder zurückzukaufen, doch als es so weit war, schaute sich der Insolvenzverwalter auch nach anderen Interessenten um. Da sind wir, die Groß GmbH, auf den Plan getreten. Bei der Gläubigerversammlung hat Roth ganz klar Stellung bezogen. Er sagte den Gläubigern, dass wir keinerlei Liquiditätsprobleme besäßen, bei Stratmann würde er, wegen der Panama-Papiere, da mal ein großes Fragezeichen hintendran setzen. Damit war für die Gläubiger die Sache natürlich klar und ich bekam den Zuschlag."

„Und Stratmann hatte seine Firma verzockt", sagte Damian.

„So ist es. Aber, wie es Stratmanns Art ist, hat er den Fehler nicht bei sich gesehen. Er fühlte sich von dem Insolvenzverwalter Roth verraten. Er unterstellte ihm, mit mir unter einer Decke zu stecken und wir hätten das Ganze geplant, damit ich seine Firma schlucken könnte. Einmal wäre es sogar beinahe zu einer handgreiflichen Auseinandersetzung gekommen, wenn nicht ein paar Leute dazwischengegangen wären."

Damian und Breuer sahen sich an. Sie hatten, was sie wollten.

„Vielen Dank für die Auskunft, Herr Groß", sagte Breuer und erhob sich.

„Reicht das für eine Verhaftung?", fragte der Mann.

„Noch nicht ganz. Dennoch haben Sie uns sehr geholfen", bedankte sich Breuer.

Groß reichte ihm eine Visitenkarte. „Ich danke Ihnen. Wenn Stratmann wirklich auf einem Rachefeldzug ist, könnte ich mir denken, dass ich auch auf seiner Liste stehe. Jetzt, da ich gewarnt bin, werde ich meinen überfälligen Urlaub nehmen und für eine Weile von der Bildfläche verschwinden. Auf der Karte steht meine Handynummer. Darunter können Sie mich jederzeit erreichen." Seine Hände zitterten leicht.

„Haben Sie vor, ins Ausland zu fahren?", fragte Breuer.

„Nein, nein. Ich bleibe im Land. Ich tauche nur ein wenig mit meiner Familie unter, wenn Sie verstehen."

„Ja, das verstehe ich sehr gut, Herr Groß. Vielleicht ist das auch eine ganz gute Idee. Hier ist meine Karte. Bitte rufen Sie mich an, falls Ihnen noch etwas einfallen sollte."

Auf dem Weg nach draußen telefonierte Breuer mit Manni und erzählte, was sie herausgefunden hatten. „Das dürfte für einen Durchsuchungsbeschluss reichen. Beantrage den bitte sofort. Wenn wir irgendetwas finden, einen Schuh mit einem Blutspritzer oder die Kleidung, die er an diesem Tag trug, dann haben wir ihn. Und frag auch nach einem DNA-Abgleich."

Kapitel 26

„Wir bekommen den Durchsuchungsbeschluss und den DNA-Abgleich. Die Beschlüsse werden gerade fertig gemacht", informierte Manni Breuer telefonisch. „Momo und ich tragen soeben alle Informationen zusammen. Ich leg dir alles auf deinen Schreibtisch, damit du die Risikobeurteilung und die organisatorische Vorarbeit leisten kannst."

Zufrieden beendete Manni das Gespräch. Sein Blick fiel auf seinen Computerbildschirm. Wenn es eines gab, was Manni an seinem Beruf nicht mochte, so waren das die nie enden wollenden Berichte, die wegen jeder Kleinigkeit geschrieben werden mussten. Ein Gespräch hier: Bericht. Eine Maßnahme dort: Bericht. Jeder Schritt wurde dokumentiert. Natürlich sah er die Sinnigkeit dieser Prozedur ein, aber sie nervte.

„Fragst du mal Herzog, wie lange er schon persönlich die Phantom-Bande jagt?", fragte ihn Momo von der gegenüberliegenden Seite des Doppelschreibtischs. Manni blickte an seinem Bildschirm vorbei. „Frag ihn doch selbst."

Momo schaute über ihre Schulter in den gegenüberliegenden Besprechungsraum. Dort war Hauptkommissar Tim Herzog gerade in ein Gespräch mit Johanna verwickelt.

„Ich weiß nicht", druckste sie herum. „Er ist, glaube ich, noch sauer wegen meines Kommentars bei der ersten gemeinsamen Besprechung."

Manni grinste. „Als du seine Kompetenz in Frage gestellt hast?"

„So war das gar nicht gemeint", rechtfertigte sich Momo.

„Gibt es eine bessere Art, als ihm in einem fachlichen Gespräch zu zeigen, dass du seine Kompetenz anerkennst?", meinte Manni.

Momo stöhnte nur und sah noch immer unschlüssig in den Besprechungsraum. Das Gespräch zwischen Jo und Tim Herzog schien beendet. Herzog verabschiedete sich und verließ den Raum. Momo warf Manni noch einen Mitleid heischenden Blick zu und stand zögerlich auf. „Hey, Tim. Hast du eine Minute?"

Der Hauptkommissar kam zurück und blieb in der Tür stehen. „Was gibt's?", fragte er kurz angebunden.

„Ich wollte mich noch mal für die blöde Szene bei unserer ersten Besprechung entschuldigen. Mein Kommentar kam irgendwie falsch rüber. War nicht so gemeint."

Manni sah, wie Momo Tim Herzog anlächelte. Momo war oft ernst und manchmal auch mürrisch und aufbrausend. Aber wenn sie lächelte, wurde es Manni immer warm ums Herz und er konnte ihr nichts mehr abschlagen. So erging es scheinbar auch Herzog. Er entspannte sich und lehnte sich lässig gegen den Türrahmen. „Vergessen wir das. Wie kann ich helfen?"

„Wie lange jagst du schon die Phantom-Bande?",
fragte Momo.

„Vier Jahre. Aber sie waren schon vorher aktiv. Ich
habe alle Einbruchsdelikte nach einer typischen Werk-
zeugspur abgesucht. Ich schätze, es ist ein Schlitzschrau-
benzieher mit der V-förmig herausgebrochenen Ecke. Ich
konnte ihre Spur für mindestens sechs Jahre zurück-
verfolgen. Du hast nicht vor, sie vom Haken zu lassen,
auch wenn sie nicht eure Mörder sind, nicht wahr?"

„Wohl kaum. Sie haben einen von uns angegriffen.
Dafür werden sie büßen! Das verstehst du doch?",
schnaubte Momo und ihre Augen blitzten.

Herzog nickte. „BortaS bIr jablu'DI' reH QaQqu' nay'!"
Momo sah ihn mit großen Augen an.

Herzog lachte. „Entschuldige. War so ein Trekkie-
Insiderwitz."

„Rache ist ein Gericht, das am besten kalt serviert
wird", übersetzte Momo. „Du sprichst Klingonisch!
Wie cool ist das denn?" Sie strahlte über das ganze
Gesicht. Nun schaute Herzog sie verblüfft an, dann
musste auch er lachen.

„Kennst du die neuen Star Trek-Kinofilme?", fragte er.

„Ja, zuerst war ich ja sehr skeptisch, als ich hörte, dass
sie keine Fortsetzung der alten Filme bringen wollen,
oder etwas mit einer neuen Crew, sondern so eine
Neuauflage von Kirk und Co. Aber die sind echt super."

„Ja, genau. Nur dass sie Vulkan gesprengt haben, hab
ich fast nicht verkraftet", sagte Herzog.

170

„Woah, und Spocks Mutter. Ich hab gedacht, ich pack's nicht mehr!"

Manni beobachtete von seinem Platz hinter dem Schreibtisch, wie sich die beiden immer angeregter unterhielten. Die Versöhnung klappte ja wunderbar. Momo legte ihren Kopf schief und spielte mit ihren Haaren. *„Sie flirtet"*, wurde Manni klar und dieser Herzog schien ganz in ihrem Bann zu stehen. Seine Hand streifte, wie zufällig, den Arm seiner Kollegin. Manni knirschte mit den Zähnen. Was sollte das jetzt? Warum hatte er nicht diesen Tim Herzog für Momo gefragt? Er suchte auf seinem Schreibtisch einen Grund, Momo zurückzupfeifen. Nichts bot sich an. Was fand Momo nur an diesem Kerl? Okay, Herzog war schlank, gut gebaut. So ein typischer Sportlertyp. Manni sah an sich herab. Er selbst war eher der Flummi-Typ. Rund und knuffig. Aber er konnte Momo mit seinem Humor immer zum Lachen bringen und er verstand sie. Sie beide waren ein gutes Team, gute Freunde und vielleicht ... Wer wusste das schon?

Wenn er zum Trekkie mutieren musste, um sie zu beeindrucken ... kein Problem. Er würde sich einfach alle Folgen der Serie und die Filme anschauen, dann konnte er zumindest mitreden. Gleich nach Dienstschluss würde er im Elektrofachmarkt mit der großen DVD-Abteilung haltmachen und sich alles darüber kaufen.

Kapitel 27

Kaum war Eckart Groß zu Hause, eröffnete er seiner Frau und seiner Tochter, dass sie zu Tante Mae nach Hamburg fahren würden.

„Packt eure Sachen", rief er und versuchte, ein begeistertes Gesicht aufzusetzen.

„Was ist in dich gefahren, Eckart? Wir können nicht einfach alles stehen und liegen lassen und in Urlaub fahren", empörte sich seine Frau.

„Warum nicht? Du beklagst dich doch immer, ich würde zu wenig Urlaub machen und dass wir einmal mehr Zeit füreinander haben müssten", argumentierte er.

„Ja, aber so etwas muss geplant werden. Sei doch vernünftig. Judith hat Schule und ich gebe am Donnerstag meinen Yoga-Kurs. Das ist auch Arbeit, auch wenn sie nicht so gut bezahlt wird wie deine."

Seine Tochter Judith lehnte sich ans Treppengeländer.

„Grundsätzlich habe ich ja nichts gegen ein paar freie Tage einzuwenden. Aber Mittwoch schreiben wir eine Mathearbeit. Und die Noten gehen schon alle ins Abi mit ein."

„Schluss jetzt", rief Eckart Groß. „Packt eure Sachen, wir fahren in einer Stunde!"

Seine Frau stemmte empört die Hände in die Hüften, während seine Tochter sich entrüstet über den Befehlston ihres Vaters vom Geländer abstieß.

„Sag mal, geht's noch, Papa?"

Das schrille Klingeln an der Haustür ließ Groß entsetzt erstarren.

„Ich geh schon", sagte Judith und machte sich auf zur Tür.

„Nein!", er packte sie am Arm. „Schnell, nach oben. Ganz leise", hauchte er.

„Eckart, was ist denn los?", flüsterte seine Frau zurück und beäugte misstrauisch die Tür.

„Ich bitte euch: Hört auf mich. Ich glaube, wir sind in Gefahr. Ich erkläre euch alles später. Tut jetzt nur einfach, was ich euch sage."

Es klingelte abermals. Groß sah sich hektisch um. Was sollte er jetzt tun? Wie hatte Stratmann den Anwalt umgebracht? Hatte er eine Schusswaffe? Es hämmerte an der Tür. Jemand schlug mit den Fäusten dagegen. Groß zückte sein Handy. Mit zitternden Fingern wählte er die Nummer des Polizisten.

„Hier Eckart Groß", flüsterte er, als Breuers Kollege Johannsson am anderen Ende der Leitung abnahm. „Bitte helfen Sie uns. Ich glaube, der Mörder steht vor unserer Tür."

Aus den Augenwinkeln sah er, wie seine Frau mit einem kleinen Entsetzensschrei die Hände vor den Mund schlug. Seine Tochter wich ein paar Schritte weiter die Treppe hinauf.

„Echt krass!", entfuhr es ihr.

Kapitel 28

Damian steckte das Handy wieder weg und stieg auf der Beifahrerseite des Dienstwagens ein. Sie waren mit Staatsanwältin Theresia Rau den Stand der Ermittlung durchgegangen und hatten auf dem Rückweg den fertigen Durchsuchungsbeschluss abgeholt, als der Anruf von Groß kam. Damian setzte das portable Blaulicht aufs Dach.

„Wir müssen sofort zu dem Haus von Eckart Groß. Er glaubt, der Stratmann steht vor seiner Tür, um ihn und seine Familie umzubringen", sagte er, während er die Adresse in das Navigationssystem eingab.

Breuer trat aufs Gas. „Wie gut, dass wir in der Nähe sind."

Sie brachten den Wagen mit quietschenden Reifen vor dem Haus von Groß zum Stehen. Eine hohe Hecke verdeckte ihnen die Sicht. Breuer und Damian zogen ihre Waffen und rannten zum Gartentor. Ein Mann mit einer roten Jacke und einer schwarzen Kapuze stand vor den Glasbausteinen neben der Haustür und hämmerte dagegen. Als er Breuer und Damian bemerkte, rannte er davon, Richtung Garten.

„Stehen bleiben, Polizei!", rief Damian.

Der Kerl war verdammt schnell. Er ließ eine mitgeführte Tüte fallen und sprang über einen kleinen Gartenzaun. Er rannte auf dem Bürgersteig davon. Bei der nächsten Abzweigung hielt er sich rechts. Damian folgte ihm dicht auf den Fersen. Er sah kurz nach hinten. Wo war Breuer? Er konnte ihn nicht mehr sehen. Entschlossen versuchte er, noch ein wenig schneller zu laufen. Er streckte die Hand aus. Beinahe hatte er den Mann mit der Kapuze, da bog dieser um die nächste Kurve. Wieder rechts. Damian hatte damit nicht gerechnet und musste seine Kurve in einem größeren Bogen nehmen. Dadurch hatte der Kapuzenmann wieder einige Meter gewonnen, doch Damian holte Stück für Stück auf. Da war eine weitere Abzweigung nach rechts. Würde der Typ sie nehmen? Ja, er wollte. Doch plötzlich standen sie vor Aaron Breuer, der seine Waffe auf den Mann richtete, der schlitternd zum Stehen kam. Auch Damian legte eine Vollbremsung hin und hatte Mühe, nicht gegen den Typen zu knallen. Verwirrt und keuchend sah er Breuer an.

„Der Kerl ist um den Block gelaufen. Er wollte zu seinem Wagen", sagte Breuer und deutete auf einen Kombi, der vor ihrem Dienstwagen parkte.

„Weiß ich doch!", Damian stützte seine Hände auf seine Knie und versuchte, seinen schnellen Atem unter Kontrolle zu bringen. „Ich wollte ihn dir nur in die Arme treiben."

Breuer lachte. „Ja, klar. Dann leg ihm mal Handschellen an und lies ihm seine Rechte vor."

„Was? Handschellen? Wieso?", fragte der Mann mit vor Aufregung hoher Stimme.

„Sie haben doch gerade versucht, in das Haus von Eckart Groß einzudringen. Und das bestimmt nicht, um dem Mann mal eben nett hallo zu sagen", knurrte Breuer.

„Die Stimme passt nicht", bemerkte Damian. „Ziehen Sie bitte die Kapuze von Ihrem Kopf."

Der Mann gehorchte.

„Das ist nicht Stratmann", sagte Breuer.

„Nein, und ich wollte auch nicht einbrechen. Ich habe eine ganz dringende Medikamentenlieferung für Frau Judith Groß. In der Apotheke sagte man mir, dass sie die unbedingt heute noch bekommen muss. Ich habe Stimmen im Haus gehört. Da wollte ich nur auf mich aufmerksam machen."

„Warum sind Sie dann vor uns weggelaufen?", fragte Breuer.

„Na, weil ich dachte, ich würde überfallen, so wie Sie auf mich zugestürmt sind. Das ist mir schon einmal passiert. Der Schreck sitzt mir noch heute in den Gliedern", beteuerte der junge Mann.

Damian sah sich den Wagen des Mannes an. „Ja, Chef. Da steht was von wegen ‚wichtige Medikamentenlieferung'."

„Sieh nach, was er hinten beim Zaun hat fallen lassen", wies Breuer Damian an. Dieser joggte zum hinteren Gartenzaun und kam mit einer weißen Tüte zurück.

„Ich schätze, er sagt die Wahrheit. Da ist ein Asthmaspray drin."

Breuer stöhnte und ging zur Haustür. Er klingelte und rief laut: „Herr Groß, hier ist Breuer von der Kripo Saarbrücken. Bitte machen Sie die Tür auf. Es besteht keine Gefahr."

Langsam öffnete sich die Haustür und Herr Groß sah sie verängstigt an.

„Judith Groß ist Ihre ...?", begann Breuer.

„Tochter. Sie ist meine Tochter", stammelte Groß.

„Hat sie Asthma?", fragte Damian.

Eckart Groß nickte.

„Dieser junge Mann wollte Ihrer Tochter lediglich ihre Medikamente vorbeibringen, Herr Groß. Es bestand keine Gefahr", beruhigte Breuer den Mann.

Eckart Groß schoss das Blut in die blassen Wangen. „Das tut mir leid."

„Schon gut, Herr Groß. Wir werden lieber einmal zu oft gerufen, als einmal zu wenig", sagte Damian.

„Sind wir denn wirklich in Gefahr?", fragte seine Frau.

„Wir können das nicht ausschließen", antwortete Breuer.

„Aber wieso? Wer sollte denn so einen Hass gegen uns haben?"

„Guido Stratmann. Ich habe seine insolvente Firma aufgekauft. Er hat schon den Insolvenzverwalter umgebracht", erklärte Groß seiner Frau.

„Aber warum verhaften Sie ihn denn dann nicht?", wandte Frau Groß sich an Damian.

„Es ist noch gar nicht erwiesen, dass Herr Stratmann unser Täter ist. Es könnte genauso gut jeder andere sein. Wir werden das herausfinden", erwiderte Damian.

„Und wenn er uns bis dahin auch umgebracht hat? Sie können ihn doch nicht so einfach auf freiem Fuß lassen und abwarten, wer sein nächstes Opfer wird!", empörte sich die Frau.

„Wir können auch nicht ohne Beweise einfach Leute verhaften. So funktioniert unser Rechtssystem nicht. Es tut mir leid. Ich kann mir gut vorstellen, wie Sie sich fühlen. Wir werden Sie auf dem Laufenden halten. Wir schicken in regelmäßigen Abständen eine Streife an Ihrem Haus vorbei. Wenn sich die Lage für Sie verschärft, werden wir ein Team vor Ihrem Haus postieren. Ihr Mann sagte, dass er mit Ihnen in Urlaub fahren wollte. Das wäre eine gute Möglichkeit, der Situation aus dem Weg zu gehen", sagte Damian.

„Ja, aber mein Kurs. Ich bin Yogalehrerin und Judith schreibt eine wichtige Arbeit."

„Deswegen werden wir nicht unser Leben riskieren, Schatz. Sag deinen Schülern Bescheid, dass die Stunde nachgeholt wird und Judith kann die Arbeit auch nachschreiben. Lass uns nur für ein paar Tage verschwinden. Bis dahin hat sich vielleicht alles schon geklärt", versuchte Groß, seine Frau zu überzeugen. Diese überlegte einen Moment, bevor sie nachgab. „Also gut. Ich packe unsere Sachen. Bitte überführen Sie schnell den Mörder. Mehr als eine Woche kann unsere Auszeit nicht dauern."

„Werden wir, Frau Groß", versprach Damian.

Kapitel 29

Manni schlenderte durch die Reihen an DVDs. Wie sollte er bei dieser Masse etwas finden? Er ging zu einem Verkäufer hinter einem Tresen. „Guten Abend, vielleicht können Sie mir helfen. Ich suche die Staffelbox der Star Trek-Serie und die Filme", sprach er den jungen Mann an.

„Aber natürlich. Welche Serie haben Sie denn im Sinn?"

„Star Trek", antwortete Manni irritiert. Das hatte er doch eben gesagt! Der junge Mann sah ihn genervt an. „TOS, TNG, Voyager, DS9, Enterprise?"

Manni schaute ihn verblüfft an. „Äh, was? Da gibt es mehr als eine?"

Nun bedachte ihn der Verkäufer mit einem mitleidigen Lächeln.

„Also gut. Fangen wir am Anfang an. Wie viele Staffelboxen gibt es denn bei der ersten Serie?", fragte Manni.

„Bei TOS? Drei. Wobei das von der Zeitlinie gesehen ja nicht die erste Crew ist. Das ist die Serie Enterprise. Aber TOS ist halt die Serie, mit der alles angefangen hat. Verstehen Sie?"

„Nein – ja, also die nehm ich dann. Drei Staffeln sind ja noch überschaubar. Die hätte ich gerne. Wie teuer sind sie und haben sie alle da?"

„Wir haben hier ein super Angebot: Alle drei Staffeln im Set für nur 34,95 Euro."

„Okay, die hätte ich dann gerne", sagte Manni.

„Ich rate Ihnen, danach die Filme eins bis sechs zu schauen und im Anschluss die TNG-Serie. Dann können Sie mit den Filmen sieben bis zehn weiterschauen. Wenn sie die durch haben, würde ich mir DS9, Voyager und Enterprise vornehmen und dann die neuen Filme elf bis dreizehn gucken. So verstehen Sie auch die kleinen Anmerkungen mit Archers Beagle und so." Der junge Verkäufer kicherte, während Manni ihn mit offenem Mund anstarrte.

„Können Sie mir das aufschreiben?", bat er kraftlos. Worauf hatte er sich da nur eingelassen? Er rieb sich verzweifelt über sein Gesicht.

„Natürlich. Wollen Sie die anderen Serien und Filme auch schon kaufen?", fragte der Verkäufer enthusiastisch.

„Nein, ich denke, ich fange erst einmal damit an", antwortete Manni matt. Er ließ sich den Zettel mit der Reihenfolge geben und kaufte das Set mit allen Folgen der Originalserie. Zweiundzwanzig DVDs, las er auf der Packung. Manni stöhnte. Und das war erst der Anfang von einer schier endlosen Kette von Star Trek Serien und Filmen. Hoffentlich war es das wert.

Kapitel 30

Es war 6:00 Uhr morgens. Damian sah in die Gesichter seiner Kollegen. Außer Dirk hatte sich das ganze Team rechts und links neben der unscheinbaren Tür postiert. Auch Staatsanwältin Theresia Rau, die hier als Durchsuchungszeuge anwesend war. Trotz der Uhrzeit waren alle hellwach. Die Anspannung war greifbar, auch wenn die Risikobewertung ein eher geringes Gefahrenpotenzial ergeben hatte. Möglicherweise trennten sie nur noch wenige Meter von der Auflösung des Falles. Breuer klingelte zum zweiten Mal. Dieses Mal drückte er den Knopf extra lange. Er klopfte ungeduldig gegen die Wohnungstür.

„Herr Stratmann, öffnen Sie die Tür. Hier ist die Polizei."
Die Tür der Wohnung gegenüber wurde einen Spalt geöffnet. Ein Mann spähte neugierig zu ihnen hinüber. Endlich öffnete auch Stratmann.

„Was soll das? Müssen Sie hier so rumbrüllen?"
Breuer hielt ihm einen Zettel unter die Nase. „Wir haben einen Durchsuchungsbeschluss, Herr Stratmann. Bitte treten Sie zurück, damit wir rein können. Sie dürfen jetzt nichts mehr anfassen."

„Das können Sie nicht tun!", schrie Stratmann.

„Und wie wir das können. Lesen Sie sich den richterlichen Beschluss durch", erwiderte Breuer ruhig und wies den Mann auf sein Recht zu Schweigen hin.

„Ich widerspreche der Durchsuchung!", protestierte Stratmann.

Theresia Rau nickte. „Ich trage das in das Durchsuchungsprotokoll ein."

„Möchten Sie uns im Vorfeld noch etwas sagen?", fragte Breuer. Stratmann sah ihn wütend an und schüttelte den Kopf. Als Breuer sich von dem Mann abwandte, bemerkte Damian ein Zucken in dessen Mundwinkel. Als sich ihre Blicke kreuzten, konnte Damian das boshafte Funkeln darin erkennen. Was hatte dieser Mann vor? Wie gut, dass Manni und Jo auf ihn aufpassten. Sie hatten sich zu beiden Seiten von Stratmann postiert.

Damian ging mit gezogener Waffe zur nächsten Tür. Nach den Angaben des Einwohnermeldeamts und ihren Erkenntnissen lebte Stratmann in dieser Wohnung alleine. Dennoch wussten sie nicht, was sie zu erwarten hatten und mussten sich absichern. Laut Grundbuchamt müsste sich hinter dieser Tür das Badezimmer befinden. Er öffnete sie. Volltreffer! Er schaute direkt auf die Wäschekörbe. Der Mörder von Roth musste sich selbst reichlich mit Blut bespritzt haben. Wenn er diese blutigen Kleider oder auch nur eine Spur von Roths Blut fand, könnte sich der Mann kaum noch herausreden. Sofort steckte er seine Dienstwaffe weg und ging darauf zu. Er nahm sich den obersten Pulli, kniete sich hin und betrachtete ihn genau. Zuerst würde er nach offensichtlichen Blutspuren suchen. Wenn er dann nichts fand, würde er Luminol zur Hilfe nehmen. Diese Chemikalie brachte auch die kleinsten Blutspuren zum Vorschein. Selbst wenn schon geputzt worden war, fand das Mittel meist noch genügend Rückstände. Auf dem ersten Pulli konnte er nichts erkennen. Er legte ihn neben sich auf den Boden. Etwas silbern Glänzendes fiel ihm auf. Er stand hinter den Wäschekörben. Damian schob diese beiseite. Zum Vorschein kamen zwei ziemlich große Näpfe. In einem befand sich Wasser, im anderen Trockenfutter.

„Oh, oh!", hauchte Damian und drehte langsam den Kopf, um sich noch einmal genau im Raum umzusehen. Beim Blick zurück zur Tür schaute er in die bernsteinfarbenen Augen eines ausgewachsenen Rottweilers. Das Tier war von der Tür verdeckt worden und sah ihn einen Moment ruhig mit gesträubtem Nackenfell an, dann bleckte es knurrend die Zähne. Der stämmige schwarz-rote Hund hatte eine Schulterhöhe von weit über einem halben Meter. Damian schluckte. In Zeitlupe stand er auf. Er führte seine Hand langsam zu seiner Waffe im Holster.

„Ganz ruhig. Alles ist gut", versuchte er, auf das aufgebrachte Tier einzureden. Nur keine hektische Bewegung! Sein Blick fiel auf das beeindruckende Gebiss des Tieres. „Rottweiler haben eine Beißkraft von über vierhundert Kilogramm", fiel ihm ein. Er fühlte seine Waffe, als der Hund ihn mit einem einzigen großen

Satz ansprang. Fünfzig Kilogramm Lebendgewicht brachten ihn zu Fall. Damian schrie und krallte seine Hände in das Halsband des Hundes, der mit all seiner Kraft versuchte, nach Damians Kehle zu schnappen. Die weiß-gelben Zähne hinter den schwarzen Lefzen waren von Nahem noch furchterregender. Lange würde er der unbändigen Kraft des Rottweilers nicht standhalten können. Der breite Kiefer drückte sich immer näher an seinen Hals. Stinkender Atem und Geifer trafen auf sein Gesicht. Er hörte Manni rufen. Sein Kollege hatte seinen Schrei vernommen und war ihm zur Hilfe geeilt. Er stand mit gezogener Waffe in der Tür. Gleichzeitig wurde Damian klar, dass er aus dieser Position nicht auf das Tier schießen konnte. Die Gefahr, dass Manni dabei ihn traf, war viel zu hoch. Damians Arme zitterten vor Anstrengung. Der Hund schnappte versuchsweise. Seine Zähne waren nur noch Zentimeter von Damians Kehle entfernt. Plötzlich hörte er ein dumpfes, lautes Geräusch. Das Tier wurde an die Wand geschleudert und heulte auf. Manni hatte es kräftig in die Seite getreten.

„Rufen Sie Ihren Hund zurück!", schrie Manni.

„Warum sollte ich?", provozierte Stratmann.

Der Rottweiler hatte sich inzwischen wieder aufgerappelt und sprang erbost auf die Eindringlinge zu. Ein Schuss streckte den Hund nieder. Der Rottweiler zuckte am Boden. Ein letztes Winseln, und er lag still.

Manni steckte seine Waffe zurück und ging neben dem Hund in die Hocke. Er legte seine Hand auf das Tier, sah zu Breuer und schüttelte den Kopf. „Er ist tot, Chef." Bedauern schwang in seiner Stimme mit.

Stratmann explodierte. „Sie haben meinen Hund erschossen. Das wird Konsequenzen haben! Das schwör ich Ihnen!", schrie er.

„Ja, das wird es", flüsterte Breuer und jeder wusste, dass es gefährlich wurde, wenn Breuer zu flüstern anfing. „Wissen Sie, Herr Stratmann: Wir nehmen einen Angriff auf einen Polizisten verdammt ernst. Da verstehen wir keinen Spaß. Das werden Sie schon sehr bald feststellen."

Manni ging auf Stratmann zu. „Wieso haben Sie den Hund nicht zurückgepfiffen? Er könnte jetzt noch leben, Sie Mistkerl."

Stratmann plusterte sich auf. „Soll das jetzt etwa meine Schuld sein? Sie sind in meine Wohnung eingedrungen und haben meinen Hund erschossen. Ich bin hier das Opfer!"

Damian sah Stratmann ungläubig an. Dieser Mann konnte absolut nicht für seine eigenen Fehler einstehen oder er litt unter einer total verdrehten Wahrnehmung. Manni hätte das Tier auch direkt erschießen können, ohne den Versuch zu unternehmen, es durch sein Herrchen zurückpfeifen zu lassen. Die meisten Beamten hätten das getan. Immerhin ging es hier um ihr Leben und Eigensicherung hatte Vorrang.

Damian bemerkte, dass er noch immer am Boden lag. Es wurde Zeit, aufzustehen. Breuer war schnell an seiner Seite und reichte ihm eine Hand. „Alles in Ordnung, Damian? Bist du verletzt?"

„Alles gut." Damian versuchte, sich nicht anmerken zu lassen, wie zittrig er sich fühlte.

Breuer sah ihn ernst an. „Wenn wir hier fertig sind, möchte ich dich unter vier Augen in meinem Büro sprechen", sagte er gepresst, bevor er den Raum verließ, um mit seinem Handy Meldung zu machen.

Damian schluckte. Breuer hatte wütend ausgesehen. Manni klopfte ihm auf die Schulter. Mit einem bedauernden Blick auf das tote Tier machte er sich daran, den Raum zu verlassen.

„Danke, Manni. Du hast mir das Leben gerettet", sagte Damian, als sein Kollege an der Tür war.

Manni drehte sich noch einmal zu ihm um. „Kein Problem, mein Freund. Du hättest das Gleiche für mich getan."

Damian nickte. „Warum war hier ein Hund? Das hätten wir doch wissen müssen! Dann wären die Kollegen von der Hundestaffel dabei gewesen und hätten das Tier zuerst einmal eingefangen."

Manni zuckte mit den Schultern. „Ich schätze mal, der war gänzlich ohne Papiere. Weder war er angemeldet noch hat der arme Kerl wohl jemals einen Tierarzt gesehen."

Damian nickte und wandte sich wieder der dreckigen Wäsche zu. Wie sehr er sich wünschte, hier etwas zu finden, was dieses Ekel Stratmann belasten würde.

Kapitel 31

Frustriert saß Breuer im Besprechungsraum des Präsidiums.

„Nichts! Jedenfalls nichts, was Stratmann mit dem Mord an Richard Roth in Zusammenhang bringen würde", fasste Manni das ernüchternde Ergebnis der Wohnungsdurchsuchung zusammen.

„Das heißt noch lange nicht, dass der Mann nicht unser Täter ist", sagte Breuer. „Zeigt sein Bild in Richard Roths Nachbarschaft herum. Vielleicht hat einer der Nachbarn den Drecksack gesehen. Dann könnten wir ihm wenigstens schon einmal die Anwesenheit in der Nähe des Tatorts nachweisen. Befragt Stratmanns Kollegen und Freunde, falls er so etwas hat. Möglicherweise hat er vor irgendjemandem mit seiner Tat geprahlt oder Andeutungen diesbezüglich gemacht. Besucht die Kneipen, in die er geht. Im Suff erzählt man so einiges. Dreht einfach jeden Stein um. Ich würde den Mistkerl nur zu gerne wegen Mordes drankriegen und zutrauen tu ich es ihm allemal. Wir haben alle erlebt, wie wenig ihm ein Menschenleben bedeutet. An die Arbeit!"

Breuer schaute seinen Leuten nach. In den Augen jedes Einzelnen konnte er die ungebrochene Entschlossenheit lesen, diesen Fall aufzuklären. Rückschläge gehörten dazu.

Damian wollte gerade den Raum verlassen. Breuer winkte ihn mit einer knappen Handbewegung zurück und deutete auf einen Stuhl ihm gegenüber. Damian schluckte und setzte sich kommentarlos. Er wusste wohl genau, dass jetzt der Anschiss kam. Breuer wartete, bis der Letzte den Raum verlassen hatte und diskret die Tür hinter sich schloss.

Er fixierte Damian mit strengem Blick, bis sich dieser auf seinem Stuhl wand.

„Ich weiß, ich hätte mich genauer vergewissern müssen, dass der Raum sicher ist", platzte es aus Damian heraus. „Der Hund wurde durch die Tür verdeckt und als ich die Wäschekörbe entdeckte, dachte ich nur noch an die Beweise, die ich dort vorfinden könnte. Das war leichtsinnig."

„Ja, allerdings. Das lernt jeder Polizeischüler schon im ersten Jahr! Was ist nur los mit dir?", schrie Breuer.

Damian sank in seinem Stuhl zusammen. „Es wird nicht wieder vorkommen", flüsterte er.

„Ich weiß, jeder ist für sich selbst verantwortlich. Du bist mir da keine Rechenschaft schuldig, aber du könntest jetzt tot sein! Mit aufgerissener Kehle in der Gerichtsmedizin liegen. Das ist dir doch klar?"

Damian schaute zu Boden und nickte.

Breuer stand abrupt auf. Sein Stuhl scharrte laut quietschend zurück. Zögerlich stand auch Damian auf, wohl unsicher, ob er jetzt gehen konnte. Breuer ging um den Tisch herum, bis er genau vor dem Mann stand, der für ihn wie ein Sohn war. Er schaute in die fragenden blauen Augen seines Gegenübers. Ihm wurde übel bei dem Gedanken, was alles hätte passieren können, bei dem Schreckensbild vor seinem inneren Auge.

Mit einem einzigen Schritt trat Breuer nah an Damian heran und umarmte ihn.

„Was glaubst du, was Elfi mir erzählt hätte, wenn du unter meiner Führung gestorben wärst?", sagte er mit rauer Stimme.

Kapitel 32

Gabriela zog sich die Schuhüberzieher an und sah sich im geräumigen Hausflur um. Ein großes, auf einer Leinwand gedrucktes Foto, dominierte die Wand neben der Tür. Es zeigte drei kleine Kinder und ihre Eltern. Alle lächelten glücklich in die Kamera. Gabriela seufzte. Die meisten Eltern von drei kleinen Kindern hatten keine größeren Beträge zu Hause rumliegen und auch Schmuck, wertvolle Steine oder ähnlich Lohnendes fand man bei solchen Gruppen eher unterdurchschnittlich oft. Aber es war zu gefährlich, weiter vor der Nase der Polizei herumzuturnen.

Sie musste grinsen, als sie die Reste der aufgemalten Tattoos auf Sorins Armen sah. Der Starke hatte sie über zwei Stockwerke lauthals verflucht, als er versucht hatte, die Farbe wieder abzubekommen. Sie hatte es dagegen ganz leicht gehabt, ihre Maskerade von dem Besuch im Haus dieses Polizisten wieder abzubekommen. Der kleine Höcker auf ihrer Nase und die blonde Perücke ließen sich problemlos entfernen. Aber gerade solche Kleinigkeiten genügten, um nicht mehr in ein Fahndungsbild zu passen. Es durfte nur nicht übertrieben werden, sondern musste natürlich aussehen.

Jetzt mussten sie erst einmal ein paar Straßen Abstand zu den Bullen bekommen. Dieses Haus war nicht in ihrer Planung gewesen. Es war noch nicht einmal richtig ausgespäht. Es hatte von außen einfach gut gewirkt und sie hatten beobachten können, wie die Haustür abgeschlossen worden war und ein Auto davonfuhr. Haustüren schloss man im Normalfall nicht ab, wenn sich noch jemand im Haus befand. Also hatten sie diese Chance genutzt. Auch wenn es noch hell war. Mit einem Blick kontrollierte Gabriela, dass jeder seine dünnen Einmalhandschuhe, Schuhüberzieher und Mütze an hatte.

Sie legte Wert darauf, so wenig Spuren wie möglich zu hinterlassen.

„Also gut, Marius, Sorin und Breda ihr seht euch hier unten um. Fabiu und ich durchsuchen die obere Etage", sagte sie. Effizient durchkämmte sie die einzelnen Räume. Sie war ein Profi und kannte jedes noch so raffinierte Versteck. Wie befürchtet, fand sie nur einige wenige Schmuckstücke, die etwas wert waren. Das meiste war Modeschmuck.

Fabiu kam mit frustriertem Gesichtsausdruck auf sie zu. „Nichts. Nimic. Nur Kinderzimmer und Bad. Kein einziges Stück hab ich gefunden."

„Lass uns nach unten gehen. Vielleicht hatten die anderen mehr Glück", flüsterte Gabriela.

Als sie die Treppe heruntergingen, hörten sie schon Sorin fluchen. „So ein Mist. Nur tolles Gehabe und nichts dahinter." Er ging durch den Flur auf das große

Familienbild zu und schlitzte es mit einem großen Messer auf.

„Sorin, was machst du da?", fragte Gabriela entsetzt.

Sorin drehte sich um und fixierte sie mit einem wütenden Blick. Sein Kopf war leicht gesenkt, die freie Hand zur Faust geschlossen. Wenn er jetzt noch mit einem Fuß gescharrt hätte, wäre das Bild eines gereizten Stieres perfekt gewesen.

„Was ich da tue? Ich bin frustriert. Hier gibt es nichts, was diesen Bruch lohnend machen würde!", schrie er.

„Pst. Sei leise! So ist das nun mal, wenn man ohne gekaufte Infos in ein Haus einbricht. Aber in unserem Zielgebiet ist momentan zu viel Polizei unterwegs. Das ist viel zu gefährlich. Deshalb zerschneidet man doch kein Bild. Und schon gar kein Familienbild. Das ist Vandalismus. Das ist Terror. So etwas machen wir nicht. Wir gehen sauber in das Objekt rein und sauber wieder raus. Wir hinterlassen so wenig Spuren wie möglich und machen nichts unnötig kaputt. Das ist unser Ehrenkodex und unser Erfolg. Darum werden wir nie geschnappt. Sie haben nichts gegen uns in der Hand", zischte Gabriela.

„Ach, halt doch die Klappe. *Wir machen nichts kaputt*", äffte er sie nach. „Das ist typisch Frau."

„Nein, das hat nichts damit zu tun, dass ich eine Frau bin. Wenn du schon keine Ehre hast, dann kratze wenigstens das bisschen Vernunft zusammen, das du besitzt. Du hinterlässt hier unnötige Spuren! Warum

193

machen wir uns die ganze Arbeit mit den Schuhüberziehern, Handschuhen und Mützen?", argumentierte Gabriela.

Sorin nahm sein Messer in die andere Hand und schlug ihr ohne Vorwarnung und mit voller Wucht ins Gesicht. Gabriela fand sich mit pochendem Schädel am Boden wieder. Der Schmerz trieb ihr die Tränen in die Augen. Sie schluckte und kämpfte sie nieder. Nein, sie würde keine Schwäche zeigen! Sie sprang wieder auf die Füße. Eine heftige Schwindelattacke ließ sie taumeln. Als ihr Blick wieder scharf wurde, sah sie in die triumphierenden Augen Sorins.

„Rede nicht von Verstand und Ehre, Gabriela. Das ist nicht das Aufgabengebiet einer Frau."

„Nun, dein Aufgabengebiet ist es offensichtlich auch nicht", hielt Gabriela dagegen.

Sorin hob wieder seine Hand. Gabriela zuckte unwillkürlich zusammen, worauf Sorin die Hand grinsend sinken ließ.

„Ich lasse mir von einer Frau nichts sagen. Jeder Mann, der so etwas tut, ist in meinen Augen kein Mann." Er sah herausfordernd in die Runde.

Marius und Fabiu senkten ihre Blicke.

Breda schnaufte abfällig. „Idiot. Jeder Mann, der es für nötig hält, eine Frau zu schlagen, ist in *meinen* Augen kein Mann. Du widerst mich an, Sorin."

„Oh, da bin ich aber traurig. Ich widere Gabrielas kleines Schoßhündchen an", spottete Sorin.

Breda wollte eine wütende Erwiderung loslassen, da mischte sich Gabriela ein.

„Wir sollten gehen. Hier ist nichts mehr zu holen und unser Streit war viel zu laut. Ich möchte nicht von der Polizei überrascht werden." Wut und Enttäuschung schnürten ihr fast die Kehle zu. Sie hatte erwartet, dass ihre Bande geschlossen hinter ihr stehen würde, als Sorin sie angriff. Doch nur Breda war noch auf ihrer Seite. Ihr geliebter Breda. Sie verlor die Kontrolle. Vielleicht sollte sie Sorin die Führung überlassen, damit dieser Machtkampf sie nicht alle ins Verderben riss. Gabriela atmete tief durch. Also gut. Es schmerzte sie, aber sie würde sich jetzt zurücknehmen. Sollte Sorin sich beweisen.

Sie sah ihn stumm an. Wartete auf Anweisung. Sorin richtete sich stolz auf. Er erkannte seinen Sieg. Triumphierend sah er sich um, stieß mit ganzer Kraft das Messer in die Wand und ritzte den Putz einen Meter weit auf. Danach schüttelte er seine Hand und betrachtete sie. Gabriela rollte mit den Augen. Idiot! Er blutete, weil er beim Hineinstoßen des Messers abgerutscht war und sich an der Klinge geschnitten hatte. Jetzt hatte die Polizei seine DNA und konnte ihn, im Falle einer Verhaftung, mit diesem Tatort in Verbindung bringen.

„Wir verschwinden jetzt", sagte Sorin und ging zur Haustür. Als er sie öffnete, konnte er gerade noch sehen, wie sich zwei Polizisten dem Haus näherten.

Schnell und viel zu laut schloss er die Tür wieder und rief: „Polizei!"

Sie rannten zum Terrassenausgang und in den Garten.

„Polizei! Stehen bleiben!", kam es aus dem Nachbargarten zu ihrer Linken. Sie wurden umzingelt! Sorin drehte sich panisch um seine eigene Achse.

„Hier entlang!", zischte Gabriela und rannte nach rechts, kletterte über eine kleine Mauer und über einen Carport. Sie sprangen auf die Straße und von da liefen sie in den gegenüberliegenden Garten und quer über die Grundstücke bis zur Hauptstraße. Von dort ging es auf die andere Seite des Dorfes, kreuz und quer, bis sie sich sicher waren, nicht mehr verfolgt zu werden. Gabriela sah sich um. Alle hatten es geschafft. Das war verdammt knapp gewesen und der beste Beweis, dass Sorin nicht als Anführer geeignet war. Experiment beendet. Jetzt würde sie wieder das Kommando übernehmen!

Kapitel 33

Damian sah auf die rot-braune Masse hinunter. Woher sollte er jetzt wissen, ob er genug Gewürze verwendet hatte? Musste er jetzt wirklich das rohe Hackfleisch probieren? Wie eklig. Da waren Keime und so ein Zeug drin. Nein, so etwas würde er niemals roh essen. Am besten gab er zur Sicherheit noch von allem eine gute Prise dazu. Und ordentlich Maggi, dann schmeckte es doch jedem Saarländer. Er stellte schon mal den Ofen an und begann die eklige Masse in die ausgehöhlten Paprika zu füllen. Warum fielen die Dinger immer um? Nein, die bessere Frage war, warum er Sarah angeboten hatte, für sie zu kochen, obwohl er das doch gar nicht konnte? Die Grundlagen hatte er natürlich drauf. Immerhin war er schon, solange er denken konnte, Selbstversorger. Aber für Sarah wollte er nicht irgendein Nullachtfünfzehn-Essen, sondern etwas Tolles kochen. Er baute einen Ständer aus Hackfleisch und stellte die gefüllte Paprika dort hinein. Jetzt noch Käse darüber und dann ab in den Ofen. Damian schnüffelte. Irgendetwas roch hier schrecklich angebrannt. Schnell wandte er sich dem Herd zu und hob den Deckel des Topfes mit den Kartoffeln hoch. Schwarzer, beißender Rauch kam ihm entgegen. Er nahm den Topf und füllte über der Spüle Wasser hinein. Es dampfte noch mehr und zischte bedrohlich. Als der Topf sich wieder beruhigt hatte, spähte er hinein. Die Kartoffeln waren auf der Unterseite schwarz und das nachgefüllte Wasser war zu einer trüben, übel riechenden Brühe mutiert. Damian brachte die angebrannten Kartoffeln direkt nach draußen in die Mülltonne und spülte den Topf.

„Das war es dann wohl mit dem selbst gemachten Kartoffelbrei."

Er öffnete ein Fenster. Aus einer Schublade holte er den Kartoffelbrei aus dem Beutel. Das bekam er noch hin. Wasser aufkochen, Salz, Milch und etwas Butter dazu. Pulver einrühren und nach einem bisschen Quellen noch einmal umrühren. Er stellte die Abzugshaube auf volle Leistungsstärke und öffnete auch das zweite Fenster. Er musste so schnell wie möglich diesen verbrannten Geruch aus der Küche bekommen. Sarah konnte jederzeit klingeln. Warum ging heute nur alles schief? Er hatte noch deutlich Breuers Worte im Kopf. „Was ist nur los mit dir?"

Ja, was? Die Kälte, die Albträume, der geklaute Dienstwagen, der Überfall in seinem eigenen Haus und das Schlimmste: Sarahs Krankheit und das Gefühl, dass sie beide sich immer weiter voneinander entfernten.

„Ich muss mein Leben wieder in den Griff kriegen. Ich muss es wieder in Ordnung bringen", murmelte er, während er den Tisch deckte. Die drei Teller exakt mittig zum Stuhl, Messer und Gabel in einem

Neunzig-Grad-Winkel zur Tischkante. Er holte den Weißwein aus dem Kühlschrank. Nicht zu trocken. So, wie Sarah ihn mochte. Da klingelte es.

„Hi, Sarah. Ist Kathy nicht bei dir?"

Sarah schüttelte den Kopf. „Nein, ich habe sie zu Hannes gebracht, damit wir in Ruhe reden können." Sie war blass und schaute so ziemlich überall hin, nur nicht in seine Augen. Damian führte sie in die Küche und schob ihren Stuhl am hübsch gedeckten Tisch zurück. Sarah blieb einen Moment im Türrahmen stehen und rümpfte die Nase. Sie verschränkte die Arme vor ihrer Brust und Damian befürchtete schon, dass sie sich weigern würde, die Küche zu betreten. Schließlich gab Sarah sich einen Ruck und setzte sich mit einem gezwungenen Lächeln.

Damian schnupperte. Es roch gar nicht mehr so schlimm. Er konnte fast nur noch den normalen Essensgeruch ausmachen und der roch köstlich. Damian räumte schnell das überzählige Geschirr weg, schenkte Sarah und sich Wein ein und hob sein Glas.

„Auf uns, Sarah", sagte er leise und lächelte sie an. Sarah hob zögerlich ihr Glas und stieß mit ihm an.

„Auf uns", flüsterte sie. Damian nahm einen Schluck. Ja, das war ein guter Wein. Der Verkäufer hatte ihn gut beraten. Sarah führte ihr Glas an die Lippen und nippte daran. Hatte sie überhaupt etwas davon heruntergeschluckt? Es hatte nicht so ausgesehen. Damian kämpfte gegen seine aufsteigende Irritation und holte die Auflaufform aus dem Ofen. Er überlegte kurz, wie er die gefüllten Paprika am besten auf eine Platte bekam, ohne dass sie wieder umkippen würden, dann stellte er kurz entschlossen die ganze Auflaufform auf den Tisch. Wenigstens für den Kartoffelbrei hatte er eine hübsche Schale.

„Das sieht gut aus", sagte Sarah und Damian fragte sich, warum sie sich dann so weit wie möglich auf ihrem Stuhl zurücklehnte.

„Ich musste ein wenig improvisieren. Die Paprika sind einfach nicht stehen geblieben", sagte er stattdessen.

„Hast du sie unten ein wenig angeschnitten, um eine gerade Standfläche zu bekommen?", fragte sie.

Damian spürte, wie er errötete. „Darf ich dir schon mal was geben?", lenkte er ab und hob Sarah eine der gefüllten Paprika, samt eines Teils des Hackfleischständers, auf den Teller. Natürlich hielt es nicht und kippte um. Die Füllung verteilte sich auf dem Teller. Damian fluchte und versuchte, möglichst dekorativ den Kartoffelbrei zu platzieren. Na ja, es sah nicht ganz furchtbar aus und die Hauptsache war ja, dass es schmeckte.

„Entschuldige mich kurz", sagte Sarah und verlies schnell den Raum. Damian hörte, wie sich die Badezimmertür öffnete und wieder schloss. Er schmiss sein gerade aufgenommenes Besteck auf den Tisch und wartete. Das lief ja super! Als Sarah nach endlosen

Minuten wiederkam, sah sie noch blasser aus und ein leichter Schweißfilm hatte sich auf ihrer Stirn gebildet.

„Was ist los, Sarah? Geht es dir so schlecht?", fragte er besorgt.

Sie schüttelte den Kopf. „Ach, es geht schon. Lass uns essen."

Damian beobachtete, wie sie gedankenverloren in ihrem Essen herumstocherte, ohne auch nur einen Bissen davon in den Mund zu stecken. Als sie seine Blicke spürte, lächelte sie gezwungen und probierte vom Kartoffelbrei. Damian runzelte die Stirn und wusste nicht, ob er besorgt oder verärgert reagieren sollte. Er nahm sich eine Gabel von der Hackfleischfüllung und steckte sie sich in den Mund. Sogleich zogen sich all seine Geschmacksnerven zusammen. Ein scharfer Salzgeschmack ließ ihn beinahe würgen und so viel Saarländer konnte man gar nicht sein, um diesen penetranten Maggi-Geschmack noch gutzuheißen. Mit stoischer Miene kaute er die Masse in seinem Mund und schluckte sie runter. Schnell nahm er sein Weinglas und leerte es mit gierigen Zügen, bis nur noch ein kleiner Rest übrig blieb. Er räusperte sich und versuchte, sich nichts anmerken zu lassen.

„Sarah, ich sehe ja, dass du das Essen im Moment nicht riechen kannst. Ich räum das schnell weg und du überlegst dir inzwischen, was du vertragen kannst. Ich mach dir das dann", sagte er, zog Sarah den Teller unter der Gabel weg und ließ den Inhalt ihrer beider Teller im Mülleimer verschwinden.

Sarah sah ihn erschrocken an. „Damian, du musst doch nicht alles wegwerfen! Das schöne Essen. Wo du dir doch solche Mühe gemacht hast. Hör zu, es tut mir echt leid, wenn ich dich gekränkt habe. Mir wird im Moment nur schon alleine vom Essensgeruch schlecht. Das hat nichts mit deinen Kochkünsten zu tun."

„Schon gut. Ich bin dir wirklich nicht böse. Sag mir einfach, was los ist, damit ich dir helfen kann", sagte Damian und öffnete wieder ein Fenster. Sarah atmete tief die kühle Abendluft ein.

„Ich ... also weißt du noch, wie wir uns beide bei Kathy mit dem Norovirus angesteckt hatten, der im Kindergarten rumging?"

Damian verzog gequält das Gesicht. Das würde er gewiss nie mehr vergessen. Sie hatten gar nicht mehr gewusst, wie sie Kathy helfen sollten, weil es auch aus ihnen, oben wie unten, nur so herausgesprudelt war. Dieses Magen-Darm-Virus quälte sie zwar nicht lange, dafür aber umso heftiger. Eine Erfahrung, die er nie mehr machen wollte.

„Und wie ich mich noch daran erinnere", antwortete er darum.

„Na ja, da, oder besser gesagt, kurz danach, muss es passiert sein", flüsterte Sarah.

„Was ist da passiert?"

„Dadurch hat die Pille versagt und ich bin schwanger geworden." Sarahs Stimme war kaum mehr zu hören, dennoch prallte Damian zurück, so als hätte sie ihn geschlagen.

„Was?", hauchte er entsetzt.

Sarah sah ihm fest in die Augen. „Ich bin schwanger, Damian. Wir bekommen ein Baby."

Damians Gedanken rasten in seinem Kopf. Sarah war schwanger. Von ihm! Wie konnte das nur passieren? Natürlich hatte er verstanden, wie es dazu gekommen war, aber wie konnte das nur passieren? Einen Moment schien das der einzig verbleibende Gedanke zu sein. Eine Endlosspirale, aus der er keinen Ausweg mehr fand.

„Damian, ich weiß, das war so nicht geplant. Ich war selbst geschockt, als die Ärzte im Krankenhaus mir das erzählten", begann Sarah.

„Aber ... das war vor über vier Monaten, fast fünf. Wir hatten das Norovirus im August!", unterbrach sie Damian.

„Ja, ich weiß. Ich denke, ich hatte die Symptome einfach verdrängt. Ich war darauf nicht vorbereitet und habe so immer neue Entschuldigungen für mein Unwohlsein gefunden. Auch vor mir selbst! Man sieht es ja auch noch gar nicht so viel. Ich habe mir eingeredet, durch die ständige Übelkeit sei ich immer etwas aufgebläht. Aber das kleine Bäuchlein kam von etwas ganz anderem." Lächelnd strich sie über ihre Mitte.

Unter dem weiten Shirt, das sie trug, konnte Damian noch nichts erkennen.

„Aber, du warst doch schon einmal schwanger. Da musst du doch gewusst haben, was los ist."

„Jede Schwangerschaft verläuft anders, Damian. Und ich nahm doch die Pille! Da war ich mir ziemlich sicher, dass es das nicht sein könnte. Ich hatte jeden Monat auch ein wenig Schmierblutungen. Sie kamen wahrscheinlich durch die Pille, die ich ja weiterhin nahm. Mir ist natürlich aufgefallen, dass es weniger war als zuvor, aber mir ging es ja auch nicht gut."

Sie schwiegen eine Weile. Damian bemerkte, wie Sarah sich verstohlen über die Augen fuhr. Er fühlte sich schuldig. Als Sarah damals mit Kathy schwanger gewesen war, hatte ihr damaliger Ehemann sie vor die Wahl gestellt. Er oder das Baby. Sarah hatte sich für das Baby entschieden und die Scheidung eingereicht. Damian wusste, wie sehr sie das verletzt hatte. Wie sehr sie heute noch unter dieser Zurückweisung litt. Er konnte verstehen, warum sie sich so lange davor gedrückt hatte, ihm die Wahrheit zu sagen. Es war die Angst vor einer erneuten Ablehnung. Er hasste sich wegen seiner Reaktion. Das Letzte, was er wollte, war, Sarah wehzutun. Er liebte diese Frau. Aber er war nun mal nicht der Typ für Kinder. Dazu hatte er eine viel zu verkorkste Vergangenheit und mehr, als genug Probleme, seine Gegenwart zu bewältigen. Seinen Ordnungs- und Putzzwang, der im genauen

Gegensatz zu dem Naturell von Kindern stand. Das wusste er aus seiner Erfahrung mit Kathy und, noch schlimmer: Sein immerwährender Kampf gegen seine Drogensucht, der im Moment wieder einmal einen Höhepunkt erreichte. Was für ein Vorbild war er da einem Kind! Damian nahm Sarahs Hand in seine. Was sollte er sagen?

„Die gute Nachricht ist, ich bin nicht krank", sagte Sarah und lächelte gezwungen.

Damian nickte. „Ja, da bin ich echt erleichtert, Sarah. Ich hatte mir schon richtig Sorgen gemacht."

Aber eine Krankheit könnte man überstehen. Ein Kind blieb. Sofort schämte er sich für diesen Gedanken.

Sarahs Hand zitterte in seiner. „Was sagst du, Damian?"
Er sah ihr in die Augen. „Ich ... ich weiß nicht. Ich bin ... überrascht und muss noch meine Gedanken ordnen. Gibst du mir ein bisschen Zeit?"

Sie nickte und stand auf. Damian sah, wie sehr sie sich darum bemühte, Haltung zu wahren. Er war ihr wirklich dankbar dafür.

„Ich habe morgen einen Termin bei meiner Frauenärztin. Sie macht einen Ultraschall. Du kannst es dann sehen. Kommst du mit?"

Damian schluckte. Er schätzte, dass Sarah ein *„Mit Sicherheit nicht!"* kaum hören wollte. Hilfe, wie kam er da wieder raus? Also nickte er nur stumm.

„Okay, dann sei um sechzehn Uhr bei mir. Bis dann."

Er brachte sie zur Tür und verabschiedete sich mit einem Kuss. Obwohl es Damian eiskalt war, stand er noch lange an der offenen Haustür. Auch als Sarah schon längst ihre eigene Tür hinter sich geschlossen hatte. Er zitterte, doch diese unaufhörliche Muskelbewegung konnte das Verlangen in seinem Inneren nicht überdecken. Er hatte gehofft, er hatte gekämpft. Nun hatte er zu beidem keine Kraft mehr. Der Drang, sich jetzt sofort Heroin zu besorgen und in seine Venen zu spritzen, war viel größer als er. Er konnte nicht mehr zurück. Zurück in sein Haus, zurück in sein geordnetes Leben. Es ging nicht. Vor seinem inneren Auge erlebte er immer wieder den Augenblick, als Zombie-Viktor ihm die Droge injizierte. Der Rausch, der wie eine riesige Welle all seine Sorgen und Probleme wegspülte. Sie waren einfach weg. Die unvergleichliche Wärme, die seinen Körper durchzog. Wie konnte er ohne sie leben?

Es war nur ein Traum gewesen, aber es konnte so leicht zur Wirklichkeit werden.

Damian nahm seine Jacke aus dem Garderobenschrank und trat in die Dunkelheit hinaus. Er hatte verloren. Diese Erkenntnis war hart, sie tat weh und er verabscheute sich für seine Schwäche. Aber ändern konnte er sie nicht mehr. Jetzt gab es nur noch eine Sache, die er tun konnte.

Kapitel 34

Sorin kochte vor Wut. Er hatte die Führung der Bande schon in seinen Händen gehalten, hatte gespürt, wie Gabriela endlich nachgab, um ihm, dem Starken, die rechtmäßige Stellung einzuräumen. Doch nachdem sie nur knapp der Polizei entkommen waren, hatte Gabriela die Führung abermals an sich gerissen und alle standen sie wieder hinter ihr. Sorin war abgeschrieben. Er schnaufte durch die Nase wie ein wütender Stier. Das letzte Wort zu diesem Thema war noch nicht gesprochen. Er würde sich seine Stellung an der Spitze der Bande wieder zurückerobern. Mit allen Mitteln.

„Das hat so keinen Zweck", sagte Gabriela gerade in die Runde. „In unserem vorgesehenen Gebiet können wir nicht mehr arbeiten. Dort ist zu viel Polizei und blind die Häuser auswählen, birgt zu viel Risiko und wirft zudem auch zu wenig Gewinn ab. Wir sind keine Kleinganoven, die mit ein wenig Taschengeld zufrieden sind. Wir wollen den Hauptgewinn!"

Die Männer nickten.

„Was sollen wir also tun?", fragte Fabiu.

„Ich habe den Clan in Rumänien angerufen und unsere Situation erklärt. Das war kein angenehmes Telefonat, wie ihr euch denken könnt. Aber sie haben ein Treffen mit einem Informanten aus dem Saarland in die Wege geleitet. Morgen, zehn Uhr", sagte Gabriela.

„Wo wird das Treffen stattfinden?", fragte Sorin.

„In Eppelborn. Auf dem großen Parkplatz bei dem Kultur- und Kongresszentrum ‚big Eppel' am Europaplatz. Dort sind auch viele Geschäfte. Ein Treffen dort ist unauffällig. Wir verschmelzen mit den anderen Menschen. Darum werden Breda und ich auch alleine gehen. Eine große Gruppe würde Aufmerksamkeit erregen."

Sorin lächelte verschlagen. Das Schicksal meinte es gut mit ihm. Hier war seine Chance, Gabriela und ihr Schoßhündchen Breda zur gleichen Zeit loszuwerden. Er musste nur noch einige Vorbereitungen treffen.

Kapitel 35

„Oh, das gibt's doch nicht. Schieß doch einfach und warte nicht, bis die Bayern auch noch den letzten Mann vor das Tor gestellt haben!" Breuer war aus seinem Sessel aufgesprungen. Der Stürmer von Borussia Dortmund schoss und der Ball ging meilenweit am Tor vorbei. Breuer fluchte und ließ sich wieder in seinen Sessel fallen. Gespannt beugte er sich nach vorne. Bayern München war am Ball. Sie starteten direkt den Konterangriff. Sie stürmten nach vorne ...

Es klingelte an seiner Tür. Nein, nicht jetzt!

Widerstrebend stand er auf und ging rückwärts zur Wohnzimmertür. Die Borussen fingen die vorstürmenden Bayern ab. Ein erbitterter Kampf um den Ball entbrannte. Mit einem unwilligen Brummen verließ Breuer das Wohnzimmer, ging zur Tür und riss sie auf. Davor stand Damian. Der Junge trat vor Kälte von einem Fuß auf den anderen. Seine Hände hatte er tief in seinen Jackentaschen vergraben und seine großen Augen sahen ihn aus einem viel zu blassen Gesicht an.

„Damian? Was ist los?"

Der Junge öffnete den Mund, um etwas zu sagen, brachte aber keinen Laut heraus. In einer hilflosen Geste schüttelte er den Kopf und schaute unter sich. Aus dem Wohnzimmer ertönte lauter Jubel. „Tor!

Tor!", schrie der Kommentator. Für welche Mannschaft? Breuer seufzte.

„Komm erst mal rein", sagte er und trat zur Seite. Er führte Damian in das Wohnzimmer. Ein Blick auf den Fernseher zeigte ihm, dass die Bayern die glücklichen Torschützen gewesen waren. Doch Borussia Dortmund war schon wieder zu einem erbitterten Gegenangriff gestartet. Das war ein gutes Spiel, auch wenn seine Lieblingsmannschaft hinten lag. Ein Tor konnte locker noch aufgeholt werden. Die ganze Woche hatte er sich auf dieses Spiel gefreut. Vielleicht könnte er den Fernseher nur leiser stellen, während er mit Damian sprach? Möglicherweise könnten sie das Spiel auch zusammen anschauen? Breuer sah zu dem Jungen, der in sich zusammengesunken auf der Couch saß. Der Blick ging ins Leere.

Nein, das war wohl keine Option. Bedauernd schaltete er den Fernseher ab.

„Kann ich dir was zu trinken anbieten?"

Damian sah auf und nickte. Breuer wartete einen Moment, aber Damian hatte wohl nicht die Absicht, deutlicher zu werden.

„Also gut", sagte er, holte aus dem Kühlschrank ein alkoholfreies Bier und reichte es Damian. Eine Weile saßen sie schweigend nebeneinander auf der Couch. Breuer starrte den schwarzen Bildschirm an. Verdammt, was hatte Damian? Nicht, dass er sich nicht über einen spontanen Besuch des Jungen gefreut hätte, aber jetzt lief das Spiel der Saison.

„Wie geht es Sarah?", tastete er sich vor.

„Sie hat mir gesagt, was mit ihr los ist", flüsterte Damian.

Breuer schluckte. „Ist es etwas Ernstes?", fragte er und fürchtete sich gleichzeitig vor der Antwort. Ein Blick in Damians Gesicht zeigte dessen Anspannung.

„Sie ist schwanger. Etwa im vierten Monat", erwiderte Damian.

Breuer sprang auf und lachte erleichtert. Er schlug Damian freundschaftlich auf die Schulter.

„Herzlichen Glückwunsch, Junge. Du wirst Vater! Dann hatte Momo ja doch recht. Wow, ich freu mich so für euch!" Er blickte in das blasse Gesicht. Keine Spur von Freude. Breuer wurde wieder ernst. „Du bist doch der Vater?"

„Ja, natürlich!"

„Aber besonders glücklich scheinst du darüber nicht zu sein."

„Glücklich? Wie könnte ich über so etwas glücklich sein? Du erinnerst dich noch an meinen Vater?"

Breuer nickte. Wie hätte er diesen Unmenschen vergessen können! Er sah ihn noch immer vor sich. Damian sah ihm äußerlich ähnlich, aber der Vater war ungepflegt und von seiner Alkoholsucht gezeichnet. In dessen Gesicht hatte sich ein grausamer Ausdruck gegraben. Spiegel seiner lieblosen Seele. Er hatte

Damian nicht nur vernachlässigt. Er hatte ihn misshandelt. Nachdem Breuer den Jungen aus diesem furchtbaren Elternhaus geholt hatte, hatte sich der Mann nicht ein einziges Mal nach seinem Sohn erkundigt. Breuer verabscheute Damians Erzeuger zutiefst.

„Was hat dein Vater damit zu tun?", fragte er.

„Jetzt werde ich selbst Vater. Jetzt werde ich zu einem Monster wie er, und es gibt nichts, was ich noch dagegen tun könnte. Außer, Sarah zu verlassen. Aber das will ich nicht! Aber was, wenn das die einzige Chance ist, ein noch schlimmeres Unglück zu verhindern?"

„Was?", entfuhr es Breuer. „Jetzt mal langsam. Ich komm bei deinen Gedankensprüngen nicht ganz hinterher. Erst einmal: Du wirst nicht zu so einem Monster wie dein Vater, nur weil du jetzt selbst Vater wirst. Das ist vollkommener Unsinn!"

„Ach, tatsächlich? Es ist kein Unsinn. Die Fakten bestätigen meine These", beharrte Damian.

„Welche Fakten?"

„Studien haben erwiesen, dass Menschen, die in ihrer eigenen Kindheit misshandelt wurden, häufiger gewalttätig gegenüber ihren eigenen Kindern werden."

„Studien haben auch gezeigt, dass achtundneunzig Prozent der Heroinabhängigen nach dem Entzug wieder Rückfällig werden, und jetzt sieh dich an", argumentierte Breuer.

„Ja, das tue ich. Und weißt du was? Was ich sehe, erschreckt mich! Ich bin so kurz davor, mein Leben so richtig in den Sand zu setzen, Aaron." Damian hielt Zeigefinger und Daumen nur circa einen Zentimeter voneinander entfernt.

Breuer ließ sich wieder auf die Couch sinken.

„Reden wir noch von der Vater-werden-Sache oder sind wir jetzt bei den Drogen angekommen?", fragte er mit seiner ruhigen, tiefen Stimme.

Damian schloss kurz die Augen. Als er sie wieder öffnete, lag pure Verzweiflung darin. „Es ist beides. Ich kämpfe an allen Fronten und habe keine Kraft mehr. Ich habe Angst, etwas Dummes zu tun. Etwas, das ich nicht wiedergutmachen kann."

Breuer nickte. „Warum bist du nicht schon früher zu mir gekommen, Junge?"

„Weil du mein Chef bist und wir mitten in einem Fall stecken, und weil ich keine Enttäuschung sein möchte!"

„Das bist du ganz sicher nicht, Damian. Ich bin unglaublich stolz auf dich, wie du dein Leben gemeistert hast."

Damian setzte zu einer Erwiderung an, doch Breuer unterbrach ihn. „Nein, hör mir zu! Du bist intelligent, du bist beruflich erfolgreich, hast dich auf dem Präsidium in die Gruppe integriert, obwohl ich weiß, dass dir so etwas nicht leichtfällt. Du hast dein Leben in Ordnung gebracht, auch wenn du es mit der Ordentlichkeit ein wenig übertreibst, und du bist bislang auch clean geblieben. Damian, das ist eine unglaubliche Leistung! Und jetzt wirst du Vater. Aber du bist nicht der Typ, der ganz plötzlich die Verhaltensmuster seines eigenen, gewalttätigen Vaters annimmt. Du bist ein guter Mensch und ich weiß einfach, dass du auch ein guter Vater werden wirst. Ganz einfach, weil du die Gefahren kennst und alles in deiner Macht Stehende tun wirst, um dein Kind davor zu behüten. Und wenn dich das noch nicht überzeugt, dann sieh doch mal, wie du mit Kathy umgehst. Hast du ihr schon jemals wehgetan?"

„Natürlich nicht! Aber sie ist ja auch nicht meine Tochter", sagte Damian.

„Aber schon fast", beharrte Breuer.

„Was? Warum sagst du so etwas?" Damians Stimme war schrill.

„Das ist doch gar nichts Schlimmes. Wenn Sarah und du einmal heiraten werdet, dann wird Kathy deine Stieftochter."

„Wer hat denn was von heiraten gesagt?" Damians Stimme klang immer panischer.

Breuer fuhr sich frustriert über seinen Bart. Na, das lief ja ganz toll. Statt Damian aufzumuntern, machte er alles nur noch schlimmer.

„Okay. Vergiss für einen Moment die Sache mit der Heirat. Lass uns noch einmal auf deine Persönlichkeit zurückkommen. Du hast in deinem Leben schon sehr viel Gewalt erleben müssen. Von Menschen, denen du hättest vertrauen sollen. Ich bin lange genug bei der Polizei, um zu wissen, wie so etwas eine Kinderseele kaputt machen kann. Zu welcher Art Mensch solche beschädigten Seelen heranwachsen können. Zu Mördern, Gewaltverbrechern. Die haben fast alle einen Knacks während ihrer Entwicklung mitbekommen. Aber nicht alle, die in dieser Zeit Opfer von solchen Gewalttaten wurden, werden auch zu Tätern. Viele werden es nicht! Sie werden anständige Bürger, liebevolle Partner und tolle Eltern. Und zu diesen Menschen gehörst du, Damian."

„Woher willst du das wissen, Aaron?"

Breuer legte ihm eine Hand auf den Arm. „Weil ich dich kenne, Junge. Du hast deinen Knacks abbekommen, gar keine Frage, aber du bist kein gewalttätiger Mensch. Du erinnerst dich an meine gute Menschenkenntnis? Ich versichere dir, ich hätte das inzwischen bemerkt. Wenn du dir selbst nicht vertrauen kannst, dann vertrau mir."

Damian dachte über das Gehörte nach. Breuer sah, dass er ihm glauben wollte, doch seine Zweifel blieben.

„Ja, du hast recht. Ich bin kein gewalttägiger Mensch. Aber was, wenn mit mir eine Verwandlung, eine Transformation passiert, sobald ich Vater werde?"

„Dann bin ich da und werde dich zur Vernunft bringen. Damian, glaub mir: Du musst dir keine Sorgen machen."

„Versprichst du mir, dass du auf das Kind aufpassen wirst, es notfalls vor mir beschützt?", fragte Damian mit unsicherer Stimme.

„Als wäre es mein eigenes Enkelkind", sagte Breuer und lächelte.

Damian sah ihn fragend an und Breuer wurde schmerzlich bewusst, dass der Junge gar keine Ahnung hatte, was er damit sagen wollte. Er hatte so etwas wie liebende Großeltern nie kennengelernt. Also versuchte er es erneut: „Ich werde auf dein Kind aufpassen und es beschützen. Ich weiß, dass ich es nicht vor dir beschützen muss. Aber es kann mit all seinen Sorgen und Nöten auch zu mir kommen."

Dieser Schwur, den er da leistete, versetzte Breuer einen Stich. Mit unerträglicher Schmerzlichkeit wurde ihm bewusst, dass er dies alles auch Damian geschuldet hätte. Aber er hatte ihn von sich gestoßen, den Kontakt vollkommen abgebrochen, weil er nicht ertragen konnte, dass er ihn nicht adoptieren durfte. Er schloss die Augen, als ihm wieder einmal seine Schuld bewusst wurde. Wie verabscheute er sich in diesem Moment selbst! Schwang hier große Reden und nichts dahinter. Warum sollte der Junge ihm noch vertrauen?

„Komm mir jetzt nicht auf die fürsorgliche Art. Das nehme ich dir nicht mehr ab", hatte Damian ihm letzten Sommer, in Elfis Büro, wütend an den Kopf geworfen. Sie hatten sich zwischenzeitlich aussprechen, Breuer sich erklären können, aber Tatsache blieb, dass er den Jungen im Stich gelassen hatte, als dieser ihn am meisten gebraucht hatte.

„Aaron? Wenn ich hier zu viel verlange, sag es mir. Es tut mir leid, ich hätte ...“

Breuer öffnete die Augen. „Entschuldige dich nicht bei mir, Damian. Sei deinem Kind einfach ein besserer Vater, als ich es für dich war.“

Damian musterte ihn. Minutenlang saßen sie schweigend beieinander. Jeder hing seinen Gedanken nach.

„Sag mir, warum du fürchtest, dass du kurz vor einem Rückfall in die Drogensucht stehst. Was hat das ausgelöst? Die Sache mit dem Kind?“, tastete sich Breuer an das heikle Thema heran.

„Nein, das verstärkt es nur. Es ist schon die ganze Zeit in meinen Gedanken. Die Kälte ist so ein Trigger. Du weißt, wie es bei mir war, als ich noch ein Kind war. Die Winter waren immer so schrecklich kalt. Ich hatte nichts, was mich vor dieser Kälte schützen konnte. Keine Winterjacke, mein Zimmerfenster war kaputt und wurde nur noch durch Klebeband zusammengehalten. Nichts, was die Kälte von mir fernhalten konnte. Und genauso kalt, wie es um mich herum war, war es auch in mir drinnen. Das Einzige, was mich wärmen konnte, war das Abtauchen in den Rausch des Heroins. Das war, als würden flüssige Sonnenstrahlen durch meine Adern fließen.“ Damian lächelte versonnen bei diesem Gedanken. „Und dann war da noch dieser Albtraum.“

Breuer sah, wie Damians Körper erschauderte.

„Was für ein Albtraum?“, fragte er.

Damian holte tief Luft, wie um sich zu wappnen. „Ich habe von Viktor geträumt. Er kam auf mich zu, furchtbar anzusehen. Wie ein Zombie. Er machte mir Vorwürfe, gab mir die Schuld an seinem Tod."

„Du bist nicht schuld. Das weißt du. Wir haben darüber gesprochen", beschwor ihn Breuer.

Damian wandte sich ab. „Ja, sicher", flüsterte er, bevor er fortfuhr: „Er hatte eine Spritze Heroin und drückte sie mir in die Venen. Ich habe es gespürt, Aaron. Ich habe gespürt, wie das Heroin durch meinen Körper schoss, wie mich der Rausch mitriss. Es war so heftig, so ... wunderbar ..."

Breuer schluckte. Verdammt. Das hörte sich alles gar nicht gut an. Was sollte er sagen? Wie konnte er helfen?

„Aber es war nur ein Traum", versuchte er, den Jungen zu beruhigen.

Damian lachte humorlos auf. „Ja, das habe ich auch bemerkt. Als ich wieder wach wurde und mein Körper registrierte, dass da gar kein Heroin war. Kabumm, ich bin voll in die Entzugserscheinungen katapultiert worden. Das war so was von heftig. Im ersten Moment dachte ich, ich überleb das nicht, wenn ich nicht sofort etwas von dem Stoff bekomme."

„Aber du hast es geschafft, Damian. Du bist standhaft geblieben."

Damian verzog das Gesicht und schüttelte heftig den Kopf. „Weil ich festgebunden war, Aaron. Nur weil ich durch die Rumänen an mein Bett gefesselt war. Sonst hätte ich keinen Cent mehr auf mich gesetzt."

Breuer fuhr sich über seinen Bart. Das war schlimmer als befürchtet. Wie gut, dass Damian zu ihm gekommen war, denn alleine würde er da nicht mehr herauskommen. Davon war Breuer inzwischen überzeugt.

„Würde es dir helfen, wenn du einen anderen Vorgesetzten hättest? Du könntest dich versetzen lassen."

„Nein! Das will ich nicht." Damian sah ihn verzweifelt an.

„Aber du sagtest, dass es ein Problem für dich ist, dass ich dein Chef bin. Dass du dich dadurch mit deinen Problemen nicht so gut an mich wenden kannst", versuchte es Breuer weiter.

„Ich möchte weiter mit dir arbeiten! Schick mich nicht wieder weg!" Damian sprang von der Couch auf.

„Hör zu, Aaron. Tut mir leid, dass ich dich mit meinen Problemen belästigt habe. Unser Gespräch hat mir geholfen, danke. Den Rest schaff ich alleine. Ich geh dann mal. Wir sehen uns morgen früh, in Ordnung?" Damian stellte das Bier auf den Couchtisch und ging Richtung Tür.

„Hier geblieben!", donnerte Breuer.

Damian erstarrte mitten in der Bewegung und sah ihn mit großen Augen an.

„Setz dich wieder hin. Sofort!", befahl Breuer.

Damian zog den Kopf ein und schlich zur Couch zurück. Ohne ein Wort nahm er wieder Platz. Seine

Hände hatten sich ineinander verkrampft. Breuer atmete tief durch. *Das lief ja wunderbar*, dachte er sarkastisch.

„Bitte, Damian: Gib mir eine Chance. Ich möchte dich nicht loswerden. Ich versuche wirklich, dir zu helfen." Breuer schaute in Damians blaue Augen, bis dieser nickte.

„Okay, keine andere Abteilung. Aber du solltest dir sofort Urlaub nehmen."

„Nein!", kam es kurz und bündig von Damian.

„Du brauchst jetzt Zeit für dich. Es ist genug, wenn du an einer Front kämpfst. Konzentriere dich darauf, dass es dir wieder besser geht", versuchte es Breuer weiter.

„Das Letzte, was ich jetzt brauche, ist Zeit mit mir allein. Das ist Gift für mich, Aaron."

„Du brauchst jetzt professionelle Hilfe, Damian. Der Zeitpunkt, das alleine schaffen zu können, ist überschritten", beharrte Breuer.

„Mein Gehirn braucht Beschäftigung. Das hat mir schon immer am besten geholfen."

Breuer raufte sich die Haare. „Du hast Beschäftigung. Aber das reicht in diesem Fall nicht aus! Das merkst du doch selbst."

Damian verschränkte die Arme vor seiner Brust. Breuer konnte sehen, wie es in dem Jungen arbeitete, wie seine Augen hin und her wanderten.

„Also gut, ich mache dir noch einen Vorschlag. Und ich bitte dich, ... nein, ich erwarte, dass du ihn diesmal annimmst", sagte Breuer und wartete, bis Damian zögerlich nickte, bevor er fortfuhr. „Es ist schon spät und wir müssen morgen früh raus. Aber ich möchte, dass du im Moment nicht alleine bist. Nicht mal für eine Stunde, verstanden?" Wieder ein zögerliches Nicken von Damian.

„Du schläfst heute Nacht bei mir. Oben ist noch dein altes Zimmer mit deinem Bett. Im Badezimmer, in der rechten Schublade sind neue Zahnbürsten. Handtücher sind im Schrank, im oberen Flur. Du kennst dich ja hier aus. Hast du noch Hunger?"

Damian schüttelte den Kopf.

„Wenn du noch etwas brauchst: Fühl dich ganz wie zu Hause. Morgen sprichst du mit Sarah und schläfst am besten bei ihr. Wenn ihr euch verkracht, oder es aus sonst einem Grund nicht klappt, kommst du wieder her. Egal zu welcher Uhrzeit. Verstanden?"

Damian nickte abermals.

„Du weißt, Elfi war früher bei der Suchttherapie beschäftigt. Darf ich den Doc morgen um Rat fragen? Sie kennt deine Situation und konnte dir schon einmal helfen."

Damian überlegte einen Moment. „Ja, aber bitte rede nur mit ihr. Ich möchte nicht, dass meine Probleme irgendwie die Runde machen."

„Natürlich."

Kapitel 36

Die laute, lallende Stimme des Mannes schmerzte in seinen Ohren, aber noch viel mehr taten dem Kind seine Worte weh.

„Warum hat deine verdammte Mutter dich nicht abgetrieben? Du bist schuld, dass es uns jetzt so scheiße geht. Dass wir uns nur noch streiten und ich sie schlagen musste. Schau sie dir an, wie sie da wimmernd in der Ecke liegt. Das ist alleine deine Schuld, du Missgeburt!"

Harte Schläge trafen ihn. Warfen ihn zu Boden, doch der Mann ließ nicht ab von ihm. Der kleine Junge schrie, flehte, bat um Entschuldigung. Doch es machte keinen Unterschied. Irgendwann war der Zeitpunkt gekommen, da er glaubte, den Schmerz nicht mehr ertragen zu können. Er sehnte die nahende Bewusstlosigkeit herbei. Würde sein Vater ihn diesmal in seiner blinden Wut totschlagen? Fast wünschte er es sich. Dann wäre endlich alles vorbei. Doch die Angst vor diesem endgültigen Aus war übermächtig. Seine Tränen ließen das Gesicht des Mannes über ihm verschwimmen. Er blinzelte heftig und das Bild klärte sich. Entsetzt starrte er in das Angesicht seines erwachsenen Selbst.

Mit einem erstickten Schrei fuhr Damian hoch. Sein Atem ging keuchend. Schweiß bedeckte seinen ganzen

Körper und seine zitternden Finger krallten sich in die Bettdecke. Orientierungslos suchte er den Schalter seiner Nachttischlampe. Endlich hatte er ihn gefunden. Das Licht blendete ihn für einen Moment, bis sich seine Augen daran gewöhnt hatten. Er befand sich in Breuers Wohnung, fiel es ihm wieder ein. Stöhnend ließ er sich in die weichen Kissen zurückfallen. Dieser Albtraum war anders. Keine bloße Erinnerung an seine verkorkste Kindheit. Nein, dieser Traum bestätigte seine Ängste, dass er sich in das Monster verwandeln würde, das sein Vater für ihn war. Sein Herz raste noch immer in seiner Brust und sein Brustkorb fühlte sich wie zugeschnürt an.

So eine Schwangerschaft war anfällig. Vielleicht erledigte sich das ja von ganz alleine. Entsetzt stoppte er diesen Gedankengang. Wie konnte er es wagen, so etwas auch nur zu denken, geschweige denn, es sich zu wünschen! Er musste erst gar nicht darauf warten, dass das Kind geboren wurde. Er war bereits das Monster!

Damian warf die Bettdecke zurück. Sein schweißnasser Körper beschwerte sich sofort, indem er zu zittern begann.

„Ist dir etwa kalt? Das hast du verdient. Das ist deine Strafe", dachte er grimmig und ertrug die Kälte, bis seine volle Blase ihn zwang, aufzustehen. Leise öffnete er die Zimmertür und trat in den oberen Hausflur. Breuers Schlafzimmer befand sich auf der

223

gegenüberliegenden Seite. Die Tür stand weit offen und durch das Licht, welches aus seinem Zimmer strömte, sah er die schlafende Gestalt. Er ließ seine Tür zur Orientierung offen. Wenn er im Flur das Licht anknipsen würde, würde Breuer mit Sicherheit aufwachen. Leise machte er einen weiteren Schritt nach vorne und erstarrte, als der alte Dielenboden ein lautes, knarzendes Geräusch von sich gab. Breuer schreckte auf.

„Damian, alles in Ordnung?", fragte er verschlafen.

„Ja. Ich muss nur mal austreten. Entschuldigung."

Breuer ließ sich zurück in sein Kissen sinken. Als Damian ein paar Minuten später zurück in sein Zimmer ging, begegnete er den immer noch offenen Augen des Älteren.

„Gute Nacht", flüsterte er.

„Gute Nacht, Junge", erwiderte Breuer mit müder Stimme und schloss seine Augen.

Wieder in seinem Bett schüttelte Damian den Kopf. Der Mann hatte ihn kontrolliert, dass er wieder in sein Bett ging und sich nicht heimlich von dannen machte. Damian horchte in sich hinein und bemerkte, dass er Breuer nicht böse war. Eigentlich war es ein gutes Gefühl, dass sich jemand kümmerte. Alleine über seine Probleme zu reden, hatte ihm schon sehr geholfen. Er konnte spüren, wie der Druck in seinem Inneren nachgelassen hatte.

Er sah sich im Raum um. Auf dem Regal standen die Bücher über Ägypten, die ihn so interessiert hatten, als er mit fünfzehn einige Wochen bei Breuer gelebt hatte. Und auch der Schreibtisch, den sie für Damian in das Zimmer geschleppt hatten, stand noch an der Wand. Darüber hing die Bleistiftzeichnung eines Gargoyles, eines steinernen Wasserspeiers, den er damals gemalt und mit Reißbrettstiften dort angepinnt hatte. Breuer hatte hier nichts verändert. Er ließ sich wieder in die Kissen sinken. Das war damals die beste Zeit für ihn gewesen. Eine Zeit, aus der er bis heute Kraft schöpfte. Und wenn er sich in diesem Raum umschaute, war dieser kurze Lebensabschnitt auch für Breuer sehr wichtig. Das hier war noch immer *„sein"* Zimmer. Mit einem Lächeln zog Damian seine Decke bis zum Kinn und schloss die Augen. Er stellte sich vor, wie der Raum um ihm herum pulsierte, ihm Kraft verlieh und seine Sucht niederkämpfte. Das war ein schönes, ein kraftvolles Bild. Die Angst vor einem erneuten Albtraum war verschwunden.

Kapitel 37

Es klopfte.

„Aufstehen. Frühstück", drang Breuers Stimme durch die geschlossene Zimmertür. Damian öffnete seine Augen. Sein Blick fiel auf die Uhr. Viertel nach sechs! Normalerweise war sein innerer Wecker pünktlich auf sechs Uhr gestellt und funktionierte zuverlässig. Er sprang aus dem Bett und duschte sich schnell. Als er runter in die Küche kam, saß Breuer schon am Frühstückstisch.

„Gut geschlafen?", begrüßte er Damian.

Dieser nickte und griff sich ein Brötchen. Er hatte im zweiten Teil der Nacht tatsächlich sehr gut geschlafen. Nachdem er aufgegessen hatte, gönnte sich Damian noch ein zweites. Irgendwie schmeckten sie hier besser als bei ihm zu Hause.

Breuer schlug den Sportteil der Saarbrücker Zeitung auf und fluchte. Als Damian ihn erstaunt ansah, erklärte er: „Dortmund hat verloren."

Damian nickte. Er kannte Breuers Begeisterung für den Verein in schwarz-gelb. Plötzlich hielt er inne, das Brötchen auf halbem Wege zum Mund. „Das Spiel wolltest du sehen, bevor ich so unvermittelt vor deiner Tür stand."

Breuer winkte ab. „Ich habe ja einen Teil gesehen und du bist mir wichtiger als jedes Spiel der Welt. Mach dir keinen Kopf."

Es klingelte. Breuer sah erstaunt von seiner Zeitung auf und ging die Tür öffnen.

„Elfi! Du hättest nicht direkt kommen müssen", hörte Damian Breuer aus dem Flur.

„Stör ich?"

Damian mochte die Stimme von Doc Sommer. Sie war warm und gleichzeitig sehr klar.

„Nein, nicht doch. Komm rein", sagte Breuer.

Elfi begrüßte Damian herzlich. Sie nahm sich aus dem Schrank eine Tasse und schenkte sich Kaffee ein. Damian lächelte über die selbstverständliche Vertrautheit, mit der sich der Doc in Breuers Wohnung bewegte. Wie häufig sie wohl hier zu Gast war? Damian wunderte sich so und so, dass aus dieser Freundschaft nicht schon längst mehr geworden war. Oder war es das schon?

Elfi setzte sich neben Breuer und lächelte Damian an.

„Wir müssen alle gleich zur Arbeit, darum komme ich sofort zum Punkt: Du befürchtest, kurz davor zu stehen, rückfällig zu werden?"

Damian sah sie verwirrt und auch etwas ärgerlich an. Der Morgen hatte so gut begonnen und ging so rapide bergab.

„Ich habe Aaron erst gestern Abend davon erzählt. Wieso weißt du das schon?"

„Er hat mir nach eurem Gespräch noch eine Whats-App-Nachricht geschickt und danach haben wir noch ein wenig telefoniert. Du hattest ihm doch gestattet, mit mir darüber zu sprechen."

„Ja, aber ... es geht mir heute Morgen schon besser. Ich hatte gestern Abend einfach mal kurz die Krise."

„Mal kurz die Krise, ist wohl die Untertreibung des Jahrhunderts. Du standest direkt am Abgrund, warst mit einem Fuß schon darüber hinaus!", mischte sich Breuer ein.

Das stimmte. Aber Damian fühlte sich tatsächlich besser und wieder gestärkt für den Kampf gegen seine Dämonen. Das Gespräch hatte geholfen und sein persönlicher Raum der Kraft, wie er sein Zimmer in Breuers Wohnung heimlich nannte, auch. Doch eine Stimme in seinem Inneren fragte sich, wie lange dieses Hoch wohl andauern würde? Wie würde er mit der erneuten Konfrontation mit Sarahs Schwangerschaft klarkommen? Bei dem heute anstehenden Termin bei der Frauenärztin würde ihm alles erst so richtig plastisch vor Augen geführt werden, was er da angerichtet hatte. Nein, er durfte sich nicht überschätzen. Diese eine Schlacht gegen seine Drogensucht hatte er vielleicht gewonnen, aber der Krieg war noch lange nicht vorbei.

„Aaron meint, dass du im Moment ein paar ungelöste Probleme hast, die dich noch zusätzlich belasten", versuchte Elfi es weiter.

„Aaron meint auch, dass ich einen gewaltigen Knacks habe", platzte es aus Damian heraus. Diese Bemerkung hatte schon den ganzen Abend an ihm genagt.

Breuer sah ihn entrüstet an. „Du hast mehr als nur einen Knacks und ich knacks dir gleich noch einen", polterte er.

Die Mundwinkel des Docs zuckten verdächtig nach oben.

„Ich glaube, was Aaron sagen will, ist Folgendes", begann sie. „Deine Seele wurde tief verletzt. Diese Verletzung manifestiert sich in vielerlei Gestalt. In deiner Drogensucht, deinem Ordnungszwang und deinem Putzzwang. Aber weißt du was? Wir haben die Hoffnung noch nicht aufgegeben, dass diese Verletzung eines Tages heilen könnte. Oder dass sie zumindest besser wird. Dazu musst du aber auf dich aufpassen. Was ich dir dringend anraten möchte, ist, dass du dich für ein paar Tage krankschreiben lässt und dich in einer Drogenklinik wieder stabilisierst. Dort kann man dir am besten helfen."

„Nein, auf gar keinen Fall", sagte Damian.

„Aaron sagte mir schon, dass du dich auch weigerst, dir von der Arbeit freizunehmen."

„Das ist auch gar nicht notwendig. Es wäre sogar kontraproduktiv. Mein Gehirn braucht Beschäftigung und nicht noch mehr Zeit, um über meine Probleme nachzudenken", erwiderte Damian.

„Dann mach zumindest sofort einen Termin bei deinem Psychologen. Wer hat dir bisher geholfen?"

„Das war Doktor Bernstein. Aber der ist schon lange in Rente", erwiderte Damian.

„Und du hast dich nicht um Ersatz bemüht?" Elfi seufzte. „Dann sieh dich jetzt nach einem um. Er kann dir in Gesprächen helfen. Du hast gerade eine traumatische Situation erlebt. So etwas muss man erst einmal verkraften."

Damian sah sie fragend an. „Was für eine traumatische Situation? So ein Schock war Sarahs Schwangerschaft nun auch wieder nicht."

Elfi fasste sich an die Stirn und schüttelte fassungslos ihren Kopf. „Fremde Menschen, ach was sag ich: Potenzielle Mörder, die dich in deinem eigenen Schlafzimmer überfallen, dich an das Bett fesseln und dein Leben bedrohen. Klingelt da was?"

„Ach, das. Da ist ja nichts passiert", sagte Damian.

„Das seh ich genau, wenn ich die Striemen an deinem Hals und an deinen Handgelenken betrachte. Und roll nicht mit den Augen!", meinte Elfi schroff. „Er kann dir auch bei deinen Ängsten in Bezug auf deine kommende Vaterschaft helfen. Versprichst du mir, noch heute einen Psychologen anzurufen?"

„Wir sind mitten in einem Fall, Doc. Dazu habe ich gar keine Zeit."

„Verdammt, Damian. Du musst dir schon helfen lassen!", platzte es aus Elfi heraus. Sie schloss für einen

Moment die Augen und atmete tief durch. „Was hilft dir normalerweise besonders gut, den Kopf freizubekommen?", versuchte sie es im ruhigen Tonfall erneut.

„Ich geh laufen. Aber im Moment ist dafür wenig bis keine Zeit."

„Vielleicht findet ihr doch eine Zeit, wo ihr mal eine Stunde oder so gemeinsam laufen könnt."

Breuer sah sie entsetzt an. „Und mit *ihr* meinst du ...?"

„Dich und Damian. Ja, Aaron. Du hast doch selbst schon erkannt, dass Damian im Moment nichts alleine machen sollte", sagte Elfi.

Damian könnte schwören, dass er da ein schadenfrohes Glitzern in ihren Augen sah.

„Wenn Damian laufen sagt, dann meint er nicht spazieren gehen, dann meint er rennen. Du weißt, ich bin recht fit, aber doch ein gutes Stück älter als Damian. Ich fürchte, da halte ich nicht mehr mit."

„Es geht hier ja nicht darum, irgendwelche Bestzeiten aufzustellen oder dass Damian sich vollkommen auspowert. Wenn ihr ein lockeres Lauftraining absolviert, genügt das ja schon für den Anfang", meinte Elfi.

Damian versteckte sein belustigtes Grinsen hinter seiner Kaffeetasse. Das hatte Breuer jetzt davon.

„Ja, mal sehen, ob wir dafür überhaupt Zeit finden", brummte dieser.

„Du bist auch nicht besser als Damian. Also wirklich!", entrüstete sich Elfi.

Damian sah auf seine Uhr. „Wir müssen jetzt auch langsam los. Sorry, Doc.“

Elfi Sommer seufzte. „Ich spar euch mal ein wenig Zeit: Hier ist die Abschrift von Richard Roths Obduktionsbericht. Ich habe sie schon an die Staatsanwaltschaft geschickt.“

Sie reichte Breuer eine Akte, die er kurz überflog. „Danke, Elfi. Kommst du zu unserer Weihnachtsfeier?“

Elfi Sommer lachte. „Als würde ich mir das entgehen lassen. Wird sie denn stattfinden? Ihr seid doch alle rund um die Uhr beschäftigt!“

„Da müssen wir uns halt ranhalten. Die Feier ist jedenfalls fest eingeplant“, sagte Breuer.

„Na dann, haltet euch mal ran. Und Aaron, ...“

Elfi sprach sehr leise weiter, aber Damian konnte die Worte dennoch hören. „Pass mir auf Damian auf.“

Kapitel 38

Auf dem Präsidium hatten sich wieder alle zu der Morgenbesprechung versammelt. Momo sah sich im großen Raum um. Enttäuscht bemerkte sie, dass Tim Herzog nicht anwesend war. Breuer übergab Dirk, dem Aktenführer in diesem Fall, die Unterlagen von Doktor Sommer.

„Wann habt ihr heute Morgen angefangen?", fragte dieser verwundert.

„Die bessere Frage wäre: Habt ihr seit gestern überhaupt aufgehört? Damian hat jedenfalls die gleiche Kleidung wie gestern an und das kommt eigentlich nie vor", bemerkte Momo. Sie musterte Damian neugierig.

„Auf was für Sachen du achtest", meinte Manni, sah aber ebenfalls zu Damian hinüber. „Du hattest heute Nacht doch nicht etwa wieder Besuch?", fragte er besorgt.

Damian sank tiefer in seinen Stuhl und schaute verlegen zu Boden. „Nein, alles gut. Können wir anfangen?"

Momo schaute zu Manni hinüber. Er sah heute Morgen müde aus. Unter seinen Augen zeichneten sich ganz deutlich dunkle Ringe ab. Was war heute nur los?

Die Tür wurde aufgerissen und Herzog kam mit einem breiten Grinsen hereingestürmt.

„Jackpot!", rief er und stützte sich mit beiden Armen auf den Besprechungstisch. Mit leuchtenden Augen sah er in die Runde. „Wir haben gestern die rumänische Einbrecherbande auf frischer Tat ertappt und beinahe geschnappt.“

Manni verschränkte die Arme vor seiner Brust. Momo hatte den Eindruck, dass seine Laune in dem Moment den Tiefpunkt erreicht hatte, als Tim den Raum betrat.

„Beinahe geschnappt? Ich verstehe deinen überschwänglichen Enthusiasmus nicht“, brummte er.

Herzog ließ sich seine hervorragende Laune nicht verderben.

„Wir haben soeben einen anonymen Anruf erhalten, der besagt, dass sich heute gegen zehn Uhr zwei Mitglieder der Phantom-Bande mit einem Informanten treffen.“

Breuer sprang auf. „Ein anonymer Anruf?“

„Ja, ein Mann, dem Akzent nach ebenfalls rumänischer Herkunft“, wusste Herzog.

„Weißt du auch wo, Tim?“, fragte Breuer.

Herzog nickte. „Auf dem Parkplatz des big Eppel.“

Gabriela ließ ihren Blick über den großen Parkplatz schweifen. Ihre dunklen Locken hatte sie unter einer Wollmütze verstaut. Ein dicker Schal verdeckte ihre untere Gesichtshälfte. Ein normales Bild bei diesen eisigen Temperaturen. Es waren viele Menschen unterwegs, sprachen miteinander, luden ihre gekauften Waren in die Kofferräume oder standen an den Scheiben der Schaufenster. Sie holte sich einen Einkaufswagen vom angrenzenden Discounter. Breda, ebenfalls mit Mütze, trat dort gerade aus der Tür und legte eine Tüte Toastbrot und einen Sack Äpfel in den Wagen. Die Tarnung war perfekt. Sie stellten sich zu beiden Seiten des Wagens auf, als wären sie in ein Gespräch vertieft. Doch sie tauschten nur automatisch Nichtigkeiten aus. Ihre ganze Konzentration lag darauf, die Umgebung zu beobachten. Breda die eine Seite des Parkplatzes, Gabriela die andere Seite.

„Mann mit roter Jacke in der mittleren Parkreihe", flüsterte Breda. Gabriela sah unauffällig in die angegebene Richtung. Die rote Jacke sollte das Erkennungszeichen sein. Sie nickte und machte sich mit Breda auf den Weg. Der Mann stand in der Nähe seiner offenen Wagentür.

„Ich hoffe, es fängt nicht an zu regnen", sprach sie ihn an. Er drehte sich um und musterte sie kurz.

„Die Winde sind unberechenbar", erwiderte er. Die richtige Losung. Das war ihr Informant. Bisher war sie dem Mann noch niemals persönlich begegnet. Er hatte seine Informationen an ihren Mittelsmann aus Ferentari, meist Cosmin, geliefert. Er sah bieder und unauffällig aus. Ein Mann jenseits der fünfzig, mit einer großen, silbernen Brille, wie sie in den Siebzigern vielleicht einmal modern gewesen war.

„Meine Informationen waren ihr Geld wert. Dass genau zu dieser Zeit, wo ihr eure Geschäfte erledigt, dort ein Mord passiert und es dann plötzlich von Polizei nur so wimmelt, ist nicht mein Verschulden", stellte er klar.

Gabriela nickte. „Ich weiß, aber wir können dort im Moment nicht mehr arbeiten. Haben Sie ein paar neue Objekte für uns? In einem anderen Gebiet?"

Der Informant nickte: „Ich gehe davon aus, dass Sie die Preise für gut recherchierte Objekte kennen."

Gabriela reichte ihm unauffällig ein weißes Kuvert. Der Informant nahm es an sich, zählte schnell die Scheine und steckte es in seine Jackentasche. Dann übergab er Gabriela ebenfalls einen Umschlag.

„Dort finden Sie die Objekte und genaue Angaben zu diesen. Das ist alles erstklassig recherchiert. Und schauen Sie, dass Sie nicht wieder zwischen die Fronten eines streitenden Brüderpaares geraten."

„Ein streitendes Brüderpaar?", fragte Gabriela verblüfft.

„Na ja, ich weiß nicht, ob es mit dem Mord zusammenhängt, aber die Roth-Brüder haben sich ganz schön gezofft." Der Informant zuckte gleichgültig mit den Schultern.

Gabriela kam nicht dazu, näher nachzufragen. In ihrem Inneren schalteten sich die Alarmsirenen an. Etwas stimmte hier nicht. Das Bewegungsmuster der Passanten hatte sich verändert. Sie schaute sich um.

Sie wurden eingekesselt! Und jetzt entdeckte sie auch den Kommissar. Diesen Johannsson. Er hatte sich einen Hut tief ins Gesicht gezogen, um nicht erkannt zu werden. Doch Gabriela war Expertin auf dem Gebiet der Verkleidung. Ihr machte so schnell niemand etwas vor.

„Polizei", flüsterte sie.

Der Informant sprang in das Auto und startete es. Ohne Rücksicht auf die Personen, die ihm im Weg standen, fuhr er mit quietschenden Reifen los. Gabriela war sich fast sicher, dass dies alles Polizisten waren. Sie sprangen zur Seite, manche gingen zu Boden. Wie durch ein Wunder kam niemand unter die Räder. Gabriela und Breda nutzten diese Lücke in der Umzingelung und rannten, so schnell sie konnten. Gabriela wurde von den Füßen gerissen. Kurz sah sie Johannsson über sich, da hatte er ihr schon den Arm auf dem Rücken verdreht und sie bäuchlings mit seinem eigenen Körpergewicht auf der Straße fixiert. Gabriela wollte ihn abschütteln, aber ein scharfer Schmerz durchzuckte ihre Schulter. Sie schrie auf.

„Hören Sie auf, sich zu wehren, dann tut es auch nicht weh", sagte Johannssons Stimme über ihr.

Wieder gab es einen schmerzhaften Ruck und Gabriela merkte, wie etwas Johannsson traf und ihn von ihrem Rücken riss. Sie nutzte diese Chance und sprang auf. Als sie zurückschaute, sah sie Breda mit dem Kommissar kämpfend am Boden.

„Lauf, Gabriela. Lauf!", schrie Breda erstickt.

Den Bruchteil einer Sekunde zögerte sie. Sie konnte Breda nicht mehr helfen. Es waren zu viele Polizisten, die auf sie zustürmten. Gabriela sprintete los. Sie duckte sich unter den Händen eines Angreifers hinweg, wich mit einem scharfen Haken einem weiteren Mann aus. Hätte der Informant mit dem Auto nicht eine Schneise in die Umzingelung gerissen, sie hätten alle keine Chance gehabt. Gabriela lief schon fast ihr Leben lang. Ihr Onkel, der sie und ihre Schwester Luana nach dem Tod der Eltern aufgenommen hatte, hatte sie schon früh darin trainiert.

„Du kannst nur deine Freiheit bewahren, wenn du schneller bist als jede Frau und jeder Mann", hatte er ihnen immer wieder eingetrichtert und sie bis zur vollständigen Erschöpfung angetrieben. Das war eine harte Schule gewesen, doch sie war es wert. Gabriela war schnell. Sie hörte die rasanten Schritte hinter sich, hörte, wie sich der Abstand zu ihnen immer weiter vergrößerte. Gabriela sprintete, ohne ihr Tempo zu drosseln, über die Hauptstraße von Eppelborn. Reifen quietschten, ein Hupkonzert erscholl.

Ihre Verfolger legten mehr Wert auf ihre Sicherheit. Das gab ihr wieder einen dringend benötigten Vorsprung.

Sie musste die Hauptstraße so schnell wie möglich verlassen. Die Polizei würde sie auch auf vier Rädern jagen und schneller als ein Auto war Gabriela nicht.

Sie bog in die Straße „*Am Kloster*" ein und rannte diese bis zum Güterbahnhof entlang. Dort überquerte sie ungesehen die Bahngleise und schlug sich durch das angrenzende Gehölz. Nun musste sie noch eine größere Grünfläche überqueren und über einen kleinen Flusslauf springen. Ihre Flucht war nicht kopflos, nein, sie hatte einen Plan. Gabriela hatte immer, für alle Eventualitäten, einen Plan. Sie wusste, dass sie sich schräg links halten musste, um zu einer Lücke der nun in Sicht kommenden Häuser zu gelangen. Dort stand ihr vorher abgestellter Notfallwagen.

„Glaubst du nicht, du übertreibst es mit deinen Sicherheitsvorkehrungen?", hörte sie noch Bredas Stimme in ihrem Kopf. Sie hatte ihm auf einer Karte die Fluchtroute gezeigt, falls etwas schieflaufen sollte und sie den Wagen auf dem Parkplatz nicht erreichen konnten. Sie hatte ihm die Autoschlüssel in die Hand gedrückt. Es gab zwei Schlüssel zu jedem der zwei Wagen. Jeder von ihnen würde beide bei sich tragen, um im Notfall schnell auf das Auto zugreifen zu können. Im Laufen holte sie ihre Schlüssel aus der Tasche und blickte sich um. Kein Verfolger war in Sicht. Die vermuteten sie wohl noch auf der anderen Seite der Gleise. Sie öffnete das Auto und zog die dicke Wollmütze vom Kopf. Aus der Seitenablage nahm sie eine alte Hornbrille mit Fensterglas und setzte sie auf, während sie mit der anderen Hand schon das Auto startete. Sie fuhr los, wagte kaum, zu atmen, bis der Verkehr ein

wenig dichter wurde. Nun war ihr Auto nur eines von vielen.

Ein Streifenwagen mit Blaulicht kam ihr entgegen. Sie konnte den prüfenden Blick der Beamten spüren, doch ihre Verwandlung war erfolgreich. Das zuckende Blaulicht raste vorbei. Weg in eine Richtung, wo sie schon lange nicht mehr war. Tränen stiegen in ihre Augen. Breda, ihr geliebter Breda! Er hatte sich für sie geopfert. Was würde jetzt mit ihm geschehen? Sie konnte ihn doch kaum im Stich lassen. Verzweifelt schluchzte sie auf. Noch nie war einer der ihren auf der Strecke geblieben. Sie brauchte jetzt dringend einen Plan.

Kapitel 39

Sarah hatte Damian vorfahren sehen und zog gerade die Haustür hinter sich zu. Kathy sprintete zum Wagen und umschlang Damians Beine.

„Ich darf jetzt noch kurz Sophie besuchen, obwohl es schon dunkel wird", verkündete sie stolz.

Auf der kurzen Fahrt zu Hannes und Sophie redete Kathy ohne Unterlass. Umso mehr fiel das große Schweigen auf, das sich einstellte, nachdem sie Kathy abgeliefert hatten.

„Freust du dich denn so gar nicht über das Kind?", fragte Sarah leise, als sie auf dem Parkplatz der frauenärztlichen Praxis vorfuhren. Damian atmete tief durch. Das Letzte, was er wollte, war, Sarah erneut weh zu tun, aber er wollte sie auch nicht anlügen. Warum musste sie ausgerechnet jetzt wieder damit anfangen? Er sah doch, in welch emotionaler Stimmung sie war. Seine Antwort würde sie mit Sicherheit in Tränen ausbrechen lassen und dann musste er mit seiner weinenden, schwangeren Freundin in die Praxis, damit auch der Letzte sofort begriff, was für ein Mistkerl er war.

„Können wir das Thema nicht für den Moment beiseiteschieben?", fragte er darum.

Sarah sah ihn verärgert an. „Nur wegen dieses *Themas* sind wir gerade hier, Damian."

„Ich meine damit nicht die Schwangerschaft, sondern meine Gefühle dazu", verteidigte sich Damian.

„Ich schätze, damit habe ich dann meine Antwort", sagte Sarah gepresst und wollte aussteigen. Damian fasste sie am Arm.

„Sarah, lass uns bitte jetzt nicht streiten. Du weißt, ich bin halt nicht der Typ für Kinder. Kathy ist in Ordnung. Ich mag sie wirklich sehr. Wir haben uns arrangiert. Sie akzeptiert meine Eigenarten und ich akzeptiere ihr ... na ja, ihr Kindsein. Aber über noch ein Kind kann ich mich wirklich nicht freuen."

Sarah schluckte hart. Ihre Mundwinkel zogen sich nach unten. Sie wischte sich die ersten Tränen aus den Augen und sah Damian entschlossen ins Gesicht.

„Ich weiß, du bist ein anständiger Mensch, Damian. Aber ich möchte nicht, dass du glaubst, mit mir zusammenbleiben zu müssen, weil du mich geschwängert hast. Das musst du nicht. Ich habe das mit Kathy alleine geschafft und ich werde das auch mit dem zweiten Kind alleine schaffen. Du musst jetzt auch nicht mit hier rein kommen. Warte einfach im Wagen. Es wäre nett, wenn du mich noch nach Hause fahren könntest. Wenn nicht, rufe ich mir halt ein Taxi." Sarah öffnete die Tür und stieg aus.

Damian stieg ebenfalls aus, sprintete um den Wagen und verstellte ihr den Weg zu den Treppen, die zum Eingangsbereich führten.

„Warte! Hast du gerade mit mir Schluss gemacht? Das ist nicht fair! Du hast mich gefragt, ob ich mich freue, und du bist mir zu wichtig, als dass ich dir ins Gesicht lügen würde. So empfinde ich nun mal."

Sarah schluchzte, bekam sich aber gleich wieder unter Kontrolle. „Und weißt du, wie ich empfinde, Damian? Ich bin der Meinung, dass ich mehr verdient habe, als dass ich in einer Beziehung lebe, bei der der Mann mit mir zusammen bleibt, weil er das Gefühl hat, dass dies als Erzeuger meines Kindes seine Pflicht sei."

„Da hast du recht, Sarah. Ich stimme dir vollkommen zu. Aber ich möchte mit dir in einer Beziehung leben, weil ich dich liebe! Mehr, als du dir vorstellen kannst."

Sarah sah ihm in die Augen. Tief und forschend. Dann, mit einem Seufzen, ließ sie ihren Kopf an seine Brust sinken. Damian schloss seine Arme um sie. Beschämt merkte er, dass diese leicht zitterten. Beinah hätte er Sarah verloren. Das durfte nicht passieren. Er musste aufpassen. Dieses Kind, das in ihr heranwuchs, durfte sie nicht auseinanderbringen.

„Bitte lass mich mit zum Ultraschall gehen. Nicht wegen des Fötusses, sondern wegen dir. Weil ich dich liebe und immer für dich da sein will."

Sarah nickte an seiner Brust. Dann löste sie sich aus seiner Umarmung und trocknete ihre Tränen.

„Dann lass uns mal reingehen."

Nach dem düsteren Hausflur schien die Rezeption strahlend hell. Zwei Frauen saßen hinter dem Tresen und schauten ihnen freundlich entgegen.

„Hallo, Frau McGregor. Wie geht es Ihnen heute?", fragte die Fülligere der beiden. Als sie Sarahs rot geränderte Augen sah, verdüsterte sich kurz ihr freundliches Gesicht und sie warf Damian mit gerunzelter Stirn einen vorwurfsvollen Blick zu.

„Alles in Ordnung. Wow, ich bewundere immer wieder, wie Sie sich die passenden Namen zu den Gesichtern merken können. Sie haben ja nicht gerade wenig Patienten", überspielte Sarah die Situation.

Die Frau lächelte geschmeichelt. „Vielen Dank. Das macht die Übung. Sie können schon eine Urinprobe abgeben."

Sarah verschwand im kleinen Toilettenraum der Praxis. Damian sah sich unbehaglich um. Das war kein Ort für Männer. Als er dem forschenden Blick der Arzthelferin begegnete, ging er ein paar Schritte weiter den Gang entlang, der zu den Laborräumen und dem Wartezimmer führte. Die linke Wand war von unzähligen Danksagungskarten bedeckt. Von jeder Karte schaute so ein kahles, großäugiges, kleines Monster zu ihm rüber. Damian spürte die Gänsehaut auf seinen Armen.

„Süß, nicht wahr?" Damian zuckte zusammen. Er hatte gar nicht gehört, wie Sarah zu ihm getreten war. Sie betrachtete die Bilder an der Wand mit einem

verträumten Ausdruck und streichelte dabei unbewusst ihren Bauch.

„Unheimlich", sagte er.

Sarah sah ihn irritiert an.

„Unheimlich süß, meine ich", konkretisierte Damian.

Sarah nickte lächelnd und betrat das Wartezimmer.
Damian folgte ihr mit einem letzten Blick auf die Bilder der kleinen Widersacher. Möglicherweise konnte
er langsam seinen Vater verstehen.

Nein! Was dachte er da nur? War es schon so weit
gekommen? Hatte die Verwandlung bereits eingesetzt? Er nahm auf einen der gepolsterten Stühle Platz
und ließ seinen Blick über die Zeitschriften gleiten.
Nichts, was einen Mann interessierte. Also musste er
mit seinen Gedanken ausharren.

Es war unglaublich, wie lange sie warten mussten.
Sarah hatte doch einen Termin? Aber wenn er in die
gelangweilten Gesichter der anderen Frauen sah,
schien das hier so üblich zu sein. Endlich wurden sie
aufgerufen. Der Raum, den sie betraten, wurde von
einem großen Stuhl mit Vorrichtungen für die Füße
dominiert. *Ein Folterstuhl*, schoss es Damian durch
den Kopf.

„Das sieht ähnlich einladend wie beim Zahnarzt aus",
flüsterte er Sarah zu.

Sie kicherte. „Ja, und im Allgemeinen gehe ich auch
genauso gerne hin. Nur heute ist das etwas anderes.

Heute werde ich unser Kind wieder sehen können. Darauf freue ich mich."

Sie sah Damian vorsichtig von der Seite an. Er lächelte ihr zu und versuchte, sich sein wachsendes Unbehagen nicht anmerken zu lassen. Die Tür öffnete sich und eine dunkelhaarige Frau betrat den Raum.

„Guten Tag, Frau McGregor, guten Tag Herr ..."

„Johannsson", ergänzte Damian die unausgesprochene Frage und reichte der Ärztin seine Hand.

„Wie geht es Ihnen?", fragte sie Sarah.

„Mir ist immer noch übel, wenn ich Essen auch nur rieche. Ich dachte, das sollte nach dem dritten Monat verschwinden?"

„Oftmals tut es das auch, aber manchmal dauert das länger. Versuchen Sie es mit Ingwertee, oder essen Sie schon eine Kleinigkeit vor dem Aufstehen. Ansonsten alles in Ordnung?"

Sarah nickte.

„Sie ist unglaublich oft müde und schläft auch am Tag immer wieder ein", sagte Damian. Wie konnte Sarah das nicht erwähnen? Das war doch besorgniserregend.

Die Ärztin lächelte. „Das ist auch normal. Sie müssen sich vorstellen, dass der Organismus Ihrer Frau, äh, Freundin gerade Höchstleistung vollbringt. Ein kleiner, kompletter Mensch wird erschaffen. Innerhalb weniger Monate entwickelt sich ein neues Leben aus einer winzigen Eizelle von nur einem zehntel Millimeter und einer noch kleineren Samenzelle, hin zu einem hochkomplexen Organismus mit Billionen von Zellen. Es ist ein kleines Wunder, das hier geschieht." Sie schaute Damian eindringlich an.

Er verschränkte seine Arme vor der Brust. Wusste sie, dass er das Kind nicht wollte? Hatte er es auf der Stirn tätowiert oder hatte Sarah schon im Vorfeld darüber gesprochen? Die Situation wurde von Minute zu Minute unangenehmer. Er wollte endlich hier raus!

„Machen wir doch einen Ultraschall und schauen, ob alles in Ordnung ist", schlug die Ärztin vor.

Damian schluckte und sah hinüber zum Folterstuhl, aber Sarah ging daran vorbei und legte sich auf eine Liege, die auf der anderen Seite des Raumes stand. Sie machte ihren Bauch frei. Eine leichte Wölbung war zu erkennen, aber keine Babykugel, wie Damian sie erwartet hatte.

„Ist es normal, dass man so wenig sieht?", fragte er.

„Ja, machen Sie sich keine Sorgen. Das ist ja erst der vierte Monat, das heißt, mit neunzehn Wochen schon bald der fünfte. Ihre Freundin ist zwar sehr schmal, aber gut durchtrainiert. Ich schätze aber, dass der Bauch jetzt von Tag zu Tag wachsen wird."

„Möchten Sie wissen, ob es ein Junge oder ein Mädchen wird? Jetzt kommen wir in einen Zeitraum, da man das langsam per Ultraschall erkennen kann", fragte die Ärztin und gab eine durchsichtige Paste auf den Bauch.

„Ja, das würde ich sehr gerne wissen", sagte Sarah.

„Kommen Sie etwas näher, Herr Johannsson. Hier auf dem Monitor können sie alles sehen", forderte die Ärztin Damian auf.

Dieser hatte sich mit verschränkten Armen in eine Ecke verzogen und trat nun zögerlich näher. Die Ärztin schob den Kopf des Ultraschall-Geräts über den Bauch. Damian sah auf dem Bildschirm seltsame Formen in schwarz-weißem Rauschen. Sollte er da etwas erkennen? Plötzlich war dort ein pulsierender Punkt. Schnell und regelmäßig hinter weißen Linien.

„Das ist das kleine Herz. Sehen Sie, wie es schlägt?", fragte die dunkelhaarige Frau.

Damian nickte beklommen. In seiner Kehle schien sich mit einem Male alles verkrampft zu haben. Und ein komisches Gefühl machte sich in seinem Magen breit. Und das alles nur wegen eines kleinen pulsierenden Punktes.

„Warum schlägt es so schnell? Hat es Angst?", fragte er und kam noch näher. Er wollte Sarahs Bauch berühren, das kleine, flatternde Herz beruhigen. *„Es wird dir nichts passieren. Es ist nur eine Untersuchung."*

„Das ist normal. Die Frequenz beim Ungeborenen beträgt meist zwischen einhundertzwanzig und einhundertsechzig Schlägen, bei Kindern circa einhundert Schläge und bei Erwachsenen liegt sie dagegen nur noch um die siebzig Schläge die Minute." Die Ärztin ließ den Ultraschallkopf weiter gleiten, veränderte die Einstellung. Der Umriss eines Kopfes war zu

248

sehen. Damian erkannte eine kleine Nase, Lippen, eine Hand mit fünf Fingern schob sich ins Bild.

„Das sieht ja schon aus wie ein Baby. So fertig", flüsterte er erstaunt.

„Ja, es ist zwar erst achtzehn Zentimeter groß, aber im Prinzip ist schon alles angelegt. Ich schalte mal auf die 3D-Ansicht."

Das Gesicht, welches in der zweidimensionalen Form noch sehr alienhaft ausgesehen hatte, wurde plötzlich plastisch. In warmen Sepiafarben sah man ein richtiges Babygesicht vor sich. Sarah kicherte.

„Ich glaube, es hat deinen Mund, Damian. Sieh nur."

Damian nickte nur stumm. Sprechen konnte er nicht mehr. Ja, das war die Form von seinem Mund. Das kleine Gesichtchen bewegte sich, schien zu gähnen, eine kleine Hand schob sich davor. Die Ärztin fuhr mit der Untersuchung fort. Schaltete immer wieder zwischen 2D und 3D hin und her, machte kleine Ausdrucke, nahm Messungen vor. Damian sah die angewinkelten Beine, kleine Füße mit noch kleineren Zehen. Er zählte durch: Alles dran, nichts zu viel. Ein absolutes Wunder. Er hatte mit einem noch unförmigen Zellhaufen gerechnet, aber dies war ein fertiger, kleiner Mensch, der nur noch wachsen und ausreifen musste. Und Damian hatte das Gefühl, innerlich explodieren zu müssen. Er horchte in sich hinein. Er war nie gut darin gewesen, mit seinen eigenen Emotionen klarzukommen, sie zu verstehen. Doch hier war er sich ganz sicher. Es waren nur so viele auf einmal, dass es fast schon wehtat.

„Ich werde niemals wie mein Vater sein!", flüsterte er mit rauer Stimme.

Sarah umfasste seine Hand. „Ich weiß."

„Sehen Sie! Es ist ein kleiner Junge", sagte die Ärztin und zeigte auf eine unmissverständliche Form auf dem Monitor.

„Ist er gesund? Ich meine, Sarah wusste lange Zeit nicht, dass sie schwanger war und hat weiter die Pille genommen. Es kam auch zu leichten Blutungen", fragte Damian.

„Alles sieht gut aus. Das Gehirn, die Nackenfalte, die Organe, die Größe. Ich konnte nichts Außergewöhnliches feststellen. Also erst einmal kein Grund zur Besorgnis", beruhigte die Ärztin ihn.

Sarah und Damian sahen sich erleichtert an.

„Konnten Sie schon Kindsbewegungen spüren?", fragte die Ärztin.

Sarah schüttelte den Kopf.

„Das kommt noch", beruhigte sie die andere Frau.

„Kann er schon hören?", fragte Damian.

„Nun, im Prinzip schon. Die Gehörorgane sind seit Anfang des vierten Monats schon voll entwickelt", antwortete die Frau.

Damian verzog betroffen das Gesicht. Das Kind – sein Kind hatte ihn gehört, als er Sarah vorhin erklärte, dass er es gar nicht wollte.

Die Ärztin schmunzelte. „Keine Sorge, Herr Johannsson. Es kann Sie vielleicht schon hören, aber noch nicht verstehen. Es kommt mehr auf den Tonfall an."

Damian fühlte sich ertappt und spürte, wie ihm das Blut ins Gesicht schoss.

Die Heimfahrt verlief wieder schweigend. Aber es war eine andere Art von Schweigen. Sarah sah träumerisch aus dem Fenster, ein Lächeln im Gesicht und die Hände liebevoll auf den Bauch gelegt. Gelegentlich summte sie mit den Liedern aus dem Radio mit.

Sie lachte auf. „Du bist wohl auch am Träumen, Damian. Da eben, das war unsere Ausfahrt."

Damian sah sie mit hochgezogenen Augenbrauen an. „Ich träume niemals am Steuer. Schon gar nicht mit so wertvoller Fracht an Bord."

„Mag sein, aber das war eben dennoch unsere Abfahrt", sagte sie.

„Ich weiß. Ich muss noch schnell etwas besorgen, bevor der Laden zumacht." Damian fuhr weiter bis nach Saarlouis und stellte seinen Wagen auf einem zentralen Parkplatz ab.

„Kommst du mit?", fragte er sie und stieg schon aus, ohne ihre Antwort abzuwarten.

Sarah folgte ihm und sah ihn neugierig von der Seite an. „Wo gehen wir hin?"

„Hier, in den Copy-Shop".

Als sie den Laden betraten, fragte Damian Sarah nach den Ultraschall-Bildern, die sie als Ausdruck mitbekommen hatten. Er reichte sie einer Verkäuferin und fragte: „Können Sie uns die zweimal kopieren und einzeln laminieren?"

Die Verkäuferin lächelte wissend und nickte. Sarah sah Damian sprachlos an.

„So können wir sie immer bei uns tragen, ohne dass den Originalen etwas passiert", erklärte er.

„Oh, Damian!", sagte Sarah gerührt und zog ihn in einen leidenschaftlichen Kuss.

Zwanzig Minuten später standen sie vor der Doppelhaushälfte von Hannes. Er öffnete ihnen, die Haare zerzaust, ein grüner Faserschreiber klemmte hinter dem Ohr, ein offener roter in der Hand. Er hatte ein relativ dünnes, langärmliges Shirt an, dafür einen umso dickeren Schal, den er ein paar Male lose um den Hals gebunden hatte. Seine hellen, braunen Augen strahlten sie durch die Nickelbrille an.

„Hallo, ihr zwei! Kommt rein und stört euch nicht an dem Chaos."

Chaos war das richtige Wort. Als sie das Wohnzimmer betraten, wurde Damian fast erschlagen von den zusammengelegten Wäschestapeln auf der Couch, den Bücherstapeln, geöffneten Briefen, Unterlagentürmen auf jeder erdenklichen Ablagefläche und munter dazwischen eine Unmenge an Spielzeug. Auch auf dem Esstisch stapelten sich Papiere, die Hannes nun zusammenschob und Damian und Sarah einen Platz davor anbot.

„Ich bin gerade beim Korrigieren von Klausuren", erklärte er. „Möchtet ihr einen Tee? Vor fünf Minuten frisch aufgebrüht." Er zeigte auf eine Kanne.

„Gerne, Hannes. Danke dir", sagte Sarah.

Hannes holte ihnen zwei Tassen und schenkte den Tee ein. „Wie war euer Termin?", fragte er vorsichtig und schaute dabei lauernd zu Damian hinüber.

„Wunderbar. Wir haben sogar Bilder. Damian hatte die Idee, in einen Copy-Shop zu fahren und die Bilder zu kopieren und laminieren zu lassen. Willst du sie sehen?"

„Auf jeden Fall!", sagte Hannes und klopfte Damian freundschaftlich auf den Oberarm.

Damian dachte sich, dass Hannes aus purer Höflichkeit zugestimmt hatte, die Ultraschallaufnahmen zu sehen, aber der Mann zeigte echte Begeisterung. Als Kathy und Sophie den Raum betraten, wurden die Bilder wieder hervorgeholt. Die zwei kleinen Mädchen waren begeistert, das Baby in Sarahs Bauch sehen zu können. Damian blieb ganz still. Er hatte erwartet, dass, nach seinem emotionalen Ausbruch beim Anblick des Ultraschalls, seine normale, genervte Haltung, wenn das Thema Kinder aufkam, wieder Oberhand gewinnen würde. Natürlich war er sich inzwischen recht sicher, dass er dieses kleine Wesen lieben und beschützen würde, dennoch war das einfach nicht seine Welt. Doch zu seinem Erstaunen fühlte er sich nicht genervt. Nein, das Gespräch über sein zukünftiges Kind erfüllte ihn mit Stolz. Verwirrt horchte er in sich hinein. Warum sollte er stolz sein? Es war wohl kaum eine besondere Leistung, eine Frau zu schwängern, mit der man noch nicht einmal verheiratet war. Das war eher beschämend. Und doch war er stolz, denn das kleine Wesen auf diesen Bildern war ein Wunder. Aus seinem verkorksten Leben entstand etwas Reines und Wunderbares.

Als sie zu Hause ankamen, war Kathy auf dem Rücksitz eingeschlafen. Sarah wollte sie aus ihrem Kindersitz heben, doch Damian schüttelte den Kopf.
„Ich kenn mich nicht so gut aus, aber soweit ich weiß, sollst du nicht schwer heben. Ich trag sie rein", sagte er.
Kathy wachte nicht einmal auf, als er sie hochhob. Mit einem leisen Seufzen kuschelte sie sich an ihn. Die Temperaturen waren wieder einmal deutlich im Minusbereich, dennoch konnte die Kälte Damian dieses Mal nichts anhaben. Tief in seinem Inneren fühlte er eine nie dagewesene Wärme. Wie selbstverständlich brachten sie Kathy gemeinsam ins Bett. Wie selbstverständlich nahm Sarah zwei Stunden später seine Hand und sie gingen zusammen in ihr Schlafzimmer.

Als Damian sich auszog, vibrierte sein Handy. Eine Nachricht war eingegangen.

„Wie fühlst du dich? Schläfst du bei Sarah?", schrieb Breuer.

„Ja. Alles ist gut!", schrieb Damian zurück und setzte entgegen seiner Gewohnheit noch ein Grinse-Smiley dahinter. Er ließ sich neben Sarah ins Bett gleiten, fuhr mit seinen Fingern über ihre zarte Haut. Alles war gut.

Kapitel 40

Damian erwachte von einem Geräusch. Er schlug die Augen auf und sah neben sich. Ja, er war nicht alleine. Sarah war bei ihm. Er sah ihre zarte Gestalt im schwachen Licht des Mondes. Wie eine schlafende Elfe sah sie aus, mit ihren leicht gekräuselten Haaren, die so fein waren, dass sie sich der Schwerkraft widersetzten. Ein gutes Gefühl. Möglicherweise musste er nie wieder alleine sein. Ein schöner Gedanke ... und ein unheimlicher.

„Eine hübsche Frau haben Sie da, Herr Kommissar. Und wie praktisch: Sie wohnt genau nebenan", hörte er die bekannte melodische Stimme mit dem starken rumänischen Akzent.

Damian setzte sich ruckartig auf und tastete nach dem Lichtschalter. Eine schlanke Schattengestalt kam ihm zuvor. Als das Licht anging, erwachte auch Sarah. Mit einem kurzen erschrockenen Aufschrei bemerkte sie die Frau neben dem Bett. Damian wollte aufspringen und sich auf die Rumänin stürzen, als diese mit einer leichten Bewegung seinen Blick auf ihre Hand lenkte. Sein Hemd lag darüber, doch es war deutlich zu sehen, dass sie etwas darunter verborgen hielt. Etwas mit einer länglichen Endung. Eine Pistole?

Damian erstarrte. Er sah zu Sarah zurück. Ihr durfte nichts passieren. Ihr, Kathy oder dem ungeborenen

Kind. Damian breitete schützend die Arme aus.

„Also gut, ich werde nichts Unüberlegtes tun und Sie auch nicht! Was wollen Sie?", fragte er.

Falls diese Frau ihren verhafteten Komplizen rächen wollte, hatte er schlechte Karten. Wenn nur Sarah nichts geschah! Sein Blick durchschweifte den Raum.

„Der Starke ist dieses Mal nicht dabei, falls Sie das beruhigt. Ich bin alleine und nur an einem Informationsaustausch interessiert. Wenn wir also alle vernünftig sind, wird niemandem etwas geschehen. Verstanden?", sagte die Frau bestimmt.

Damian nickte. Er wollte nach Kathy fragen. Ob es ihr gut ging. Doch damit würde er die Aufmerksamkeit der Frau nur auf das hoffentlich noch schlafende Kind lenken. Mit etwas Glück wusste die Rumänin gar nichts von der Kleinen. Stattdessen fragte er: „Was für einen Informationsaustausch?"

„Ich möchte wissen, woher Sie wussten, dass wir uns auf diesem Parkplatz mit unserem Informanten treffen würden."

„Und warum sollte ich Ihnen das sagen?", fragte Damian.

Die Frau sah auf den verdeckten Gegenstand und antwortete: „Eigentlich habe ich Motivation genug in meiner Hand, aber ich möchte fair sein. Ich liefere Ihnen dafür eine neue Erkenntnis in Ihrem Mordfall."

Damian überlegte kurz. Das wenige, was er wusste, würde die Frau kaum weiterbringen und die Information im Gegenzug war unglaublich wertvoll.

„Wir haben einen Tipp von einem anonymen Anrufer erhalten", sagte er zögerlich.

„Waren die Angaben präzise? Wussten Sie die genaue Zeit und den genauen Ort?"

Damian nickte stumm.

„Und es war eine männliche Stimme? Hatte sie einen Akzent, wie den meinen?", fragte die Frau weiter.

Wieder nickte Damian. „Mehr kann ich dazu nicht sagen. Und nun zu Ihren Informationen: Was wissen Sie?"

„Ich habe aus verlässlicher Quelle erfahren, dass sich das Brüderpaar Roth kurz vor dem Mord ziemlich gezofft haben muss", sagte die Frau.

Damians Augen verengten sich. „Tatsächlich? Ich dachte, die Brüder wären ein Herz und eine Seele gewesen?"

„Wohl nicht immer."

„Ein heftiger Streit so kurz vor dem Mord. Das wirft ein ganz anderes Licht auf die Sache", überlegte Damian laut.

„Nun, dann war uns beiden ja mit dieser kleinen Unterhaltung geholfen. Ich hoffe, das versöhnt Sie wieder ein wenig."

Die Frau ging rückwärts zur Zimmertür. Sie legte das Hemd mit dem darin verborgenen Gegenstand auf die daneben stehende Kommode und verschwand.

Damian stand langsam auf und ging, noch immer tief in Gedanken, zu seinem Hemd. Er faltete es auseinander, um zu sehen, was darin verborgen war. Statt des Laufes einer Pistole, entdeckte er einen abgebrochenen, etwa daumendicken Zweig. Ein Lächeln zuckte über seine Lippen und er zeigte ihn Sarah. Diese atmete erleichtert auf. Plötzlich sprang sie aus ihrem Bett.

„Was ist los?", fragte Damian alarmiert.

„Lass uns nach Kathy sehen", hauchte Sarah mit blassem Gesicht. Erst als sie am Bettrand des schlafenden Kindes saß und ihrer Tochter zärtlich über das Haar strich, fiel die Anspannung sichtbar von ihr ab.

„Was für eine Nacht!", seufzte sie.

Damian bedachte sie mit einem nachdenklichen Blick.

„Du bist sehr gefasst, wenn man bedenkt, was geschehen ist", sagte er leise, um Kathy nicht zu wecken. Sarah strich noch einmal die Bettdecke des Kindes glatt, bevor sie sich zu ihm umdrehte.

„Ach, es ist ja nichts passiert. Wir wurden mit einem Stock bedroht und du hast wichtige Informationen bekommen", sagte sie ebenso leise.

„Die Situation war dennoch bedrohlich. Jemand Fremdes dringt in dein Haus ein und steht drohend vor deinem Bett. Eine Menge Menschen wären zutiefst erschüttert oder gar traumatisiert", beharrte Damian.

„Pst, Damian. Willst du mir Angst machen?"

„Nein, ich wundere mich nur. Durch die Schwangerschaft warst du die ganze Zeit so ... na ja, überemotional.

Und nun reagierst du vollkommen gefasst", erklärte Damian.

„Zeige mir einen Disney-Film und ich heule wie ein Schlosshund. Dann ist dein Weltbild wieder in Ordnung", kicherte Sarah.

„Ich will nur sagen: Falls du darüber sprechen möchtest, bin ich für dich da", sagte Damian.

Sarah kam auf ihn zu und hauchte ihm einen zarten Kuss auf die Lippen. „Danke. Versuchen wir noch ein wenig Schlaf zu bekommen."

„Ich muss meine Kollegen anrufen", sagte Damian.

Sarah schüttelte den Kopf. „Wozu? Die Frau ist schon lange weg. Sie würden nur kommen und mir Kathy aufwecken und an Schlaf wäre auch nicht mehr zu denken. In zwei Stunden ist Aufstehzeit. Es macht keinen Unterschied, wenn du ihnen erst im Präsidium davon erzählst, außer dass dann alle wesentlich ausgeruhter und besser gelaunt sind."

Damian sah ihr bewundernd nach, wie sie in das Schlafzimmer zurückging.

„Du bist eine außergewöhnliche Frau, Sarah McGregor", sagte er, bevor er ihr folgte. „Doch ich werde massig Ärger bekommen, wenn ich jetzt nicht Meldung mache."

Sarah sah bedauernd auf ihr Bett. Dann schüttelte sie die Bettdecke aus und zog sie glatt. „Sie sollen mir nur nicht Kathy aufwecken", sagte sie und nahm sich frische Kleider aus dem Schrank.

Kapitel 41

„Gabriela! Wo warst du so lange? Wo ist Breda?",
stürmte Fabiu auf sie ein, kaum dass sie die Tür auf-
geschlossen hatte. Auch Luana trat in den Flur und
sah sie mit großen Augen an. Gabriela nahm sich die
blonde Perücke vom Kopf und verstaute sie in einer
Schublade.

„Ruft bitte die anderen zusammen. Ich muss euch
etwas Wichtiges mitteilen", sagte sie. „Wir treffen uns
im Wohnzimmer."

Es dauerte nur drei Minuten, bis sich alle in dem
gemütlich eingerichteten Raum versammelt hatten.
Marius wirkte verschlafen, Luana besorgt, der junge
Fabiu war ganz außer sich und Sorin schien sich nicht
wohl in seiner Haut zu fühlen. Unbewusst glitt sein
Blick zu den möglichen Fluchtwegen, zum Fenster
und den zwei Türen des Raumes.

„Geschieht dir recht, Mistkerl", dachte Gabriela. Sie
wartete, bis Ruhe eingekehrt war.

„Wie ihr bereits wisst, haben Breda und ich uns heute
um zehn Uhr mit dem Informanten auf dem Parkplatz
beim big Eppel getroffen. Ich habe die versprochenen
Informationen erhalten", begann Gabriela und hielt
den A4 großen Umschlag hoch.

„Erstklassig recherchierte Objekte, bei denen sich ein
Bruch lohnt und weit weg von der Polizei. Ihr wisst,

ihr könnt euch auf mich verlassen. Ich erstelle die Pläne und noch nie ist bei einer Mission von mir jemand auf der Strecke geblieben." Gabriela sah sich in der Runde um, sah das zustimmende Nicken der Männer.

„Aber heute wurden wir verraten! Heute wusste die Polizei von unserem Treffen mit dem Informanten."

„Was?" Marius sprang auf.

„Das kann doch gar nicht sein", schrie Fabiu.

Luana schlug sich entsetzt die Hand vor den Mund.

„Doch, und Breda wurde gefasst. Er wurde gefangen, als er mich aus den Klauen der Polizei befreite, mir die Flucht ermöglichte. Er hat sich tapfer für mich geopfert."

Es wurde still im Raum.

Fabiu hatte Tränen in den Augen. „Breda, armer Breda", flüsterte er. „Was werden sie mit ihm machen?"

„Sie werden ihn verhören, ihn ausquetschen, damit er unsere Namen verrät. Aber Breda ist loyal. Er würde niemals einen von uns verraten. Niemals. Eher würde er sterben!", sprach Gabriela leidenschaftlich. Natürlich wusste sie, dass in deutschen Gefängnissen normalerweise niemand starb. Aber es schadete nicht, die Sache ein wenig zu dramatisieren.

„Breda ist in ihrer Gewalt und sie haben noch eine große Rechnung mit uns offen. Weil Sorin und ich den Kommissar, diesen Johannsson, in seinem Haus überfallen haben und Sorin den Mann beinahe erwürgt hätte", fuhr sie fort. Vorwurfsvolle Blicke hefteten sich auf Sorin.

„Was schaut ihr mich so an? Wurde Breda unter meiner Führung verhaftet oder unter der Führung dieser Frau?", platzte es aus ihm heraus. Das letzte Wort spie er wie ein Schimpfwort aus.

„Wie konnte die Polizei von dem Treffen wissen, Gabriela?", fragte Luana mit ihrer leisen, ruhigen Stimme.

„Das ist eine verdammt gute Frage, Luana. Eine Frage, der ich heute den ganzen Tag nachgegangen bin." Gabriela sah wieder in die Runde. „Und ich habe einige sehr interessante Antworten bekommen. Ich habe herausgefunden, dass die Polizei gestern Abend, nach unserer Versammlung, einen Anruf bekommen hat. Ein Mann mit rumänischem Akzent gab der Polizei diesen Tipp. Er war sehr genau. Wusste sowohl Ort wie auch Uhrzeit. Als wir ankamen, hatten die zivilen Polizisten schon überall Stellung bezogen. Wir hatten eigentlich keine Chance. Nur dem tapferen Breda habe ich es zu verdanken, dass ich noch vor euch stehe. Und nun frage ich euch: Wer ist der Verräter unter uns? Wir kennen uns schon jahrelang. Wir sind mehr als nur eine Bande. Wir sind Familie, immer füreinander da. Wer fühlt da anders?"

Alle Blicke hefteten sich auf Sorin.

„Was? Ich bin nicht der Verräter! Es könnte doch auch jemand aus dem Umfeld des Informanten sein?", verteidigte sich der Starke.

„Nein. Der Informant ist ein Deutscher. Der Verräter aber hatte einen rumänischen Akzent. Wie konntest du nur, Sorin? Du willst ein Anführer sein und schickst deine eigenen Leute ins Verderben?", fragte Gabriela.

„Ich habe den Clan informiert. Sie dulden keinen Verrat! Du hast jetzt noch zwei Möglichkeiten ..."

Sorin drehte sich um, wollte aus der Tür fliehen, aber Marius hatte sich schon davor gestellt und drehte den Schlüssel im Schloss. Mit hartem Blick und zusammengekniffenem Mund sah er den Starken an. Sorin stürmte auf die gegenüberliegende Tür zu, doch der zierliche Fabiu grätschte ihm in die Beine und brachte den Koloss zu Fall. Fluchend wollte sich Sorin erheben, da zerschellte eine dickwandige Blumenvase an seinem Kopf, traf ihn an der Schläfe und ließ ihn ohnmächtig zu Boden sinken.

„Niemand verrät ungestraft meine Schwester", sagte Luana mit dunkler, rauer Stimme über ihm.

Marius fesselte den bewusstlosen Mann.

„Jetzt hat er nur noch eine Möglichkeit", sagte Gabriela kopfschüttelnd.

„Hast du einen Plan, Gabriela?", fragte Fabiu und sah sie mit seinen unschuldigen grünblauen Augen an.

Gabriela lächelte den Jungen an. „Natürlich habe ich einen Plan!"

Kapitel 42

„Sie war bei dir und Sarah im Schlafzimmer und hat euch bedroht?", schrie Breuer durch das Handy. Wie sich herausstellte, ging er wesentlich weniger entspannt mit der Situation um als Sarah.

Damian fuhr sich nervös mit der Zunge über die Lippen. „Ja, wobei bedroht vielleicht ein zu harter Begriff ist. Immerhin stellte sich die angebliche Waffe nur als Stock heraus."

„Ich beantrage Personenschutz für dich", polterte Breuer.

„Was? Nein!"

„Schutzhaft?"

„Bist du verrückt? Jetzt hör doch mal zu. Das Wichtigste kommt doch erst noch. Sie wollte einen Informationsaustausch", sagte Damian schnell, bevor sich Breuer noch mehr in der Sache verrannte.

„Was für einen Informationsaustausch? Worüber denn?", fragte der Ältere.

„Sie wollte wissen, woher wir über ihr Treffen mit dem Informanten Bescheid wussten. Nun, dazu konnte ich nicht viel sagen, aber es schien ihr zu reichen. Im Gegenzug sagte sie mir, dass sie aus verlässlicher Quelle wüsste, dass die Roth-Brüder sich kurz vor dem Mord heftig gestritten hatten."

„Weißt du, worüber?", fragte Breuer.

„Nein, leider nicht."

„Ich trommele die Mannschaft zusammen. Wir sind bald bei euch", sagte Breuer.

Damian seufzte. „Wäre es möglich, dass ihr nicht klingelt, sondern mir eine Nachricht aufs Handy schickt, wenn ihr da seid? Kathy schläft noch und wir würden sie ungern aufwecken oder sie ängstigen. Das Beste wäre, sie würde von der ganzen Situation nichts mitbekommen."

„Da habt ihr mit Sicherheit recht. Ich komme mit einem kleinen Team. Wir werden wahrscheinlich doch keine neuen Spuren finden. Dafür ist die Bande zu gut", stimmte Breuer zu.

„Also gut. Wir haben eine neue Priorität", sagte Breuer drei Stunden später im Präsidium.

„Ich möchte Zeugen für diesen Streit und ich möchte wissen, worum es dabei ging. Manni, Momo, ihr fahrt zum Haus der verstorbenen Mutter Roth. Hört euch nochmals bei den Nachbarn um. Fragt diesmal explizit nach alten Freunden. Wir brauchen verlässliche Quellen, um zu verstehen, wie das Verhältnis der Brüder wirklich war und was für Menschen sie waren, beziehungsweise sind. Dirk, Jo, ihr hört euch noch mal im Arbeitsumfeld von Richard Roth um. Damian und ich befragen die Nachbarn von Richard und später noch von Robert Roth", befahl Breuer und damit wurde der Bienenstock wieder aktiv.

Breuer stieg aus dem Dienstwagen und schloss bedächtig die Tür. Die ganze Fahrt über hatte er sich das Hirn zermartert, wie er das heikle Thema ansprechen sollte. Damian stand am Abgrund, nur Zentimeter von einem Rückfall in die Drogensucht entfernt, und ausgerechnet in dieser Zeit wurde er abermals überfallen. An einem Ort, der Sicherheit und Geborgenheit bieten sollte.

„Wie geht es dir, Junge?", fragte er.

Damian sah ihn kurz mit gerunzelter Stirn und fragendem Blick an. Dann schien er zu verstehen und antwortete: „Alles ist gut, Aaron."

Breuer schnaubte. „Ja, alles ist gut. Das hast du auch gestern geschrieben. Mit Grinse-Smiley, und heute erfahre ich, dass du überfallen wurdest."

„Das wusste ich zu dieser Zeit doch noch gar nicht!", entrüstete sich Damian. „Außerdem war das kein richtiger Überfall, sondern mehr ein Gespräch."

„Aha, und wie geht es Sarah nach diesem *Gespräch*?", fragte Breuer. Seine Stimme triefte vor Sarkasmus.

„Sie sieht das erstaunlich gelassen. Offensichtlich ganz anders als du."

Breuer sah Damian scharf an. Dann atmete er erst einmal tief durch. Es brachte nichts, jetzt die Fassung zu verlieren, auch wenn Damian sich im Moment wie ein störrisches Kind verhielt.

„Ich rede auch nicht nur von deinem nächtlichen Besuch, sondern auch von der aktuellen Rückfallgefahr."

Damian seufzte. „Ich weiß, Aaron. Aber du musst dir wirklich keine Sorgen machen. Es geht mir gut. Ich denke, die Gefahr ist gebannt. Jedenfalls für den Moment."

Breuer sah Damian zweifelnd an.

Kapitel 43

Das Haus der verstorbenen Mutter Roth war klein und sah schon etwas in die Jahre gekommen aus. Dennoch machte es einen ordentlichen Eindruck. Die Sträucher im Vorgarten waren sorgsam in Form geschnitten, die Beete für den Winter aufgeräumt. Manni schaute durch die Fenster.

„Sieht nicht so aus, als ob hier viel von Wert sei. Aber wir sollten die Staatsanwaltschaft bitten, einen Durchsuchungsbeschluss zu beantragen."

Momo nickte und trat von einem Fuß auf den anderen. Ihr war kalt. „Lass uns die Nachbarn befragen."

„Wie läuft es so zwischen dir und diesem Hauptkommissar aus dem Einbruchsdezernat?", fragte Manni im Plauderton.

„Du meinst Tim? Das läuft prima. Ich danke dir, dass du mich dazu überredet hast, mit ihm zu sprechen und diese Sache aus der Welt zu schaffen. Ich hätte sonst gar nicht bemerkt, was für ein toller Kerl der ist", sagte Momo und strahlte ihren Kollegen an.

„Ja, das habe ich ganz toll hingekriegt", murmelte Manni.

Momo sah ihn verwundert an. Was sollte das jetzt heißen?

Die direkten Nachbarn auf der rechten Seite waren ein junges Ehepaar. Beide berufstätig und selten zu Hause. Sie hatten nichts von einem Streit mitbekommen.

„Wir wohnen jetzt auch noch nicht so lange hier und haben noch keine engeren Kontakte zu den anderen Nachbarn geknüpft", entschuldigte sich die Frau.

„Ja, normalerweise sind wir ja auch den ganzen Tag im Büro. Heute hat unser Urlaub begonnen. Weil doch bald Weihnachten ist", bekräftigte ihr Mann.

„Wie lange wohnen Sie denn schon hier?", fragte Manni.

„So etwa drei Jahre", sagte die Frau.

Momo zog ihre Augenbrauen hoch. Wenn sich in drei Jahren noch kein Kontakt zu den Nachbarn eingestellt hatte, würde es wohl in dreißig Jahren auch nicht viel anders aussehen.

„Lebe lang und in Frieden, wie Spock sagen würde, und in diesem Fall leben die zwei wohl ziemlich isoliert", bemerkte Manni, als sie wieder auf der Straße und auf dem Weg zum nächsten Nachbarn waren.

Momo blieb stehen und sah Manni verwundert an.

„Seit wann zitierst du Spock? Wer bist du und was hast du mit meinem Kollegen gemacht? Du magst keine Sciencefiction. Jedenfalls hast du mir das mal erzählt."

Manni druckste ein wenig herum. „Na ja, ich dachte, es kann ja nicht schaden, sich das Ganze einmal anzusehen, wo du doch so ein großer Fan der Serie bist. Du sprichst sogar Klingonisch! Wie kommt man auf die Idee, so etwas zu lernen?"

„Weil es cool ist!", sagte Momo.

Manni schnaubte. „In welcher Realität ist das denn cool?"

Momo verschränkte die Arme und sah Manni zornig an.

„Warum schaust du dir den Kram dann an, wenn es so uncool ist? Was hast du denn schon davon gesehen? Mal durch eine Folge gezappt?"

„Ich habe mir die letzten zwei Nächte die ersten elf Folgen der Originalserie angesehen!"

Momo starrte ihn einen Moment sprachlos an.

„Was? Warum machst du denn so was?" Und dann dämmerte es ihr. Manni war für sie immer mehr als nur ihr Kollege gewesen. Er war ihr bester Freund. Doch offensichtlich gingen Mannis Gefühle für sie weitaus tiefer.

„Ach du Schreck!", entfuhr es ihr und sie hätte sich im selben Moment für diesen Kommentar ohrfeigen können.

Manni stiefelte mit finsterem Gesicht an ihr vorbei.

„Wir haben noch eine Menge Arbeit. Lass uns endlich weitermachen."

Momo stand einen Augenblick regungslos auf dem Gehweg und schaute ihrem Freund hinterher. Verdammt, sie hatte Manni verletzt und das war wirklich das Letzte, was sie wollte.

„Manni, warte! Lass uns reden!" Sie lief ihm nach, doch Manni war schon an der nächsten Haustür angekommen und klingelte. Momo biss sich auf die Lippe. Jetzt konnte sie nichts mehr sagen. Nicht, wenn ein potenzieller Zeuge jeden Moment die Tür aufmachen konnte. Das wäre höchst unprofessionell.

Ein Mann, um die siebzig, reagierte auf ihr Klingeln. Manni und Momo zeigten ihre Ausweise und baten ihn, eintreten zu dürfen.

„Ja, ich hab schon davon gehört. Vom Richard, und dass er umgebracht worden ist. Es soll eine Einbrecherbande gewesen sein, oder?"

„Wir ermitteln im Moment in alle Richtungen. Wie gut verstanden sich die Roth-Brüder eigentlich?", fragte Manni.

Der Mann zuckte mit den Schultern. „Wie Brüder halt. Manchmal besser, manchmal schlechter", sagte er und schaute zu Boden. Er kratzte sich die schütteren Haare.

„Es gab also auch Spannungen?", hakte Momo nach.

Der Mann nickte. „Einmal, das ist erst ein paar Tage her, so kurz vor Richards Ermordung, haben sich die beiden so heftig auf offener Straße gestritten, dass ich dazwischen gehen musste. Nicht, dass ich damit sagen will, dass das irgendetwas mit dem Mord zu tun haben soll, aber die haben sich vor Richards Haus wie die Straßenjungen geprügelt."

Momo und Manni sahen sich an.

„Worum ging es denn in dem Streit?", fragte Momo.

272

„Ach, es ging um den Haushalt der toten Mutter. Ich hatte mit Richard gerade einige Dinge auf den Bauhof gefahren und wir fuhren bei ihm zu Hause vorbei, um für die großen Sachen, die wir bei unserer nächsten Tour dort hinbringen wollten, noch ein paar Spanngurte zu holen. Dort trafen wir auf Robert. Ihm war das zu viel Arbeit. Er wollte eine Entrümpelungsfirma beauftragen, aber Richard wollte lieber alles selbst machen und forderte Robert auf, seinen Teil dazu beizutragen. Richard fand, eine Firma zu beauftragen sei rausgeschmissenes Geld und hielt Robert vor, es mit dieser Einstellung nie aus seiner finanziellen Misere zu schaffen. Es fielen einige wilde Beschimpfungen, die ich jetzt nicht wiedergegeben möchte. Und dann begannen die Fäuste zu fliegen. Ich selbst hab mir ein blaues Auge eingehandelt, als ich dazwischenging. Da sieht man es noch." Er zeigte auf eine leicht verfärbte Stelle unterhalb des linken Auges.

„War die Situation zum ersten Mal so eskaliert, oder kam das häufiger vor?", fragte Manni.

„Nein, Robert ist eigentlich ein ganz Netter. Immer darum bemüht, anderen zu helfen. Er hat mir als Schuljunge einmal einen ganzen Sommer den Rasen gemäht, als ich den schweren Trümmerbruch im Bein hatte. Richard war der Wildere von beiden. Aber er war auch immer höflich zu den Nachbarn. Ich habe jedenfalls nie etwas Gegenteiliges gehört. Nur die letzte Zeit, seit dem Tod der Mutter, haben sie immer wieder gestritten."

„Wer hat Ihnen denn das blaue Auge verpasst? Robert oder Richard?", fragte Momo.

„Das war Robert", sagte der Mann.

„Aber Sie haben diesen Vorfall nicht zur Anzeige gebracht", bemerkte Momo. So etwas hätte auf jeden Fall den Weg in die Ermittlungsunterlagen gefunden.

„Ach, nein. Ich wollte dem Mann nicht noch mehr Kummer bereiten. Der hat es doch schon schwer genug. Es war wahrscheinlich nur im Eifer des Gefechts geschehen. Normalerweise macht Robert so etwas nicht. So gut kenn ich ihn. Der ist kein gewalttätiger Mensch."

Momo und Manni bedankten sich bei dem Mann für die Auskunft. Die Information der Rumänin war also richtig gewesen. Wie Jagdhunde, die eine Spur aufgenommen hatten, gingen sie durch die Nachbarschaft und befragten die Leute.

Kapitel 44

„Ich dachte wirklich, wir hätten da etwas, als wir tatsächlich einen Zeugen für den Streit zwischen Robert und seinem Bruder Richard gefunden hatten. Einen Zeugen, der sogar infolge des Streites selbst von Robert Roth angegriffen worden war. Doch sowohl der Zeuge als auch die anderen Nachbarn der Mutter Roth und die Schulfreunde von Robert und Richard sagen alle aus, dass Robert ein hilfsbereiter, höflicher und ruhiger Mann ist. Er hat aber wohl alle Kontakte nach dem Unfalltod seiner Frau und seines Kindes abgebrochen. Jeden Versuch mit ihm zu reden oder sich gar mit ihm zu treffen, hat er abgeblockt", berichtete Manni.

Momo hielt sich auffällig zurück. Sie stand mit nachdenklichem Gesichtsausdruck an eine Wand gelehnt. Hatte sie sich mit Manni gestritten?

Breuer rieb sich nachdenklich den Bart. „Ja, zu ähnlichen Ergebnissen sind wir auch gekommen. Robert Roth, eine Sympathiefigur, die jeder mag und mit regen sozialen Kontakten. Doch nach dem Unfall igelt der Mann sich ein. Ein vom Leid übermannter Einsiedler. Dirk, Jo? Was habt ihr für Ergebnisse?"

Dirk warf einen Blick in seine Unterlagen und begann: „Im Arbeitsumfeld von Robert Roth zeigt sich vor dem Unfall das gleiche Bild. Ein Mann, den man gerne als Chef oder Geschäftspartner hat. Gesellig, umgänglich, freundlich und hilfsbereit. Er hat einem Mitarbeiter, dessen Kind pflegebedürftig wurde, mit 10.000 Euro zinsfreiem Darlehen ausgeholfen. Ohne Gegenleistung! Er sollte es so zurückzahlen, wie es ihm möglich sei. Da ging es der Firma noch bestens. Demselben Mitarbeiter hat er ein paar Monate später, nach dem Unfall, als es der Firma sehr schlecht ging, mit steinerner Miene die Kündigung in die Hand gedrückt. Ohne ein Wort des Bedauerns oder sonst einer Regung. Überhaupt lief fast alles über seine Sekretärin, die sich nach dem einmaligen Wutausbruch von Roth nicht mehr traute, mit ihm über die Schwierigkeiten der Firma zu reden. Dieser einmalige Wutausbruch scheint es aber in sich gehabt zu haben. Die Sekretärin, Frau Tonja Harbrecht, sagte, so hätte sie ihren Chef noch nie erlebt. Es war, als würde ein anderer Mensch vor ihr stehen. Sie hätte es mit der Angst zu tun bekommen."

Breuer schnellte in seinem Sitz nach vorne. „Aber so eine einmalige Ausnahme war dieser Ausraster nicht. Ein paar Wochen später prügelt er sich mit seinem Bruder auf offener Straße und schlägt dabei einem Nachbar ein blaues Auge. Jo, wie ist deine Einschätzung?"

Johanna Schneider überlegte. „Ich denke, Robert Roth benötigt unbedingt Hilfe von einem Psychologen. Er kann seine Trauer nicht überwinden. Schon sein

Kleidungsstil sagt das aus. Er trägt immer Grau. Keine andere Farbe lässt er an sich heran. Auf älteren Fotos sieht man, dass das früher anders war. Er schien mir auch immer sehr kontrolliert und beherrscht. Möglicherweise findet er keine Ausdrucksmöglichkeit für seine Gefühle, die sich in ihm anstauen bis er, um es mal salopp zu sagen, platzt."

„Und das äußert sich dann in so einem Ausbruch, bei dem er durchaus auch gewalttätig werden kann", folgerte Breuer.

Manni schüttelte nachdenklich den Kopf. „Aber würde der dann seinen eigenen Bruder töten? Selbst wenn ihm die Hutkrempe platzt, sein Problem ist doch der Verlust der Familie. Erst die Frau und das Kind und schließlich noch die Mutter. Würde er dann den Bruder, den einzig verbliebenen Rest der Familie, töten? Alle haben bestätigt, dass die Brüder von jeher ein sehr inniges Verhältnis hatten. Irgendwie kann ich das nicht glauben."

Breuer nickte wie in Zeitlupe „Ja, so ganz passt das nicht. Selbst wenn er seinen Bruder im Affekt umgebracht hat, hätte er sich in seiner Situation sicherlich gleich selbst gerichtet. Irgendwie glaube ich auch nicht, dass er damit hätte weiterleben können. Aber man weiß ja nie. Wir haben den Nachbarn von Richard Roth auch das Bild von Stratmann vorgelegt. Einer konnte sich an den Mann erinnern. Stratmann war also schon bei Richard Roths Haus gewesen.

Allerdings muss das kurz nach der Insolvenz der Firma SaarLoTec gewesen sein. Das hilft uns nicht wirklich weiter", sagte Breuer.

„Immerhin wissen wir nun, dass Stratmann Kenntnis davon hatte, wo Roth lebte und auch nicht vor einem persönlichen Besuch zurückschreckte", meinte Manni. Breuer schüttelte den Kopf. „Das ist zu wenig. Wir ermitteln weiter in alle Richtungen. Damian, ruf Robert Roth an. Er soll hier aufs Präsidium kommen. Wir müssen mit ihm reden. Jo, du bist bei dem Gespräch bitte dabei. Ich möchte verhindern, dass wir den Mann in den Selbstmord treiben. Das wird eine schwierige Vernehmung."

Robert Roth verschmolz beinahe mit dem Raum. Seine graue Gestalt war genauso trostlos, wie die Inneneinrichtung des Verhörzimmers. Reglos saß er auf dem Stuhl. Er wirkte weder nervös noch besorgt.

„Herr Roth, es geht um den Streit, den Sie mit Ihrem Bruder kurz vor dessen Ermordung hatten. Warum haben Sie uns darüber nichts erzählt?", fragte Breuer.

„Warum sollte ich Ihnen davon erzählen? Es hätte den Verdacht nur in die falsche Richtung gelenkt. Unser Streit war nur ein Streit unter Brüdern und hat mit Richards Ermordung nichts zu tun." Roth sprach mit ruhiger, fast emotionsloser Stimme.

„Dieser Streit unter Brüdern ist aber ziemlich heftig ausgefallen. Das hat uns ein Nachbar Ihrer verstorbenen

Mutter bestätigt. Der Mann trug ein blaues Auge davon, als er versuchte, dazwischenzugehen", warf Breuer ein.

„Ja", war die einzige Antwort des teilnahmslos dasitzenden Mannes.

Breuer warf Jo einen fragenden Blick zu.

„Worum ging es denn in dem Streit?", fragte Jo mit sanfter Stimme.

„Um die Wohnungsauflösung unserer Mutter. Wir waren beide mit der Situation überfordert. Da kam es zu dieser unschönen Szene. Ich wünschte, ich könnte das rückgängig machen, aber das geht leider nicht. Noch etwas, mit dem ich leben muss. Aber wir haben uns beide wieder vertragen und am nächsten Tag weitergemacht. Es war alles gut zwischen uns, als ich am Abend von Richards Ermordung nach Hause gegangen bin."

„Haben Sie schon einmal diesen Mann gesehen, Herr Roth?", fragte Breuer und zeigte ihm ein Foto von Guido Stratmann.

Robert Roth nahm das Bild entgegen und besah es sich genau.

„Ja, das Gesicht kenne ich. Mein Bruder und ich waren in Saarlouis im Baumarkt. Wir hatten schon alles besorgt und im Kofferraum verstaut, da kam dieser Typ auf uns zu. Er rief, nein, er schrie ‚Hey, Roth!', über den Parkplatz. Er meinte wohl meinen Bruder, weil er ihn dabei anstarrte. Richard ließ den

Einkaufswagen stehen und sagte nur: ‚*Schnell ins Auto*‘, zu mir. Dann ist er rasch davongefahren und hat den schreienden Mann stehen lassen. Ich hatte ihn gefragt, wer das gewesen sei, doch mein Bruder zuckte mit den Schultern und meinte: ‚*So ein Idiot*‘. Mehr hat er dazu nicht gesagt.“

„Ich glaube, wir befinden uns hier auf dem Holzweg. Was Robert Roth zu dem Streit gesagt hat, klingt schlüssig. In einer emotional so belasteten Situation könnte, glaube ich, jeder mal ausrasten. Robert Roth hat gar kein Motiv, seinen Bruder Richard umzubringen“, meinte Manni.

„Na ja, bis auf dessen Vermögen. Roberts Firma ist beinahe pleite“, warf Momo ein.

„Ja, schon. Aber der macht mir nicht den Eindruck, dass er auf das Geld seines Bruders geiert. Er hat noch nicht einmal danach gefragt, wann das Erbe freigegeben wird und seine Firma scheint auch nicht ganz oben auf seiner Prioritätenliste zu stehen. Der versinkt doch jeden Tag in seiner Trauer“, beharrte Manni.

„Hm“, brummte Breuer und kratzte sich am Bart. „Wir schließen ihn noch nicht als Verdächtigen aus und ermitteln weiter. Mal sehen, wo uns das hinführen wird.“

„Ich finde es auch sehr interessant, dass wir wieder einmal über Guido Stratmann stolpern. Und wieder in einer Situation, in der er Richard Roth bedroht hat. Ich wette, er ist unser Mann", sagte Momo.

„Zutrauen würde ich es ihm auf jeden Fall", stimmte Breuer zu. „Es hat sich übrigens herausgestellt, dass Stratmann den Rottweiler tatsächlich auf so einem Hundeschwarzmarkt ohne Papiere gekauft und ihn auch nicht angemeldet hat. Dafür hat er sich schon mal eine Anzeige eingehandelt. Der Angriff des Hundes auf Damian wird auch vor Gericht landen. Mal sehen, was da noch hinzukommt."

Kapitel 45

„Chef, komm mal bitte", rief Momo und streckte ihren Kopf aus dem Großraumbüro. Breuer, der mit der Staatsanwältin Theresia Rau gerade in der Büroküche stand und sich eine Tasse Kaffee einschenken wollte, ließ seufzend die Kanne wieder sinken. Er ging mit der Staatsanwältin zu Momos Schreibtisch. Das ganze Team hatte sich schon neugierig um den Computer der IT-Spezialistin versammelt.

„Was gibt's?", fragte er.

„Du weißt doch noch, dass wir den Versicherungsfritzen, diesen Soerne, auch auf unserem Radar hatten. Weil der halt wusste, wie viel der ganze Kram wert war und weil er in seinem Beruf bestimmt auch leicht die passenden Interessenten für eine 25.000 Euro Whisky-Flasche findet", begann Momo.

Breuer nickte.

„Also, dieser Soerne ist auch nicht ganz sauber. Gegen ihn hat es schon eine Anzeige wegen Urkundenfälschung gegeben. Der hat für seine Klienten schon Verträge abgeschlossen, obwohl diese gar nichts davon wussten. Das ist dann erst aufgefallen, als die Versicherungspolicen zu den Kunden geschickt wurden."

„Das war aber eine ziemlich dämliche Aktion. War doch klar, dass das spätestens dann herauskommt", warf Damian ein.

„Er hat wohl gehofft, dass die Kunden die einzelnen Policen nicht richtig durchsehen und kontrollieren. Ich kenne genug Leute, die so einen Kram einfach abheften und sich denken: Wird schon seine Richtigkeit haben. Meine Eltern gehören zum Beispiel zu dieser Sorte Mensch", sagte Momo.

„Aber Urkundenfälschung ist doch etwas anderes als Mord", meinte die Staatsanwältin.

„Schon, aber schaut euch mal seinen Wagen und sein Haus an. Mit großem Pool und allem drum und dran. Der prahlt damit ganz schön auf seiner Facebook-Seite. Ich würde mal sagen, der lebt erheblich über seinen finanziellen Mitteln!" Momo rief einige Bilder auf und ließ sie in einer Diashow durchlaufen.

„Ich hab echt den falschen Beruf gewählt", stöhnte Manni.

Momo lachte. „Ach, der ganze Versicherungskram wär dir viel zu langweilig", sagte sie und versuchte Mannis Blick einzufangen.

„Na ja, ich weiß nicht", meinte Manni, ohne sie anzusehen. „Wenn ich nach Feierabend mit einem schönen Glas Caipirinha am Pool sitze, könnte ich mich mit der Langeweile schon arrangieren."

„Aber Soerne sitzt nicht mit einem Glas Caipi da, sondern mit einem Whisky. Und jetzt schaut euch mal die Flasche an!", sagte Momo und vergrößerte das Bild auf dem Laptop. Sie kramte die bebilderte Liste der gestohlenen Whisky-Flaschen aus der Akte und legte sie daneben.

„Da brat mir doch einer 'nen Storch. Das ist doch eine der gestohlenen Flaschen von unserem Tatort", sagte Manni verblüfft. Jetzt sah er zu Momo hinunter. „Ich glaub, du hast gerade unseren Fall gelöst!"

„Von wann ist das Foto?", fragte Breuer, der ihr Glück gar nicht fassen konnte.

„Es wurde nach dem Mord gemacht und ins Netz gestellt", antwortete Momo.

„Ich beantrage einen Durchsuchungsbeschluss für das Haus von Soerne", sagte Theresia Rau.

„Und ich möchte eine DNA Probe von ihm haben, um sie mit unserer unbekannten Spur vom Tatort zu vergleichen", forderte Breuer.

Die Staatsanwältin nickte und machte sich auf den Weg. Breuer klopfte Kathrin Momsen auf die Schultern. „Gut gemacht, Momo."

Soerne saß Damian und Breuer mit verschränkten Armen im Verhörzimmer gegenüber, während die Durchsuchung seines Hauses bereits in vollem Gange war. Er fingerte ständig an seinem Handy herum. Schaute immer wieder auf die Anzeige.

„So bekommt man es also gedankt, wenn man der Polizei seine Hilfe anbietet", maulte der Mann beleidigt. Damian legte das Foto von der Facebook-Seite vor ihn auf den Tisch, ebenso die Vergrößerung des darauf abgebildeten Whiskys und die Liste mit den gestohlenen Flaschen vom Tatort. Er machte ein dickes Kreuz hinter der Flasche, die genauso aussah wie diejenige auf dem Foto.

„Fällt Ihnen hier etwas auf?", fragte Damian.

Soerne besah sich die Bilder und wurde mit einem Male ganz blass. Als er aufblickte, lag ein gehetzter Ausdruck auf seinem Gesicht.

„Das ist nicht der gleiche Whisky. Also schon, aber das ist nicht dieselbe Flasche. Ein Single Malt aus Schottland aus der Brennerei Lagavulin, sechzehn Jahre. Er hat einen intensiven Torfrauch und ist dennoch süß mit einem Hauch Jod und Seetang. Ein feiner Tropfen, aber bei Weitem nicht einmalig. Es gibt circa hunderteinunddreißig Flaschen von genau diesem Whisky. Sie kosten so um die fünfzig Euro. Sie war ein Geschenk von Richard an mich."

„Richard hat Ihnen seine Flasche, die hier auf der Liste der gestohlenen Gegenstände vom Tatort steht, geschenkt?", fragte Breuer.

„Nein, Sie hören mir nicht zu! Er hat mir *so* eine Flasche geschenkt. Nicht *seine!* Das ist eine andere Flasche als auf dem Foto der gestohlenen Whiskys. Eine der anderen hundertdreißig Flaschen, die es davon gibt."

„Aha, und werden wir noch weitere Flaschen aus dieser Liste bei Ihnen zu Hause finden?", fragte Breuer unbeeindruckt.

Soerne stand inzwischen der Schweiß auf der Stirn. Seine Hand glitt zu seinem Handy. Breuer legte es außerhalb seiner Reichweite.

„Sie sollten sich jetzt wirklich hierauf konzentrieren, Herr Soerne", sagte er.

Soerne überflog nochmals die Liste und lehnte sich dann scheinbar völlig erschöpft zurück. „Vielleicht den ein oder anderen. Richard schenkte mir gerne so etwas zu meinem Geburtstag."

„Natürlich", sagte Breuer sarkastisch. „Und das glauben wir Ihnen auch, weil sie so ein ehrlicher Mensch sind. Ach, nein. Das sind Sie ja gar nicht. Sie sind ein Betrüger. Haben schon Urkunden gefälscht."

Soerne schloss kurz die Augen. „Das war ein dummes Missverständnis. Ein Fehler. Es ist nur einmal vorgekommen, aus so einer dummen Situation heraus."

„Beinhaltet diese Situation eine Menge Schulden, die Sie mit ihrem Lebensstil angehäuft haben?", fragte Damian.

„Ja, schon", gab Soerne zu.

„Da käme Ihnen doch das Geld, welches Sie für den Verkauf dieser Whisky-Sammlung erhalten würden, gerade recht, nicht wahr?", bohrte Damian weiter.

Soerne schlug die Hände über dem Kopf zusammen und blickte zur Decke. „Richard war mein Freund! Ich habe ihm nichts getan."

„Wir haben am Tatort die DNA eines unbekannten Mannes gefunden. Sie müssen per richterlichem

Beschluss gleich eine Vergleichsprobe abgeben. Morgen wissen wir dann, ob Sie am Tatort waren. Möchten Sie die ganze Angelegenheit ein wenig abkürzen und uns etwas mitteilen? Die Richter werten so ein Geständnis immer recht positiv", versuchte Breuer sein Glück.

Soerne stand die Verzweiflung ins Gesicht geschrieben.

„Schon möglich, dass diese DNA-Spur zu mir gehört. Ich habe Richard erst vor Kurzem besucht."

„Was heißt, vor Kurzem?", hakte Damian nach.

„Ich war einen Tag vor seiner Ermordung bei ihm. Aber nur kurz. Richard war nicht bei der Sache. Er hatte sich an diesem Tag wohl ziemlich mit seinem Bruder gestritten. Ich weiß nicht, worum es ging. Er war auch gar nicht so sehr wütend. Er machte sich Sorgen um Robert. *,So sind große Brüder nun mal'*, hat Richard zu mir gesagt."

Damian sah Breuer an. So könnte es tatsächlich abgelaufen sein. Die DNA-Spur befand sich nicht über einer der Blutspuren, sondern in einem sauberen Bereich. Das hieß, sie hätte durchaus auch von einem früheren Besuch stammen können. Und die Sache mit dem Streit der Brüder deckte sich mit ihren Ermittlungen.

„Warum haben Sie eben ständig auf Ihr Handy gestarrt?", fragte Damian und hob das Gerät hoch.

Soerne kniff die Lippen zusammen.

„Das ist privat und geht Sie nichts an", presste er hervor und streckte auffordernd seine Hand aus.

Damian gab Soerne das Smartphone zurück. Leider hatte er keine Befugnis, es zu überprüfen.

Bei der Hausdurchsuchung fanden sich vier Flaschen, die sich mit der Liste der gestohlenen Gegenstände deckten. Sie kosteten alle so um die fünfzig Euro herum. Es war also sehr wohl möglich, dass Richard, der Whisky-Fan, sie seinem Freund Soerne zu den Geburtstagen geschenkt hatte. Momo überprüfte die Beträge, welche für Whisky-Käufe von Richards Konto abgebucht wurden. Das Ergebnis war ernüchternd.

„Ich glaube, Soerne sagt die Wahrheit. So wie es aussieht, hat Richard Roth besagte Flaschen tatsächlich doppelt gekauft", sagte Momo. „Ich dachte wirklich, jetzt hätten wir unseren Täter."

„Das dachten wir alle, Momo. Zumindest haben wir das Rätsel um die unbekannte DNA gelöst. Die stammt in der Tat von Soerne. Auch wenn er eine gute Erklärung hat, wie sie dorthin gelangt sein könnte", sagte Breuer.

„Streichen wir ihn von der Verdächtigenliste?", fragte Manni.

„Nein. Er bleibt drauf. Wir konnten ihn mit unseren Beweisen nicht überführen, aber entlastet ist er darum noch nicht", beharrte Breuer.

Kapitel 46

Damian sah sich nachdenklich am Tatort um.

„Was denkst du?", fragte Breuer, der neben ihm stand.

„An der Vitrine, an den Zimmertüren und der Haustür, nirgends sind Fingerabdrücke zu finden. Nicht einmal alte, die vom Opfer selbst stammen", sagte Damian.

„Da hat der Täter gut sauber gemacht", bestätigte Breuer.

„Ja, die rumänische Einbrecherbande trägt immer Handschuhe. An deren Tatorten muss nichts mehr sauber gemacht werden. Also trug unser Täter zuerst keine Handschuhe. Er hat danach entweder alles nur noch mit einem Tuch angefasst, oder er hat sich die Handschuhe nach der Tat übergezogen. Wenn die Tat geplant war, hatte er vielleicht welche dabei. Wenn das ein spontaner Mord war, musste er sie sich irgendwo hernehmen. Genau wie die Putztücher oder -lappen", überlegte Damian. Er ging in die Küche und sah in die Schränke. „Hier sind die Putzutensilien und es befindet sich auch eine Packung mit Einweghandschuhen darin."

Damian holte die Packung vorsichtig heraus. Er selbst trug wie Breuer Schutzkleidung, um keine Spuren zu kontaminieren. „Es ist eine Plastikverpackung. Da können wir mit Rußpulver eventuelle Fingerabdrücke sichtbar machen."

Damian bestäubte die Schachtel vorsichtig mit dem schwarzen Pulver. Mehrere Abdrücke zeigten sich. Vorsichtig sicherte er die Spuren mit Klebefolie. „Mal sehen, was AFIS dazu sagt."

AFIS, das Automatische Fingerabdruck-Identifikations-System hatte eine Menge zu sagen.

„Auf der Packung der Einweghandschuhe befanden sich die Fingerabdrücke des Opfers, der Putzfrau und Ihre, Herr Roth", sagte Damian, als Breuer und er dem Mann gegenübersaßen.

„Die Abdrücke des Opfers und der Putzfrau lassen sich erklären. Aber was machen Ihre Fingerabdrücke darauf?", fuhr er fort, als Robert Roth keine Anstalten machte, dazu Stellung zu beziehen.

Der Mann saß still auf seinem Stuhl, die Schultern leicht vornübergebeugt. Nur der Blick seiner grauen Augen bewegte sich zwischen Damian und Breuer hin und her.

„Wieso haben Sie sich jetzt auf mich eingeschossen? Ich bin nicht Ihr Täter! Ich habe meinen Bruder geliebt und Sie haben gar keine Ahnung, was Richards Tod für mich bedeutet. Sie können sich gar nicht vorstellen, was es heißt, plötzlich ganz alleine zu sein."

„Doch, das kann ich, Herr Roth", sagte Damian. „Dennoch müssen Sie uns diese Frage beantworten.

Versuchen Sie, es nicht persönlich zu nehmen. Wir gehen allen Spuren nach. Egal, zu wem sie uns führen." Die grauen Augen fixierten nun Damian. „Also gut. Die Antwort auf Ihre Frage ist ebenso einfach, wie einleuchtend. Wie Sie ja bereits wissen, haben mein Bruder und ich das Haus unserer verstorbenen Mutter ausgeräumt. Wir haben die bereits leeren Räume auch schon geputzt. Unter anderem das Badezimmer. Ich bin da etwas empfindlich. Ich greife nicht gerne mit der bloßen Hand in mein Klo, um es zu putzen, und schon gar nicht in das Klo einer anderen Person. Darum habe ich Richard um ein paar Einweghandschuhe gebeten. Er sagte mir, wo ich sie finden konnte und ich nahm sie mir."

Damian lehnte sich enttäuscht zurück. Diese Spur hatte so vielversprechend gewirkt, aber die Erklärung von Roth war gut. Er selbst würde ebenfalls niemals ohne Handschuhe seine Toilette putzen. Auch hatte Roth nicht ausgesehen, als müsse er sich diese Erklärung erst ausdenken. Ganz im Gegenteil. Der Mann zeigte erstaunlich wenig Anzeichen für Stress, den man doch erwarten sollte, wenn man mit Vorwürfen dieser Tragweite konfrontiert wurde. Hatte der Mann wirklich schon so weit mit dem Leben abgeschlossen, dass das alles nicht mehr an ihn herankam? Damian blickte der grauen Gestalt ihm gegenüber in die Augen.

Was würde Robert Roth tun, wenn der Mord an seinem Bruder aufgeklärt war? Gab es für ihn dann überhaupt noch einen Grund weiterzuleben?

Er musste mit Breuer darüber reden. Sie brauchten einen Plan für diesen Fall. Aber ihre Möglichkeiten waren allzu beschränkt.

Kapitel 47

Als sie das Verhörzimmer verließen, sah Damian frustriert hinter Robert Roth her. Sie hatten drei, vielleicht vier Verdächtige. Er war überzeugt davon, dass einer von ihnen der Mörder war. Jedes Mal, wenn er glaubte, den Richtigen herausgefiltert zu haben, stellte sich die Spur als nicht so aussagekräftig wie vermutet heraus. Und die ständige Befürchtung, der verbleibende Roth-Bruder könne sich etwas antun, entspannte die Situation auch nicht.

„Wir müssen uns etwas überlegen", sagte er zu Breuer.

„Was meinst du?"

„Falls Roth nicht unser Mörder ist, müssen wir verhindern, dass er sich etwas antut", erklärte Damian.

„Wie willst du das verhindern? Ich fürchte, da fehlen uns die Möglichkeiten. Wir können ihn nur nochmals darauf hinweisen, dass er sich psychologische Hilfe holen sollte. Ich fürchte, mehr können wir nicht tun."

Damian schüttelte den Kopf. „Das wird nicht ausreichen. Er bräuchte eine Aufgabe oder so etwas. Ich muss darüber nachdenken." Damian stutzte. „Was macht der Doc hier?", fragte er Breuer.

Doktor Elfi Sommer war in Begleitung eines kleinen Mannes. Als sie sah, dass Damian und Breuer sie entdeckt hatten, nickte sie in Richtung eines leeren

Vernehmungsraums und verschwand mit dem Mann darin. Breuer legte Damian eine Hand auf die Schulter.

„Na, dann lass uns mal den beiden folgen", sagte er und ging voraus.

In Damians Magen machte sich ein flaues Gefühl breit. Was lief hier? Breuer wusste doch etwas und Damian hatte das ungute Gefühl, dass dies nichts mit ihrem Fall zu tun hatte. Langsam folgte er seinem Chef. Breuer hielt ihm die Tür auf.

Elfi Sommer und der unbekannte Mann hatten auf der einen Seite des Verhörtisches Platz genommen, Breuer auf der anderen. Er wies Damian stumm an, sich neben ihn zu setzen. Damian sah von einem zum anderen und folgte der Anweisung zögerlich. Er setzte sich auf den äußersten Rand des Stuhles. Sein Blick fixierte den fremden Mann. Er war ziemlich klein, beinahe schon kleinwüchsig. Sein rundes Gesicht verlieh ihm ein kindliches Aussehen. Offensichtlich versuchte er, das mit einem Oberlippenbart zu kompensieren, doch das funktionierte nicht. Statt erwachsen zu wirken, sah er nur wie ein Kind aus, das sich einen Bart angeklebt hatte. Der Mann erwiderte Damians prüfenden Blick gelassen.

„Mein Name ist Pabst, mit b. Doktor Maximilian Pabst", stellte er sich vor. Damians ungutes Gefühl im Magen verstärkte sich.

„Doktor?", fragte er. Elfi und Breuer würden es doch nicht wagen, so einen verdammten Psycho-Doc auf seine Arbeitsstelle zu schleppen.

„Doktor Pabst ist ein ausgezeichneter Psychologe und Spezialist für Suchttherapie und Suchtprävention", erklärte Elfi.

Damian sprang auf. Der Stuhl fiel krachend zu Boden. Nervös sah Damian zur Tür.

„Geht's noch? Wollt ihr mir meine Karriere ruinieren?", zischte er. Es fiel ihm verdammt schwer, leise zu bleiben.

„Niemand will dir hier irgendetwas ruinieren", beruhigte ihn Breuer. „Aber wenn der Prophet nicht zum Berg kommt, muss eben der Berg zum Propheten."

„Wir machen uns nur solche Sorgen um dich, Damian. Wir möchten dir helfen, dir zeigen, dass du nicht alleine bist", sagte Elfi.

„Aber doch nicht so! Was, wenn einer meiner Kollegen etwas mitbekommt?", flüsterte Damian. Die Angst, dass sein Geheimnis aufgedeckt wurde, wuchs von Minute zu Minute.

„Wie dann, Junge? Du lässt uns ja nicht mehr an dich heran. Wir werden nicht unsere Augen verschließen und hoffen, dass schon alles gut gehen wird", erwiderte Breuer.

„Wenn Sie mir eine Chance geben und mit mir zusammenarbeiten ...", begann der Psychologe.

„Nein!", unterbrach Damian ihn barsch. „Arbeiten Sie lieber an Ihrem eigenen Selbstwertgefühl und entfernen Sie diesen albernen Bart. Ist der überhaupt echt?"

„Damian!", rief Elfi und sah ihn entsetzt an.

Doch Damian hatte keine Lust auf Höflichkeiten. Er stürmte zur Tür. Bevor er sie aufriss, sah er sich noch einmal zu Doktor Pabst um. Der Mann sah ihn mit einem Lächeln an und fuhr sich nachdenklich mit den Fingern über sein Bärtchen.

Damian warf sich in seinen Schreibtischstuhl und hämmerte auf die Enter-Taste seiner Tastatur. Sein Computer erwachte widerwillig aus dem Ruhemodus.

„Nach deiner Laune zu urteilen, hatte Roth eine verdammt gute Erklärung, weshalb sich seine Fingerabdrücke auf der Verpackung der Einweghandschuhe befanden?", mutmaßte Momo.

Damian brummte unwirsch. Wie konnten Breuer und Elfi nur so gedankenlos seine berufliche Zukunft aufs Spiel setzen? Wenn nun einer aus dem Präsidium Doktor Pabst kannte oder etwas von dem Gespräch mitbekommen hätte? Sie befanden sich in einem Haus voller Männer und Frauen mit einem hervorragenden detektivischen Spürsinn. Das war so leichtsinnig!

Langsam pendelte sich sein Blutdruck wieder in den Normbereich ein. Zum Teil war es vielleicht auch seine Schuld. Er hätte die Zeit zu einem Sechsaugengespräch mit Breuer und Elfi finden sollen. Sie sorgten sich um ihn. Damian wusste, wie wichtig es war, jemanden zu haben, der sich um einen sorgte. Er betrachtete dies nicht als selbstverständlich. Er würde Breuer bei der nächsten sich bietenden Gelegenheit die Ultraschall-Bilder zeigen. Wenn der Ältere erst dieses kleine, wunderbare Wesen sehen würde, würde er verstehen, warum alles wieder gut war.

Und dem Doc? Wie konnte er Doktor Elfi Sommer am schnellsten ihre Sorgen nehmen? Er zog sein privates Handy aus der Tasche, öffnete WhatsApp und rief den Kontakt von Elfi Sommer auf.

„Liebe Elfi, bitte entschuldige meine etwas ungehaltene Reaktion auf euren Versuch, mir zu helfen", begann er zu schreiben. In diesem Moment betrat Breuer mit weiten, ausholenden Schritten den Raum. Er blieb vor Damian stehen und knallte ihm einen Stapel Akten auf den Schreibtisch, bevor er sich zu ihm herunterbeugte und ihm ein gefaltetes Stück Papier in die Hand drückte.

„Das steht nicht zur Diskussion. Ich möchte von dir noch vor Dienstschluss diesen Zettel unterschrieben zurückbekommen", zischte er und ging weiter, ohne eine Antwort abzuwarten.

Damian blickte ihm verblüfft hinterher.

„Mann, haben hier heute alle eine Laune. Hast du was ausgefressen?", flüsterte Momo ihm zu.

Damian ignorierte ihre Frage, öffnete das gefaltete Papier und las:

„Termin bei Doktor Maximilian Pabst. Heute 15:00 Uhr." Darunter stand eine Saarbrücker Adresse, von der Damian wusste, dass sie am Saarufer lag. Die Zeilen darunter ließen seinen Blutdruck wieder in die Höhe schnellen. Dort standen zum Ankreuzen zwei Alternativen:

„Damian Johannsson hat seinen Termin wahrgenommen" oder „Damian Johannsson hat seinen Termin wahrgenommen und gut mit mir zusammengearbeitet."

Was erlaubte sich Breuer? Damian war ein erwachsener Mann und kein Schuljunge! Das war absolut entwürdigend. Niemals im Leben würde er Doktor Pabst dieses Dokument zum Unterschreiben vorlegen. Er sah Breuer mit zusammengekniffenen Augen hinterher, spürte, wie seine Kiefer zu mahlen anfingen. Damian löschte die angefangene WhatsApp-Nachricht an Elfi. Einen Teufel würde er tun, sich auch noch zu entschuldigen.

Kapitel 48

Breda schloss die Augen. Er wollte es nicht mehr sehen. Diesen klaustrophobisch kleinen Raum, mit einem Loch im Boden, das als Toilette dienen sollte, die unauffällige Spülung, die mit der Wand verschmolz, die harte Betonpritsche, die ihm Rückenschmerzen verursachte. Glasbausteine ersetzten ein Fenster, aus dem er wenigstens in die Freiheit hätte schauen können, das ihm ein wenig Ablenkung von dieser Hoffnungslosigkeit geboten hätte.

„Ich lasse mich nicht unterkriegen. Durch mein Opfer konnte ich Gabriela vor diesem Schicksal bewahren. Schon aus diesem Grund war es die Sache wert. Ich schließe die Augen und wandele in meinem Geist über grüne Wiesen. Der Wind weht durch mein Haar und die Sonne wärmt meine Haut", redete er sich ein. Seine gedemütigte Seele brauchte das.

Seine Fingerabdrücke wurden genommen, Lichtbilder erstellt.

„Drehen Sie sich hierhin, schauen Sie dorthin ...", hatten sie ihn dabei kalt angewiesen. Erkennungsdienstlich behandelt, nannten sie es. Katalogisiert, nannte er es. Noch schlimmer war es, als man ihn in seine Zelle brachte. Sie hatten ihm alles abgenommen. Seine Uhr, seinen Gürtel, sein Feuerzeug. Sogar die Schnürsenkel aus seinen Schuhen musste er entfernen und zu den anderen Gegenständen in ein Plastikkästchen legen.

Wie würde es weitergehen? Ein Haftbefehl würde ausgestellt werden. Angeregt durch die Staatsanwaltschaft, beschlossen durch den Ermittlungsrichter. Breda war kein Jurist, aber er hatte den Polizisten gut zugehört. Hier ging es um seine Zukunft. Wie würde seine Verurteilung ausfallen? Er hatte schon von vielen Fällen gehört, bei denen nicht genug Beweise vorlagen. Die nach der Gerichtsverhandlung wieder auf freien Fuß gesetzt wurden oder deren Haftstrafen zur Bewährung ausgesetzt wurden. Er war selbst nicht auf frischer Tat ertappt worden. Auch hatte man bei ihm keine gestohlenen Gegenstände sicherstellen können. Seine Chancen standen gar nicht so schlecht. Allerdings wussten die Polizisten, dass er Mitglied in einer berüchtigten Einbrecherbande war, die schon zahlreiche Brüche verübt hatte. Aber es zu wissen und es zu beweisen, waren zwei vollkommen unterschiedliche Dinge. Er musste nur die Zeit bis zur Gerichtsverhandlung überstehen.

Endlich konnte Breda spüren, wie der Schlaf ihn in seine Arme schloss. Ihn für einen Moment dieser beengten Wirklichkeit entriss. Doch schon kurze Zeit später wurde er geweckt und in ein Vernehmungszimmer geführt. Der Polizist namens Herzog saß schon auf einem Stuhl auf der anderen Seite des kalten Metall-Tisches.

Nach der üblichen Belehrung über seine Rechte, begann der Mann.

„Herr Nadaseanu, Sie sind Mitglied einer rumänischen Einbrecherbande, die hier schon etliche Brüche begangen hat. Ein Serientäter. So etwas wird von der Justiz hart bestraft."

Sie wollten ein Geständnis von ihm. Wollten Beweise, die ihnen bei einer Verurteilung halfen.

„Ich habe keine Ahnung, wovon Sie reden. Ich würde mich niemals am Eigentum anderer Leute vergreifen", sagte Breda.

„Sie haben sich dort mit einem Informanten getroffen, der Ihnen Material über lohnende Ziele hat zukommen lassen", beharrte Herzog.

Breda breitete seine Hände aus. „Ich habe kein diesbezügliches Material. Ich war im Discounter einkaufen und habe zufällig einen Bekannten getroffen."

Wie gut, dass Gabriela die Unterlagen bei ihrer Flucht nicht verloren hatte. So stand die Polizei ohne richtige Beweise da und er hatte noch eine Chance, nach der Gerichtsverhandlung wieder freizukommen.

„Ach, und warum dann dieser rücksichtslose Fluchtversuch? Mehrere Beamte wurden verletzt."

„Sie verwechseln mich. Ich habe niemanden verletzt. Dieser Bekannte bekam wohl Panik und raste in blinder Angst mit dem Auto davon. Ich kenne ihn kaum. Vielleicht hat er ja ein Kriegstrauma oder so etwas.

Ich selbst bin nur Gast in ihrem Land und fühlte mich durch die Situation sehr bedroht."

„Wir haben uns klar als Polizei zu erkennen gegeben."

„Ich habe keine Ahnung, wie die Polizei in ihrem Land mit Gefangenen umgeht."

„Wie ist der Name Ihres Bekannten?", fragte Herzog.

„Ich bin mir nicht sicher. Ich kenne ihn mehr vom Sehen. Sein Name fällt mir nicht ein."

„Und die Frau, in deren Begleitung Sie waren? Ihr Name wird Ihnen doch wohl einfallen?"

„Sicher."

„Und?"

„Ich möchte sie da nicht mit hineinziehen und werde dazu keine Angaben machen."

„Dann nennen Sie uns wenigstens die anderen Namen. Ihre Bande besteht doch aus mindestens fünf Personen."

„Ich weiß nicht, wovon Sie sprechen. Wie ich schon sagte, bin ich kein Mitglied irgendeiner Bande."

Nach einer Stunde gab der Polizist auf und Breda wurde zurück in seine Zelle geführt.

„Ich schaff das", sagte er sich wieder. „Ich muss nur durchhalten." Breda verschloss abermals die Augen vor den tristen, kalten Wänden, die ihn viel zu eng umgaben. Er hatte das Gefühl, als würden sie die Lebensenergie aus ihm herausziehen.

„Sie haben Besuch von Ihrem Anwalt", wurde er durch einen Polizisten informiert.

Kurz darauf saß er einem schwarzhaarigen Mann gegenüber.

„Guten Tag, Herr Nadaseanu. Mein Name ist Ioan Babaila. Ich bin Ihr Anwalt."

Breda runzelte die Stirn. „Ich habe keinen Anwalt engagiert!"

Der Mann lächelte. „Das war auch nicht nötig. Der Clan in Rumänien hat sich darum gekümmert. So wie er sich auch um alles Weitere kümmern wird."

Breda musste nicht nachfragen. Er wusste sofort, von welchem Clan der Anwalt sprach. Gabrielas Clan, der Clan der Macarescu, der von der Heimat aus alle Fäden in der Hand hielt. Er knüpfte die Kontakte zu den Informanten, besorgte das Startkapital, bezahlte die Späher, sorgte für den Abtransport der Beute und deren späteren Verkauf. Und er setzte sich für seine Leute ein und als ein Bandenmitglied von Gabriela gehörte er auch zu dem Kreis dieser Privilegierten.

„Um alles Weitere kümmern? Wie meinen Sie das?", flüsterte Breda aufgeregt.

„Rein rechtlich natürlich."

Täuschte er sich oder hatte ihm der Anwalt bei diesen Worten verschwörerisch zugezwinkert? Zu gerne hätte Breda näher nachgefragt. Doch seine Angst, dass jemand dieses Gespräch belauschte, war zu groß.

Kapitel 49

„Momo, Manni! Geht in das Haus von Mutter Roth und überprüft die Badezimmer. Ich möchte wissen, ob sie geputzt wurden, wie Robert Roth behauptet hat. Nehmt einen Fotoapparat mit. Hier habt ihr den Durchsuchungsbeschluss. Ist gerade eingetroffen. Haltet auch Ausschau nach den gestohlenen Gegenständen, blutiger Kleidung oder Sonstigem, was Robert Roth mit dem Mord in Verbindung bringen könnte. Der Mann hat zumindest zeitweise in diesem Haus gelebt, als er seine Mutter gepflegt hatte. Vielleicht benutzt er es jetzt als Unterschlupf. Damian! Du hast auch gleich deinen Außentermin. Du solltest dich jetzt auf den Weg machen", sagte Breuer.

Damian erhob sich ohne Kommentar und verließ das Präsidium.

„Kommen Sie herein, Herr Johannsson", begrüßte ihn Doktor Pabst. „Mein Sprechzimmer ist oben, direkt das erste Zimmer gegenüber der Treppe."

Damian sah durch eine halb offene Tür eine Wohnzimmerwand mit einem großen Fernseher. Die untere Etage schien, privat genutzt zu werden. Er ging die Treppe hoch und betrat den Raum. Weiße Wände, an denen farbenfrohe, abstrakte Bilder hingen, eine hellgraue Couch und der passende Sessel gegenüber.

Dazwischen ein kleines Tischchen, darauf eine Packung Papiertaschentücher.

Damian verzog das Gesicht, ignorierte die Couch und ging zu dem großen Fester, welches die gesamte Breite der vorderen Wand einnahm. Ein ungehinderter Blick ins Grüne, direkt auf die Saar. Das Wasser glitzerte in der Dezembersonne.

„Einen schönen Ausblick haben Sie da", sagte er.

Doktor Pabst trat neben ihn. Er reichte Damian nicht einmal bis an die Brust. „Ja, in der Tat. Ich hätte ein paar Straßen weiter ebenfalls ein geeignetes Haus für meine Praxis gefunden, günstiger, aber ich finde, diese Aussicht ist ihr Geld wert."

Damian starrte eine Weile auf die glitzernde Wasseroberfläche. Ein beruhigender Anblick, fast schon meditativ.

„Ich möchte mich bei Ihnen entschuldigen, Doktor Pabst. Was ich im Präsidium zu Ihnen sagte ... ich war nur wütend und aufgebracht."

„Sie fürchteten um Ihren Job. Das kann ich verstehen. Es war vielleicht ein etwas unglücklicher Start." Doktor Pabst ging zu einer kleinen Küchenzeile im Raum. Sie war gerade groß genug für ein Spülbecken und eine kleine Arbeitsfläche von circa vierzig Zentimetern. Darauf standen ein Schälchen mit weißem Schaum, ein Pinsel und ein Rasierer. Neben der Küchenzeile hing ein großer Spiegel, vor den sich Doktor Pabst stellte und sich den Bart großzügig einschäumte. Damian schaute dem Mann verblüfft zu. Sein Unbehagen wuchs.

„Es tut mir wirklich ganz aufrichtig leid, Doktor. Sie werden sich doch nicht wegen meines dummen Kommentars Ihren Bart abrasieren?"

„War dieser Kommentar denn wirklich dumm? Er hat durchaus wehgetan. Aber manchmal lohnt es sich, auch über Dinge, die wehtun, nachzudenken. Hat mich der Kommentar möglicherweise verletzt, weil mehr Wahrheit dahinter steckte, als ich mir eingestehen wollte?"

Damian wusste nichts darauf zu antworten. Er blickte den Mann nur unangenehm berührt an.

„Sehen Sie, ich habe eigentlich keinen Grund für Minderwertigkeitskomplexe. Ich war immer Jahrgangsbester. Immer. Egal an welcher Schule. Ich weiß, ich bin gut in meinem Job, sogar verdammt gut. Aber immer wieder komme ich in Situationen, in denen mir gesagt wird: *Ich werde mir doch nicht von einem Kind die Welt erklären lassen. Werden Sie erst einmal selbst erwachsen.*"

Doktor Pabst begann den Bart abzurasieren. Das schabende Geräusch tat Damian geradezu weh. Was hatte er da nur angerichtet? Schnell waren alle Barthaare entfernt und das Gesicht abgewaschen. Pabst betrachtete sich im Spiegel.

„Ich bin kein Kind mehr. Ich bin fünfunddreißig Jahre alt. Aber ich sehe halt aus, wie ich aussehe. Zeit, das zu akzeptieren. Denn wie soll ich erwarten, dass andere mich so akzeptieren, wie ich bin, wenn ich das selbst nicht schaffe." Er drehte sich zu Damian um und sah ihm in die Augen.

Dieser nickte beklommen. „Okay, Lektion verstanden, Doktor", sagte er leise.

Pabst lächelte offen. „Und? Wie sieht es aus?", fragte er und strich sich über seine glatte Oberlippe.

In Damians Mundwinkel zuckte es. „Besser", sagte er. „Viel besser."

„Finde ich auch", sagte Pabst und setzte sich in den hellgrauen Sessel. Nach dieser Aktion konnte sich Damian nicht mehr gegen den Doktor sperren und setzte sich mit einem Seufzen auf die Couch. Sie war gemütlich. Nicht zu weich, dass man darin einsank und nicht zu hart.

„Hauptkommissar Breuer hat mir schon Einiges von Ihnen erzählt. Dinge, die ich gerne noch ausführlich mit Ihnen besprechen möchte, aber die dringendste Angelegenheit zuerst: Sie waren heroinsüchtig und befürchteten, kurz vor einem Rückfall zu stehen?", begann Pabst.

„Ja, aber das ist jetzt nicht mehr der Fall. Gefahr gebannt!", sagte Damian und sah verlegen zur Seite. Er hasste es, mit einem wildfremden Menschen über seine Probleme zu sprechen. Er mochte mit niemandem darüber reden. Am besten machte man so etwas mit sich selbst aus.

„Warum ist das jetzt nicht mehr der Fall? Was hat sich geändert?"

Damian zog die laminierten Ultraschallbilder aus seiner Jackentasche und reichte sie Doktor Pabst. Der betrachtete diese lächelnd.

„Aber wenn ich Herrn Breuer richtig verstanden habe, war das doch genau so ein Stresspunkt, der Sie wieder in die Klauen der Sucht zurücktrieb."

„Ja", gestand Damian.

„Was hat sich also geändert?", fragte der Psychologe abermals.

„Ich ... ich hatte Angst, dass ich mich in eine prügelnde Bestie verwandeln würde, die vollkommen die Kontrolle über sich verliert", flüsterte Damian.

„So wie ihr Vater?", mutmaßte Pabst.

Damian nickte.

„Aber jetzt haben Sie diese Angst nicht mehr? Warum?", fragte er.

„Ich habe es gesehen. Wie es sich bewegt hat. Die kleinen Finger, die feinen Lippen. Ich habe sein Herz schlagen sehen und mit einem Male wurde mir bewusst, dass ich diesem kleinen Wesen niemals weh tun könnte. Dass ich es lieben und beschützen werde." Damian lachte hart. „Das klingt so schnulzig. Aber es ist wahr."

Doktor Pabst sah ihn mit prüfendem Blick an. „Das ist wunderbar, Herr Johannsson. Ich bin froh, dass sich Ihre Befürchtungen dahingehend aufgelöst haben.

Aber das war nicht der einzige Auslöser ihrer Krise, nicht wahr? Was ist mit den anderen Faktoren?"

„Warum muss ich jetzt darüber reden? Es ist doch alles gut. Es besteht keine Gefahr mehr", sagte Damian und verschränkte die Arme.

„Für wie lange? Für einen Monat, eine Woche oder nur bis heute Abend? Die nächste Krise wird kommen. Eine nächste Krise kommt immer. So ist nun mal das Leben. Und ich möchte, dass Sie ihr gestärkt entgegentreten können."

Die nächste Krise kommt immer. Was für ein erschreckender Gedanke!

„Das Schlimmste war dieser Traum", begann Damian leise. „Der Traum, in dem mein toter Freund Viktor aufgetaucht ist. Er hat mich überwältigt und mir Heroin gespritzt und mein Körper erlebte den vollen Flash. Als ich dann aufwachte und mein Körper realisierte, dass das alles nur geträumt war, bekam ich direkt Entzugserscheinungen. Wenn in diesem Moment irgendetwas in meiner Nähe gewesen wäre, ich hätte es genommen." Damian stöhnte. „Wie soll ich verhindern, so etwas zu träumen? Egal wie lange wir darüber reden, es gibt keinen Schutz dagegen."

„Nein, einen endgültigen Schutz gegen solche Träume gibt es leider nicht. Aber sie werden seltener werden, wenn die Ereignisse, die Ihr Gehirn auf diese Weise zu bewältigen versucht, in einer Therapie verarbeitet wurden. Und wir können Verhaltensmaßnahmen

trainieren, die Sie dann automatisch anwenden kön-
nen, falls so ein Zustand wieder eintritt. Nicht nur für
diese Träume. Auch für andere mögliche Situationen.
So werden wir ein dichtes Netz spinnen, das Sie im
Notfall auffangen wird. Sie sind schon viele Jahre
clean. Ich denke, Sie haben sich da schon etliche
Fäden für Ihr Netz gesponnen. Wir versuchen, die
Lücken zu schließen." Er machte eine bedeutsame
Pause und sah Damian in die Augen. „Vorausgesetzt,
Sie sind damit einverstanden und dazu bereit, mit mir
zusammenzuarbeiten. Ich weiß sehr wohl, dass Sie zu
diesem ersten Gespräch heute mehr oder weniger
gezwungen wurden."

„Eher mehr als weniger", kommentierte Damian.

Pabst nickte. „So gut das von Ihrem Chef gemeint
war, eine dauerhafte Lösung ist das nicht. Wir können
nur etwas erreichen, wenn Sie auch wirklich dazu
bereit sind. Und wenn Sie mir zutrauen, diesen Weg
mit Ihnen zu gehen."

Damian überlegte. Brauchte er so etwas überhaupt?
Sein Stolz und seine Bequemlichkeit sagten Nein, sein
Verstand schrie jedoch Ja. Damian entschied sich, auf
seinen Verstand zu hören. Doch war er bereit, sich
derart auf Doktor Pabst einzulassen? Der Mann zeigte
auf jeden Fall Einsatz.

„Ich denke schon", sagte er nachdenklich.

Kapitel 50

Damian kam gerade ins Präsidium zurück, als Momo und Manni ihren Bericht ablieferten. Irgendetwas war zwischen den beiden vorgefallen. Das konnte er spüren. Hatten sie sich zerstritten? Kaum vorzustellen, waren die beiden doch immer ein Herz und eine Seele. Er konnte sich den einen nicht ohne die andere vorstellen. Und doch redeten sie nur noch beruflich miteinander, warfen sich verstohlene Blicke zu und wendeten sich gleich wieder ab, wenn der andere davon etwas bemerkte. Damian hoffte inständig, dass sie ihre Probleme wieder in den Griff bekamen. Er hasste es, sich einzumischen, aber wenn sie so weitermachten, musste er sich mit ihnen zusammensetzen und ihnen vor Augen führen, wie wertvoll ihre Freundschaft war. So etwas warf man nicht weg. Andererseits hatte er selbst auch genug Probleme und hasste es, wenn jemand sich einmischte. Aber Breuer und Elfi taten es dennoch regelmäßig und eigentlich war das sehr beruhigend.

„So macht man das in einer Familie", hatte Breuer ihm gesagt und ihr Team war beinahe so etwas wie eine große Familie.

„Wir haben die Bäder und Toiletten im Haus der Mutter Roth kontrolliert, um Robert Roths Behauptung, er hätte die Einweghandschuhe zum Putzen gebraucht, zu überprüfen", sagte Manni.

„Und? Sind sie sauber?", fragte Breuer.

„Blitzblank. Das könnte tatsächlich stimmen", antwortete Momo. „Verdammt! Und ich dachte schon, jetzt hätten wir unseren Mörder", fluchte Breuer.

„Ehrlich, Chef. Ich glaube nicht, dass Roth unser Mann ist. Ich tippe immer noch auf den rumänischen Bodybuildertypen. Dass der zu einem Mord fähig ist, sehe ich auf einen Blick, wenn ich mir nur Damians Hals betrachte. Ich kann noch immer die Abdrücke von den großen Prankenhänden sehen", meinte Momo. „Was meinst du, Damian?"

„Meine Vermutung wäre das Ekel Guido Stratmann. Wie ich erfahren durfte, hat der auch keine Probleme damit, Menschenleben aufs Spiel zu setzen. Und er hat ein total verdrehtes Unrechtsbewusstsein."

„Ich denke, dass Soerne unser Mann ist. Der ist doch auch nicht ganz sauber. Wir hatten das letzte Mal nur die falschen Beweise", meldete sich Dirk Falkner.

„Ich rede auf jeden Fall noch einmal mit der Staatsanwaltschaft", sagte Breuer. „Wir müssen die Kontobewegungen unserer Hauptverdächtigen im Auge behalten. Falls jemand versucht, die gestohlenen Gegenstände zu verkaufen, muss ich das wissen, denn wer diese Gegenstände hat, ist unser Täter. Wir haben unsere Verdächtigen. Lasst uns graben, bis wir etwas Handfestes haben."

Als sich alle wieder an die Arbeit begaben, machte Breuer Damian ein Zeichen, mit ihm in sein Büro zu kommen.

„Mach bitte die Tür hinter dir zu", sagte er zu Damian.

„Du hast noch etwas für mich", begann Breuer das Gespräch.

Damian sah ihn verwirrt an.

„Den Zettel", konkretisierte Breuer.

Damian merkte, wie ihm augenblicklich vor Ärger die Hitze ins Gesicht schoss. Er riss den zerknüllten Zettel aus seiner Jackentasche und warf ihn Breuer auf den Schreibtisch. Breuer sah ihn missbilligend an, nahm den Zettel an sich und faltete ihn auseinander.

„Der ist nicht ausgefüllt!", sagte er.

„Natürlich nicht! Glaubst du wirklich, ich lasse mich von dir zu einem unmündigen Kind herabstufen?", platzte es aus Damian heraus.

„Ich ... wir ... Elfi und ich versuchen dir zu helfen. Tut mir leid, wenn das deine Würde ankratzt, aber dein Wohlergehen, ach, was sag ich, dein Leben ist uns wichtiger. Warst du überhaupt bei Doktor Pabst, oder hat dich dein Stolz daran gehindert, diese echte Hilfe anzunehmen?"

„Ja, ich war dort. Und ich habe auch beschlossen, weiterhin mit diesem Mann zusammenzuarbeiten. Nicht, weil ihr es von mir verlangt, sondern weil ich ihn für einen fähigen Mann halte. Jetzt ist es an dir: Glaubst du mir das auch ohne dieses alberne Zettelchen, oder willst du bei Doktor Pabst anrufen und dich von der Wahrheit meiner Worte überzeugen? Dann tu das bitte jetzt und in meiner Gegenwart, und nicht hinter meinem Rücken."

Breuer presste ärgerlich seine Lippen aufeinander. „Ich schätze, das dürfte mir Doktor Pabst wegen der ärztlichen Schweigepflicht gar nicht sagen."

„Wenn ich dabei bin und es ihm erlaube, dann schon", provozierte Damian.

„Ich vertraue dir. Wenn du mir sagst, dass du da warst und mit ihm arbeitest, glaube ich dir das", sagte Breuer mit gepresster Stimme.

„Vielen Dank", zischte Damian und machte auf dem Absatz kehrt, um den Raum zu verlassen.

Breuer rief ihm hinterher: „Damian! Ich bin froh, dass du beschlossen hast, dem Mann eine Chance zu geben. Wie du sicher schon selbst bemerkt hast, ist er unglaublich gut auf seinem Gebiet."

Damian nickte. „Danke, dass ihr den Kontakt hergestellt habt. Ich weiß, dass ihr mir helfen wollt. Nur über das Wie müssen wir noch ein paar Takte reden, wenn wir mal wieder zur Ruhe kommen." Und damit verließ er das Büro.

Kapitel 51

Momo kniff für einen Moment die Augen zusammen. Seit gestern durchforstete sie nun sämtliche Internetplattformen. Sie stocherte im Dunkeln, aber sie brauchten irgendeinen neuen Anhaltspunkt, um den Täter dingfest zu machen. War es nun das Ekel Guido Stratmann, der Versicherungsfritze Soerne, der Bodybuildertyp aus der rumänischen Einbrecherbande, der trauernde Bruder Robert Roth oder jemand, den sie gar nicht auf ihrem Schirm hatten? Alles war noch offen. Aber wenn man eine Flasche Whisky von über 25.000 Euro herumliegen hatte und diese möglicherweise nicht fachgerecht lagern konnte, dann versuchte man sie am besten so schnell wie möglich an den Mann zu bringen, bevor sie wertlos wurde.

Auf den öffentlichen Seiten hatte Momo den Whisky zwar gefunden, aber der Verkäufer war ein seriöser Spirituosenhändler, der über die Herkunft der Flasche genau Auskunft geben konnte. Nun durchsuchte sie das Darknet, was sich ungleich schwieriger darstellte, da es hier eben keine Suchmaschine wie Google gab. Sie gab sich als gut betuchter Whisky-Liebhaber aus der Pfalz aus, der auf der Suche nach Raritäten für seine Sammlung war. Benutzername: Miraculix. Es gab einige Shops, die fast alles anboten. Von Drogen über Waffen bis zu Filmen, die man sich für einen

Spottpreis illegal herunterladen konnte. Außer Kinder-pornografie und Auftragsmorden war dort ziemlich alles zu haben. Für diese speziellen Dinge gab es eigene Plattformen.

Aber man fand dort nicht nur Außergewöhnliches. Manchmal waren es auch ganz banale Sachen, die man sich überall kaufen konnte, und manchmal auch Seltenes und Raritäten.

Und dann sah sie die Flasche. Eine bauchige Flasche, die auf zwei Seiten abgeflacht war. Mit goldener Schrift auf schwarz-braunem Glas. Jahrgang 1926.

„Chef, komm mal rüber", rief Momo aufgeregt. Breuer trat an ihren Schreibtisch.

„Was ist los, Momo?"

„Ich habe da etwas gefunden. Sieh her: Das ist die gleiche Flasche Whisky wie die, die von unserem Tat-ort geklaut wurde. Die besonders wertvolle", sagte Momo.

„Ja, aber diese Flasche ist zwar sehr selten, aber kein Einzelstück", sagte Breuer.

„Das stimmt, aber sie wird hier erst seit gestern ange-boten. Das passt in unseren zeitlichen Rahmen und der Händler ist ein Neuling. Schau nur: Er hat noch keine Bewertungen erhalten", entgegnete Momo.

Inzwischen hatten sich auch die anderen Kollegen um ihren Schreibtisch versammelt.

„Sie wird hier für 27.500 Euro verkauft", las Breuer.

„Ja, diese Flasche hat seit Beginn unserer Ermittlung gute 2.000 Euro an Wert zugelegt", bestätigte Momo.

„Wahnsinn! Ich glaube, ich kaufe mir auch einen Whisky als Wertanlage", sagte Manni.

„Du musst deine Wertanlage dann aber auch professionell lagern können, was auch das Problem unseres Täters sein dürfte. Darum der Verkauf der Flasche zu so einem heiklen Zeitpunkt, obwohl die Polizei noch ermittelt", schaltete sich Damian ein.

„Genau", pflichtete ihm Momo bei. „Er muss die Flasche so schnell wie möglich verkaufen, bevor der Whisky Schaden nimmt."

„Ruf sofort bei der Staatsanwaltschaft an. Wir müssen feststellen, zu wem die IP-Adresse gehört und brauchen eine Genehmigung, um auf diese Daten zugreifen zu dürfen", sagte Breuer.

„Keine Chance, Chef. Wir befinden uns hier im Darknet. Absolut anonym. An die IP kommen wir nicht ran. Der Datenverkehr ist so verschlüsselt, dass er sich nicht zuordnen lässt", erklärte Momo.

„Verdammt! Hier steht: Zu zahlen in Bitcoins. Was bedeutet das?"

„Bitcoins sind eine digitale Kryptowährung, eine Geldeinheit, die nur im Internet besteht", sagte Momo.

„Warum will er für diese Flasche nur digitales Geld? Was hat er denn davon?", schaltete sich Manni ein.

„Erstens ist das die Währung, mit der im Darknet gehandelt wird und zweitens bietet sie gerade für unseren Täter einen entscheidenden Vorteil", antwortete Momo.

„Sie ist für uns nicht sichtbar, weil sie über keinen herkömmlichen Bankenverkehr abgewickelt wird. Wenn auf ein Konto eines unserer Hauptverdächtigen plötzlich 27.500 Euro eingingen, hätten wir unseren Täter", erkannte Damian.

Momo nickte. „Genau, aber ein Bitcoin-Konto ist für uns unsichtbar."

„Nehmen wir einmal an, dass es sich hierbei wirklich um unseren Täter handelt, wie kommen wir dann an ihn heran?", fragte Breuer.

„Ich habe mich als Whisky-Liebhaber namens Miraculix ausgegeben. Ich trete mit dem Händler über einen Messenger in Verbindung und sage, dass ich die Flasche kaufen möchte. Ich überrede ihn zu einer Übergabe in der realen Welt. Wenn er darauf eingeht, haben wir ihn!", sagte Momo.

„Dann los", sagte Breuer.

Momo stellte den Kontakt zu dem Händler her. Er reagierte recht schnell. Nun wurde es spannend. Ging er auf Momos Forderungen ein?

„Ich habe in der Vergangenheit schlechte Erfahrungen gemacht. Habe Ware gekauft und bezahlt und geliefert wurde nichts. Ich bestehe daher auf einer persönlichen Übergabe, an einem Ort Ihrer Wahl, mit gutem Netzempfang. Wenn ich die Flasche habe, werde ich in Ihrem Beisein die Bitcoins mit meinem Handy auf Ihr

Konto überweisen. Ich werde mit Ihnen vor Ort bleiben, bis die Übertragung bestätigt wurde. Das kann so um die zehn Minuten dauern. Das ist dann Ihre Versicherung, dass Sie auch Ihr Geld bekommen. Einverstanden?" Momo und die anderen starrten gebannt auf den Bildschirm.

„Warum antwortet er nicht?", fragte Manni.

„Hab Geduld. Gib ihm Zeit zu überlegen", flüsterte Momo voller Anspannung.

„Also gut. Bin einverstanden. Wir treffen uns im Saarland, Saarlouis, Großer Markt, am Brunnen vor der Kirche, heute, um 15:00 Uhr. Schaffen Sie das, Miraculix?"

„Wow, der verliert keine Zeit. Schaffen wir das so schnell, Chef?", fragte Momo.

„Wir müssen. Sag zu. Ich leite alles in die Wege." Breuer rieb sich die Hände. „Wenn wir Glück haben, ist der Fall bis heute Abend gelöst."

„Und wenn wir Pech haben, ist das nur ein armer Depp, der zufällig auch so eine Flasche besitzt", frotzelte Manni und erntete dafür einen bösen Blick von Momo.

Breuer stürmte davon, um sich diese Aktion absegnen zu lassen. Sie hatten nicht mehr viel Zeit, um alles vorzubereiten. Hektik brach aus.

„Manni, warte mal einen Moment", sagte Momo.

Manni sah sie fragend an. Momo seufzte. Wie fing man so ein Gespräch am besten an?

„Ich überlege die ganze Zeit, was ich sagen kann, damit zwischen uns wieder alles gut ist", begann sie. Manni kaute mit gesenktem Kopf auf seiner Unterlippe.

„Ich fühle mich schlecht, weil ich dir wehgetan habe. Aber von dir war das auch nicht gerade fair. Die ganzen Jahre sind wir schon die besten Freunde und nie hast du mir gegenüber angedeutet, dass da mehr sein könnte. Und jetzt, wo ich mich zum ersten Mal seit Jahren auf einen anderen Mann einlasse, gestehst du mir quasi deine Liebe. Wie soll ich denn da reagieren? Was soll ich tun?"

Manni nickte nachdenklich und sah ihr in die Augen.

„Du hast recht", sagte er. „Das war wohl nicht fair von mir. Aber es war richtig! Du musstest das wissen. Wie ich zu dir stehe, meine ich. Jetzt weißt du es. Ich erwarte auch nicht, dass du deine Beziehung zu Herzog abbrichst. Vielleicht hatte ich das gehofft, ja, aber wie du schon sagtest: Das wäre nicht fair. Vergiss nur nie, dass du eine Alternative hast!"

Momo schluckte: „Wieder Freunde?", fragte sie zaghaft.

Manni nahm sie in den Arm. „Wieder Freunde!"

Kapitel 52

15:00 Uhr an einem Wochentag war eine gute Zeit für die Übergabe. Es war genug los, sodass man nicht weiter auffiel, wenn man hier am Brunnen herumstand und wartete. Dirk Falkner kratzte sich an der Nase. Der falsche graue Bart kitzelte ihn, doch er war notwendig, um ihn älter wirken zu lassen. Ein Hut bedeckte seine Haare, sodass man den Farbunterschied nicht gleich sehen würde. Er war in diesem Mordfall einer der Aktenführer und darum hatte ihn auch noch keiner der Hauptverdächtigen zu Gesicht bekommen. Eine Voraussetzung, um den Käufer mit dem Decknamen Miraculix zu spielen. Es war kalt und roch nach Schnee. Würden sie dieses Jahr vielleicht endlich weiße Weihnachten bekommen? Bis dahin waren es nur noch drei Tage und morgen sollte die Weihnachtsfeier bei Breuer stattfinden. Eine Feier, die schon Tradition war und den Zusammenhalt in der Truppe stärkte. Doch mit einem ungelösten Mordfall an der Backe würde niemand das Fest genießen können.

Ein Mann kam zielstrebig auf ihn zugelaufen. Er hatte ein in buntes Geschenkpapier gewickeltes Päckchen unter dem Arm geklemmt. Dirk versuchte zu erkennen, wer sich unter der ganzen Winterbekleidung befand. Der rumänische Bodybuildertyp war es jedenfalls nicht. Ihn hätte er alleine an seiner Gestalt aus hundert Metern Entfernung erkannt. Der Mann kam näher. Jetzt konnte er das Gesicht gut erkennen. Enttäuschung machte sich breit. Diesen Mann kannte er nicht. Also war er entweder bisher noch gar nicht auf ihrem Schirm aufgetaucht, oder aber, und das war die schlimmste Möglichkeit, er hatte mit dem Mord überhaupt nichts zu tun, sondern war nur zufällig auch im Besitz einer solch wertvollen Flasche. Der Mann hob die Hand zum Gruß, und während Dirk noch überlegte, ob er diese Geste erwidern sollte, kam eine junge Frau auf den Mann zugelaufen und nahm ihm das Geschenkpaket aus der Hand. „Hast du das Duplo-Piratenschiff bekommen?"

„Ja, habe ich. Weihnachten ist gerettet", scherzte der Mann.

Dirk entspannte sich. Das war nicht ihr Verkäufer.

„Hinter dir nähert sich ein Mann. Ich kann nicht erkennen, um wen es sich handelt, aber er hat eine Pappschachtel dabei, die groß genug für die Whisky-Flasche sein könnte", hörte er Breuers Stimme aus dem Ohrhörer.

„Alles klar", flüsterte Dirk. Das als Mantelknopf getarnte Mikrofon würde auch diese leisen Worte zu Breuer übertragen. Dirk musste sich zwingen, sich nicht herumzudrehen. Seine Kollegen würden auf ihn aufpassen. Man sah sie nicht, aber sie hatten sich hier überall verteilt. Auf dem Dach des Hauses rechts neben der Kirche, in der Kirche, in den parkenden Autos.

„Sind Sie Miraculix?", wurde er angesprochen.

Dirk drehte sich zu der Stimme um. Die untere Hälfte vom Gesicht des Mannes war hinter einem dicken Winterschal verborgen, aber das änderte nichts. Dirk erkannte sofort, wen er da vor sich hatte.

„Polizei, keine Bewegung!" Breuer tauchte hinter dem Mann auf. Dieser schloss kurz die Augen und ließ dann das Päckchen los. Ihr fragiler Beweis stürzte zu Boden. Dirk dachte nicht lange nach. Mit einem Hechtsprung warf er sich zu Boden und fing die Schachtel mit der Flasche nur Zentimeter über dem Boden. Seine Schulter schmerzte von dem ungebremsten Aufprall auf den Asphalt.

Der Mann machte gar keine Versuche zu fliehen. Von überall kamen Polizisten mit gezogenen Waffen auf sie zu. Er hob die Hände über den Kopf und ging langsam in die Knie.

Kapitel 53

Der Hauptkommissar vom Einbruchsdezernat, Herzog, trat vor Bredas Zellentür. Der Mann, der ihre Bande schon seit Jahren jagte. Ein triumphierender Ausdruck lag in seinem Gesicht.

„Breda Nadaseanu. Sie werden jetzt dem Ermittlungsrichter vorgeführt. Wir haben Ihren Anwalt, Herrn Babaila informiert. Er wartet dort auf Sie und wird bei Ihrem Termin mit dem Ermittlungsrichter dabei sein. Noch Fragen?"

Wieder verneinte Breda stumm.

Zwei weitere Beamte in Zivil traten hinzu.

„Hand und Fußfesseln, Hamburger Modell. Die Mitglieder dieser Bande sind die reinsten Kletterkünstler und wir wollen uns doch nicht die Blöße geben, den hier wieder zu verlieren", sagte Herzog zu den Männern.

Breda musste seine Hände durch eine Öffnung des Zellengitters strecken, sodass sie von den Beamten ohne Risiko mit Handschellen versehen werden konnten. Dann wurden die eisernen Gitter in ihrer Schiene zurückgefahren und Breda trat aus seiner Zelle hinaus. Prüfend sah er sich um. Er war ein Meisterdieb. Hier musste es doch irgendwie eine Möglichkeit zur Flucht geben. Wenn sie ihn erst in die JVA Lerchesflur verlegt hatten, bestand kaum mehr eine Chance, dass er in näherer Zukunft frei sein würde. Aber er brauchte seine Freiheit, so wie andere die Luft zum Atmen. Die kurze Zeit in Gefangenschaft hatte ausgereicht, um ihn emotional in die Tiefe zu ziehen. Seine ursprüngliche Auffassung, das alles schaffen zu können, hatte sich in Luft aufgelöst. Sein Optimismus, was seine Aussichten betraf, war dahin. Er konnte spüren, wie sein Lebenswille von diesem engen Raum aufgesogen wurde. Doch kaum hatte er seine Zelle verlassen, wurde er schon von den zwei Beamten rechts und links am Arm gepackt, während Herzog ihm Fußfesseln anlegte und diese mittels einer Kette mit den Handschellen verband.

„Daraus dürften selbst Sie sich nicht befreien können. Los geht's!", sagte Herzog und sie setzten sich in Bewegung. Breda konnte nur kleine Trippelschritte machen. Der feste Griff der zwei Beamten ließ ihm keinen Spielraum. Herzog hatte recht. Unmöglich, hier zu entkommen. Sein kurz aufgeloderter Wille zur Flucht erstarb. Bredas Blick sank zu Boden. Warum sich umschauen? Es gab keine Rettung mehr für ihn. Er würde in einer kleinen, trostlosen Zelle zugrunde gehen.

Sie verließen das Gebäude. Die kalte, frische Luft und die schwachen Strahlen der Dezembersonne ließen ihn kurz hochschauen. Aber sein Blick traf sogleich das Polizeiauto, welches schon auf sie wartete. Ergeben ließ er sich dorthin führen, als ein scharfer Schmerz seine Hand durchfuhr. Breda schrie. Bäumte sich unter den festen Griffen der Beamten auf.

„Was ist los?", fragte Herzog alarmiert. Er zog seine Waffe und sah sich um. Die zwei anderen Polizisten griffen auch reflexhaft an die Stelle, wo sich normalerweise ihre Waffen befanden. Doch weil sie direkten Körperkontakt mit Breda hatten, führten sie keine mit sich. Breda nahm an, damit er ihnen ihre Waffen nicht entwenden konnte. Eine gute Vorsichtsmaßnahme!

„Ich glaube, mich hat etwas gestochen", keuchte er. „Eine Wespe oder so." Verdammt, tat das weh.

„Um diese Jahreszeit gibt es keine Wespen mehr", sagte Herzog unwirsch. Er ging mit schnellen Schritten zum Wagen und öffnete die Hintertür. Breda bekam den Sitz hinter dem Beifahrer. Als er sich umwandte, um in den Wagen einzusteigen, sah er eine Bewegung auf dem Dach der Polizeiinspektion.

War das nicht eben Fabiu gewesen? Wenn Fabiu hier war, dann waren auch die anderen nicht fern. Hatten sie etwas vor?

Doch bevor er sich weiter umsehen konnte, wurde er unsanft in den Wagen gestoßen und die Tür vor seiner Nase zugeschlagen. Während sich der eine Beamte neben ihn setzte, nahm der andere auf dem Beifahrersitz Platz. Herzog stieg auf der Fahrerseite ein und fuhr los. Enttäuscht sah Breda die Polizeiinspektion aus seinem Sichtfeld verschwinden. Was auch immer Gabriela geplant hatte: Sie waren zu spät!

Das Gebäude, in das Breda geführt wurde, war grau und trist. Ein großer länglicher Kasten ohne jeglichen Schnörkel. Sein Anwalt wartete schon auf sie und bedachte ihn mit einem prüfenden Blick.

„Was ist mit Ihnen, Herr Nadaseanu?", fragte er besorgt. Breda schüttelte den Kopf.

„Meine Hand brennt wie Feuer", sagte er. Der scharfe Schmerz schien sich immer weiter auszudehnen.

Breda wurde in ein Zimmer geführt, das die Tristesse der Außenfassade widerspiegelte. Nicht eine einzige Zimmerpflanze oder auch nur ein Bilderrahmen störte die geometrische Ordnung. Hinter einem großen Schreibtisch saß ein weißhaariger Mann und blickte mit ernstem Gesicht auf.

„Guten Tag", begrüßte er sie. Er schüttelte den Polizisten und dem Anwalt die Hand. „Sind Sie Herr Breda Nadaseanu?", fragte er.

Breda nickte.

„Mein Name ist Kiemauer. Ich bin der zuständige Ermittlungsrichter in Ihrem Fall", stellte sich der Weißhaarige vor. „Gegen Sie wurde Haftbefehl erlassen, Herr Nadaseanu." Der Ermittlungsrichter legte Breda einen roten Zettel vor. „Ich weise Sie darauf hin, dass Sie sich zur Beschuldigung äußern oder auch nicht zur Sache aussagen können. Haben Sie das verstanden?"

„Ja, habe ich", murmelte Breda. Er versuchte, sich verzweifelt an seiner schmerzenden Hand zu kratzen, aber die Handschellen machten es ihm unmöglich.

„Ihnen wird die Gelegenheit gegeben, die Verdachts- und Haftgründe zu entkräften und Sie dürfen alle Tatsachen geltend machen, die zu Ihren Gunsten sprechen", fuhr der Mann fort. Dann runzelte er seine Stirn. „Ist alles in Ordnung, Herr Nadaseanu? Sie schwitzen und scheinen Schmerzen zu haben?"

Breda nickte. „Ja ... ich meine, nein. Ich wurde eben von irgendetwas gestochen. Es tut verdammt weh."

„Von etwas gestochen? Wo?", fragte der Richter.

Breda hob seine Hände. Erst in diesem Moment sah er die Schwellung, die eine feuerrote Farbe angenommen hatte.

„Das sieht nicht gut aus. Falls der Haftbefehl in Kraft tritt, bringen Sie den Beschuldigten bitte unverzüglich auf das Krankenrevier der JVA", wies er Herzog an.

Dieser nickte und sah Breda besorgt an.

„Nun? Haben Sie etwas vorzubringen, das die Haftgründe entkräftet?", fragte der Richter.

Breda versuchte, sich zu konzentrieren. Das war wichtig! Aber zu dem Brennen und Pochen in seiner Hand gesellte sich ein fieser Kopfschmerz.

„Ich wurde bei keinem Vergehen ertappt. Ich habe mich nur mit einem alten Freund getroffen, als wir von der Polizei umzingelt und angefallen wurden. Ich habe nichts Unrechtes gemacht", versuchte Breda sein Glück.

„Wir haben eine Aussage, dass dies ein konspiratives Treffen mit einem Informanten war, und dass Sie, Herr Nadaseanu, Teil einer rumänischen Einbrecherbande sind. Wenn ich an die Art Ihres Fluchtversuchs denke, dann halte ich das ebenfalls für sehr wahrscheinlich. Drei Polizeibeamte mussten medizinisch versorgt werden und es grenzt an ein Wunder, dass niemand getötet wurde", entgegnete der Richter und fügte hinzu: „Außerdem wurde die Frau, in deren Begleitung Sie sich befanden, von Kriminalkommissar Damian Johannsson als Mitglied der Einbrecherbande identifiziert. Sie hat Herrn Johannsson, zusammen mit einem Ihrer Kollegen, in seinem eigenen Haus überfallen. Hier entkräftet nichts den Haftgrund. Über Schuld oder Unschuld wird in Ihrer Gerichtsverhandlung entschieden. Haben Sie sonst noch etwas vorzubringen?"

Breda schüttelte den Kopf. Der Richter belehrte ihn noch über sein Recht auf Beschwerde und Ähnliches, doch Breda hörte gar nicht mehr zu. Es ging ihm immer schlechter und er wollte nur noch hier raus.

Wieder im Auto, ließ er seinen Kopf auf die Rückenlehne sinken. Sein Magen begann zu rebellieren. War es durch den hämmernden Kopfschmerz oder lag die Ursache in dem Stich? Breda wollte sich nur noch hinlegen.

„Sind Sie gegen irgendetwas allergisch?", fragte Herzog, als sie an einer Ampel anhielten und schaute dabei besorgt in den Rückspiegel.

„Nicht, dass ich wüsste", krächzte Breda.

Sie kamen vor das große Tor der JVA. Die Stahltüren öffneten sich langsam. Herzog fuhr den Wagen in die Schleuse. Sie standen vor einem weiteren großen Stahltor. Das Tor hinter ihnen schloss sich wieder. Herzog stieg aus und legte seine Dienstwaffe in einen Waffenschrank beim Pförtner. Er sprach mit dem Mann einen Augenblick, dann stieg er wieder ein.

„Der Pförtner gibt gleich Bescheid, dass Sie zum Krankenrevier müssen", informierte er Breda. Das vordere Tor öffnete sich und sie fuhren ins Innere der JVA Lerchesflur.

Breda hatte sich das Gefängnis nicht so groß vorgestellt. Es handelte sich gleich um mehrere Gebäudekomplexe. Die meisten waren weiß gestrichen, das Auffälligste hatte einen rostroten Farbton. Umgeben war der große Komplex von einer riesigen glatten, grauen Mauer. Breda wurde zuerst in einen Aufnahmebereich geführt. Die Polizisten nannten diesen Bereich die „Kammer". Dort bekam er die Anstaltskleidung, und die Plastikbox mit seinen persönlichen Sachen aus dem Präsidium wurde einem der Gefängniswärter übergeben. Er hätte sich noch duschen können, doch er verzichtete darauf. Er wollte sich nur, so schnell wie möglich, irgendwo hinlegen. Es ging ihm immer schlechter. Schließlich wurde er durch mehrere Gittertüren geschleust, bevor er das Krankenrevier erreichte. Schon jetzt konnte er das Geräusch der sich im Schloss drehenden Schlüssel nicht mehr ertragen.

„Setzen Sie sich!", sagte eine Frau mit weißem Kittel und deutete auf eine Liege. Hier war der Ton deutlich rauer, bemerkte Breda.

„Was ist das Problem?", fragte die Frau, die offensichtlich die Ärztin war.

„Herr Nadaseanu wurde von irgendetwas gestochen. Seitdem geht es ihm immer schlechter und er zeigt eine deutliche Schwellung der rechten Hand", erklärte Herzog die Situation.

„Zeigen Sie mal her!", sagte die Ärztin. Sie besah sich Bredas Hand unter einer Lupe.

„Mir wird schlecht", ächzte Breda, bevor er sich neben der Ärztin übergab. Der Raum fing an, sich zu drehen.

„Entschuldigung", nuschelte er.

Plötzlich lag er. War er umgekippt oder hatte man ihm geholfen, sich hinzulegen? Breda konnte es nicht mehr sagen.

„Ich bestelle einen Krankenwagen. Sie sollen ihn in der Winterberg-Klinik untersuchen. Das ist mir zu heiß", sagte die Ärztin und verschwand für einen Moment. Breda konnte sie telefonieren hören und schloss die Augen.

Er hatte ja gewusst, dass er die Gefangenschaft nicht überleben würde, dafür war er nicht gemacht. Aber dass es so schnell gehen würde, damit hatte er nun auch nicht gerechnet.

Kapitel 54

Damian und Breuer betraten den Vernehmungsraum. Das restliche Team würde das Gespräch aus dem benachbarten Raum mitverfolgen, aus dem sie, ganz klassisch, durch ein Fenster zuschauen konnten, welches von der anderen Seite wie ein Spiegel wirkte. Der Ton würde von dem bei der Vernehmung eingeschalteten Mikrofon kommen.

Der Mann saß ruhig und gerade auf seinem Stuhl. Er wirkte weder nervös noch beschämt. Damian konnte überhaupt keine Emotionen aus dem regungslosen Gesicht lesen. Es schien beinahe, als gehöre die graue Erscheinung zum Inventar des Raumes.

„Herr Roth, ich denke, ich muss Ihnen nicht erklären, warum wir hier sind", sagte Breuer, nachdem er den Mann über seine Rechte aufgeklärt hatte.

„Sie glauben, ich sei der Mörder meines Bruders, aber Sie irren sich! Das mit der Flasche kann ich erklären."

„Nur zu. Ich bin gespannt", sagte Breuer.

„Wie Sie wissen, geht es meiner Firma sehr schlecht. Ich bat meinen Bruder, mich finanziell zu unterstützen. Er gab mir diese Flasche zum Verkauf. Er wollte seine Investition zurück und mit mir den Gewinn teilen, den ich bei dem Verkauf der Flasche erzielen würde. Ich gebe zu, ich habe das verschwiegen, weil ich dachte, so mehr Geld von der Versicherung zu bekommen."

„Und Sie erwarten ernsthaft, dass wir Ihnen so eine Geschichte glauben?", fragte Breuer.

Roth zuckte mit den Schultern. „Das ist die Wahrheit."

„Aha", sagte Damian. „Zu Ihrem Pech haben wir eindeutige Beweise, dass die Flasche das Haus Ihres Bruders erst nach dem Mord verlassen hat."

Robert Roths Blick wanderte zu ihm. Sonst zeigte er keine Reaktion auf das eben Gehörte.

Damian fuhr irritiert fort: „Wir haben das Blut Ihres Bruders zwischen den Rillen am Flaschenboden gefunden. Durch das dunkle Glas ist es gar nicht aufgefallen. Sie haben wohl den Fehler gemacht, die Flasche kurz am Tatort abzustellen. Bei den vielen Blutspritzern im Raum hat das gereicht, um uns einen eindeutigen Beweis zu hinterlassen."

Robert Roth sah ihn an. Bewegungslos – emotionslos.

„Haben Sie verstanden, was mein Kollege Ihnen gerade gesagt hat?", fragte Breuer.

„Ja, das habe ich. Jetzt haben Sie den Beweis, der Ihnen gefehlt hat, um mich zu überführen. Und ich habe ihn direkt zu Ihnen getragen. Das passiert, wenn ich nicht genug Zeit zum Nachdenken habe", sagte Robert.

„Dass Sie des Mordes überführt worden sind, scheint Sie nicht sonderlich zu belasten", warf Damian ein.

Roth legte den Kopf schief, als müsse er nachdenken.

„Es ist ärgerlich", sagte er nach einer Pause.

„Ärgerlich?", fragte Damian ungläubig. „Sind Sie sich der Konsequenzen bewusst? Sie werden vor Gericht gestellt, gehen wahrscheinlich für sehr lange Zeit, möglicherweise auch für immer, ins Gefängnis."

„Ja, das ist doch ärgerlich. Meinen Sie nicht auch?"

Damian sah Breuer an. Was sollte er von so einer Reaktion halten? Die meisten Täter waren in dieser Situation verzweifelt. Weinten um sich, manchmal auch um ihre Opfer. Sie brachten Erklärungen und Rechtfertigungen an oder bekamen vor Scham kaum einen Ton heraus. Manche hatten sich selbst so weit von ihrer Tat distanziert, dass sie vollkommen emotionslos davon berichteten, als wäre das ein gänzlich losgelöster Teil von ihnen. Nur wenn es um sie und die Konsequenzen für ihre Person ging, zeigten sie Gefühle. Als ärgerlich hatte noch niemand seine Situation beschrieben.

„Wir versuchen, das Ganze zu verstehen, Herr Roth. Bitte erzählen Sie doch von Anfang an", sagte Breuer.

„Wo ist der Anfang?", fragte Robert.

„Ich weiß nicht. Dort, wo es sich für Sie richtig anfühlt", erwiderte Breuer.

Robert lehnte sich in seinem Stuhl zurück. Seine Augen verloren den Fokus, schienen sein Innerstes abzusuchen. So saß er da und schwieg. Er schwieg so lange Zeit, dass Damian den Mann schon ansprechen wollte. Doch dann begann Robert seine Geschichte.

„Ich bin anders als Sie. Anders als alle anderen", sagte er sehr langsam.

„Wie meinen Sie das?", fragte Damian.

„Ich weiß jetzt, wo mein Anfang ist. Mein Anfang ist der Autounfall. Oder besser gesagt: Die Zeit des Erwachens." Robert nickte, wie um sich selbst zu bestätigen. Damian und Breuer schwiegen. Manchmal war es das Beste, die Menschen einfach reden zu lassen.

„Ich befand mich im Krankenhaus, schlug die Augen auf. Ein neuer Mensch. Und das, für das mich alle bemitleideten, der Tod meiner Familie, das gehörte einfach nicht zu mir. Ich hatte gar keinen Bezug zu diesen Toten und konnte darum auch nicht um sie trauern. Sie waren mir egal. Mein Fehlen an Emotionen legten die anderen Menschen zuerst als Schockstarre aus. Ich merkte, dass ich nicht so reagierte, wie man es von mir erwartete. Also begann ich, mich zu verstellen und ich merkte, dass ich ein verdammt guter Schauspieler war."

„Aber warum haben Sie dann so viel Zeit auf dem Friedhof verbracht? Dadurch haben Sie Ihre Firma fast in den Ruin getrieben", fragte Breuer.

„Das war nicht meine Firma und die Leute, die dort arbeiteten, waren mir völlig egal. Sollten sie sich doch einen anderen Job suchen. Ich brauchte Zeit zum Nachdenken, auch wenn das seit dem Unfall nicht mehr so einfach ist. Ganz und gar nicht einfach. Es war unglaublich wichtig, dass ich nachdachte, wer ich war, was ich wollte und was nicht. Wann war der richtige Zeitpunkt, um mit dem Theater aufzuhören? Auf dem Friedhof hatte ich diese Zeit und ich war gleichzeitig voll in meiner Rolle als trauernder Mann." Ein kaltes Lächeln huschte über seine Züge.

„Und Richard? Warum musste er sterben?", fragte Damian.

Robert Roth zuckte mit den Achseln. Seine grauen Augen zeigten keine Emotionen. „Warum? Ständig wollte er Kontakt. Wollte mit mir über meine tote Familie reden und über die Firma. Er begann mich zu durchschauen, sagte, ich bräuchte Hilfe."

„Er hat Sie geliebt. Sie waren sein kleiner Bruder", versuchte Breuer, den Mann emotional zu erreichen.

„Aber ich habe ihn nicht geliebt. Er war mir egal", sagte Robert Roth, die Stimme sachlich, als spreche er über das Wetter. „Richard wollte mir nicht helfen. Er wollte mich vernichten und die andere Person, die ich nicht mehr war, wiederhaben. Das konnte ich nicht zulassen!"

„Bedauern Sie seinen Tod denn gar nicht?", fragte Breuer.

„Nein, das ist mir gleichgültig. Ich bedauere nur, dass Sie dahintergekommen sind, denn das bedeutet, dass ich meine Freiheit verliere. Mit Richards Geld hätte ich mir ein gutes Leben aufbauen können. Ein bequemes Leben."

„War das Geld Ihres Bruders auch ein Grund dafür, dass er sterben musste?", hakte Damian nach.

„Nein, ich hatte zwar schon darüber nachgedacht, aber das Risiko schien mir zu hoch. Doch dann wurde Richard selbst zum Risiko, weil er mich durchschaute. Weil er merkte, dass ich ein anderer war. Also hab ich ihn doch umgebracht."

Damian schaute in die Augen des grauen Mannes und dieser starrte zurück. Ohne Scham, ohne Reue. Damian fröstelte. „Warum haben Sie diese Dinge aus dem Haus Ihres Bruders gestohlen? Sie waren der Erbe und hätten doch sowieso alles bekommen?", fragte er.

„Ich putzte gerade die Haustür, um meine Spuren zu beseitigen, da fiel mein Blick auf diese Zeichen. Ich wusste sofort, um was es sich handelte. Um Gauner-zinken. In diesem Augenblick erinnerte ich mich daran, wie Richard mir von dem Einbruch in der Nachbarschaft erzählt hatte. Also beschloss ich, einen Einbruch vorzutäuschen. So würde der Verdacht von mir abgelenkt werden. Ich brach die Haustür von außen auf. Das war schwieriger, als ich gedacht hatte. Dann verwüstete ich das Haus, als sei es durchwühlt worden, und ließ einiges mitgehen. Der Whisky war ein Fehler. Hätte ich mehr Zeit zum Nachdenken gehabt, hätte ich ihn stehen lassen. So dachte ich, ich könnte zweimal kassieren. Von der Versicherung und von dem Verkauf dieser überteuerten Flasche. Das

Problem mit der Lagerung ist mir erst später eingefallen. Wie schon gesagt: Ich hätte mehr Zeit zum Nachdenken gebraucht."

„Was ist mit dem Tatwerkzeug, der Tischleuchte, passiert?", fragte Breuer.

„Ich habe sie zerschlagen, bis nur noch kleine Stücke davon übrig waren und sie in einem grauen Müllsack in eine Mülltonne gesteckt, die am Straßenrand auf ihre Leerung wartete. So habe ich auch die blutige Kleidung entsorgt."

Als Robert Roth in seine Zelle gebracht wurde und sie den Besprechungsraum betraten, sah Damian in die betroffenen Gesichter seiner Kollegen. Sie hatten alle hinter der Spiegelscheibe des Verhörraumes das Gespräch verfolgt.

Jo holte tief Luft. „Im Grunde genommen hat er wahrscheinlich nicht einmal Schuld", sagte sie.

„Was? Er hat seinen eigenen Bruder kaltblütig ermordet und bereut es noch nicht einmal", brauste Momo auf.

„Nein, so etwas wie Reue oder Mitleid kennt er nicht. Aber das war nicht immer so. Die Schulfreunde und Nachbarn haben alle ein Bild eines einfühlsamen, freundlichen Menschen gezeichnet, wenn es um die Beschreibung von Robert Roth ging", sagte Jo und ihre Augen glitten traurig über die Anwesenden.

„Was glaubst du, hat das geändert?", fragte Breuer.

„Ja, man wird doch nicht einfach so von Dr. Jekyll zu Mr Hyde", sagte Momo kopfschüttelnd.

„Der Unfall, bei dem seine Frau und seine Tochter umgekommen sind. Robert Roth hatte schwerste Kopfverletzungen. Er sagte uns ja eben quasi, dass der Robert Roth vor dem Unfall eine andere Person war, dessen Rolle er wie ein Schauspieler übernahm. Ich schätze, er hat bei dem Unfall ein Frontalhirnsyndrom erlitten", sagte Jo.

„Ein was?", fragte Momo.

„Schäden im präfrontalen Cortex können zu Persönlichkeitsveränderungen führen. Bei Herrn Roth führte das wohl zu emotionaler Verflachung, mangelnder Empathie und unkontrollierten Wutausbrüchen. Es fällt ihm auch schwer, Pläne zu schmieden, deshalb brauchte er auch so viel Nachdenkzeit auf dem Friedhof. Das ist jetzt natürlich alles nur Mutmaßung, aber ich glaube, eine genaue ärztliche Untersuchung wird sich mit meinem Verdacht decken", erklärte Jo.

„Also ist er eigentlich krank?", fragte Damian.

Jo nickte. „Ich denke schon. Festzulegen, inwieweit sich das auf seine Schuldfähigkeit und die Art des Strafmaßes auswirkt, ist zum Glück nicht unsere Aufgabe."

„Der arme Richard Roth. Er hat gemerkt, dass mit seinem jüngeren Bruder etwas nicht stimmt und wollte ihm helfen. Dafür musste er grausam sterben", sagte Manni.

Jo nickte beklommen.

Kapitel 55

Martin Freytag war davon überzeugt, kein Glück im Leben zu haben. Ja, das Glück hatte sich geradezu gegen ihn verschworen, denn jedes Mal, wenn er glaubte, es klopfe an seine Tür, bekam er stattdessen den Knüppel über den Kopf gezogen. Zum Beispiel, als sie endlich die Koster-Brüder verhaften konnten. Sie waren den beiden schon geraume Zeit auf den Fersen gewesen, konnten ihnen aber nie etwas nachweisen. Nach endlosen Überstunden und durchgearbeiteten Nächten konnten sie sie doch auf frischer Tat ertappen. Fall gelöst. Zur Belohnung durften sie an diesem Tag alle früher Feierabend machen. Martin freute sich schon. Was war das doch für eine tolle Überraschung für Nadja, seine Verlobte. Nadja war überrascht. Und ihr Geliebter ebenfalls.

Dieser Tag, der so gut begonnen hatte, war der erste Tag seines neuen Singledaseins.

Und heute: Er war froh, dass die Wahl auf ihn gefallen war, als es hieß, dass ein Gefangener zum Amtsgericht und später zur JVA verschoben werden sollte, wie man es bei der Polizei so nett ausdrückte. Dieser Fahrerjob war zwar immer etwas unberechenbar, da man nie wusste, wie diese Typen reagierten, aber er bedeutete auch pünktlich Feierabend. Martin hatte sich mit einem Freund zum Kino verabredet. Und wieder streckte ihm das Glück die Zunge heraus und machte sich von dannen. Dieser verdammte Gefangene wurde so krank, dass er in die Winterbergklinik musste. Und er, Martin, wurde dazu abkommandiert, vor dieser beschissenen Krankenzimmertür Wache zu schieben.

„Noch einen Kaffee, Herr Kommissar?", fragte eine verführerische Stimme.

Nun ja, vielleicht war das Glück ja noch nicht ganz verschwunden. Diese bezaubernde Krankenschwester mit dem feurigen Blick und den wilden braunen Haaren, die sie vergebens in einem Knoten zu bändigen versuchte, verwöhnte ihn schon seit Beginn seiner Schicht mit Kaffee. Das Lächeln, welches sie ihm jedes Mal zuwarf, wenn sie seine Tasse füllte, versprach mehr. Viel mehr! Er schaute auf ihr Namensschildchen. Schwester Agatha. Was für ein alter Name für so eine junge Frau. Möglicherweise waren ihre Eltern Krimifans und liebten die Autorin der cleveren Miss Marple und des gewitzten Detektivs Hercule Poirot. Da war er als Polizist doch genau der richtige Ansprechpartner.

„Nennen Sie mich doch Martin", sagte er zu ihr.

Sie schenkte ihm ein scheues Lächeln.

„Martin", flüsterte sie mit diesem betörenden Akzent.

Nie hatte sein Name schöner geklungen. Eigentlich wollte er gar keinen Kaffee mehr. Er hatte schon mehr als genug für heute getrunken, aber Martin befürchtete, dass dieses bezaubernde Wesen dann nicht mehr so oft an seinem Wachpunkt vorbeikommen würde. Das konnte er nicht zulassen und so trank er eine weitere Tasse des schwarzen Gebräus. Doch so langsam begann seine Blase höllisch zu drücken. Martin trat von einem Bein auf das andere. Er schaute auf seine Uhr. Es dauerte noch Stunden, bis er abgelöst würde. Verdammt.

„Alles in Ordnung, Martin?", fragte die Schwester, die soeben wieder um die Ecke kam und einen Rollstuhl im Schwesternzimmer abstellte.

„Ja ... nein. Die Natur ruft", versuchte er, seine Situation zu umschreiben.

Einen Moment sah sie ihn verwirrt an, dann hatte sie verstanden.

„Gehen Sie ruhig. Das dauert ja nicht lange und ich passe so lange auf", bot sie ihm an.

Martin blickte zögernd zur Tür.

„Ihr Gefangener ist ja mit Handschellen ans Bett gefesselt. Was kann da schon passieren?", fragte sie.

Martin nickte. „Sie haben recht. Ich bin in fünf Minuten wieder da."

Er brauchte nur drei. Als er den Gang zurückeilte, konnte er die hilfsbereite Krankenschwester nirgends sehen. Sein erster Impuls war es, sich über die Frau zu ärgern. Hatte sie nicht versprochen, auf die Tür zu achten? Wahrscheinlich wurde sie zu einem Notfall oder so etwas gerufen. Das war immerhin ein Krankenhaus. Er sprintete die letzten Meter und öffnete die

Tür zum Krankenzimmer. Sein Herz raste, das Blut rauschte in seinen Ohren.

Das Bett war leer. Einfach leer!

Die Handschellen baumelten vom Eisengestell. Was lief hier und warum musste so etwas immer ihm passieren?

Er musste Meldung machen. Mit zitternden Händen zog er sein Diensthandy und berichtete schnell, was vorgefallen war. Währenddessen sprintete er zum nächsten Treppenhaus. Dem Gefangenen war es schlecht gegangen. Möglicherweise konnte er ihn einholen. Sein Atem ging keuchend, aber den Fahrstuhl zu nehmen war zu unberechenbar. Wer wusste schon, wie lange er auf eine Kabine warten musste und wie viele Zwischenstopps er einlegen würde. Bis Martin alle Treppen nach unten genommen hatte, war er völlig verschwitzt.

Im Eingangsbereich des Krankenhauses konnte er den Gefangenen nicht sehen. Er rannte auf die Straße. Nichts. Vielleicht war der Mann noch auf dem Weg nach unten. Martin sprintete wieder zurück. Der Krankenhausmanager kam auf ihn zu.

„Wie konnte so etwas passieren?", blaffte er Martin an.

„Dafür haben wir jetzt keine Zeit", sagte Martin. „Sagen Sie bitte Ihrem Personal Bescheid, dass es die Augen offen halten soll. Wenn jemand den Gefangenen sieht, bitte keine Heldentaten, sondern mir sofort den Standort durchgeben. Bitte rufen Sie Schwester

Agatha aus. Sie ist möglicherweise vom Gefangenen überwältigt worden oder sie ist seine Komplizin."

„Schwester Agatha? Die hat heute doch frei. Ich weiß das zufällig, da sie die Frau von meinem Onkel ist", sagte der Manager.

„Die Frau von ihrem Onkel? Wie alt ist sie?"

„Dreiundsechzig Jahre, graue Haare, Brille ...", begann der Manager.

Martin stöhnte. „Das ist nicht die Frau, die ich suche. Das habe ich befürchtet. Wir können also davon ausgehen, dass es sich um eine Komplizin handelt, die sich in das Krankenhaus eingeschlichen hat", sagte Martin und dachte daran, wie diese Frau ihn mit Kaffee abgefüllt hatte. Und er war darauf hereingefallen. Der Akzent. Warum war er nicht misstrauisch geworden, als er diesen Akzent gehört hatte? Jetzt im Nachhinein fiel ihm auf, wie ähnlich er dem Akzent des Gefangenen war. Er hatte sich durch die Schwesternuniform blenden lassen. Uniformen vermittelten Vertrauen, Kompetenz. Jemandem in Uniform nahm man einfach ab, dass er oder sie vom Fach war. Man fragte nicht nach seiner Ausbildung oder ob derjenige berechtigt war, sich hier aufzuhalten. Martins Blick glitt unablässig zwischen den verschiedenen Zugängen zum Eingangsbereich und dem Außenbereich hin und her. Die Aufzüge, das Treppenhaus, die Cafeteria, der Vorplatz. Wenn doch nur schon die Verstärkung da wäre. Falls der Gefangene das Krankenhaus verlassen hatte, verlor er hier drinnen wertvolle Zeit. Er zückte sein Handy.

„Ich befinde mich im Eingangsbereich. Der Gefangene ist nicht zu sehen. Ich halte hier die Stellung", gab er durch. Sein Chef bestätigte. Die herannahenden Polizisten würden sich aus allen Richtungen dem Krankenhaus nähern und nach dem Flüchtigen Ausschau halten. Nach dem kranken Flüchtigen, versuchte Martin sich zu beruhigen. Ein Mann mit der Konstitution war sicherlich nicht schwer zu finden.

Kapitel 56

Breda versuchte, wieder klar im Kopf zu werden. Das Fieber, welches eingesetzt hatte, machte es ihm nicht leicht. Alles war so schnell gegangen. Eben schlief er noch erschöpft in seinem Krankenbett, im nächsten Moment weckte ihn Gabriela, die sich als Krankenschwester eingeschlichen hatte. Innerhalb von Sekunden hatte sie das Schloss seiner Handschellen geknackt und half Breda in den bereitstehenden Rollstuhl. Sie setzte ihm eine blaue und sich eine rote Kappe auf und fuhr ihn schnell zum nächsten Fahrstuhl, der schon offen bereitstand. Fabiu stand in der Tür und blockierte sie, bis sie die schmale Kabine erreicht hatten. Er hatte eine grüne Kappe tief ins Gesicht gezogen. Zwei nervenaufreibende Male hielt der Fahrstuhl auf dem Weg nach unten an, weil andere Patienten oder Besucher zusteigen wollten. Das kostete wertvolle Zeit. Letztendlich schafften sie es gerade so aus dem Krankenhaus raus, da sahen sie schon den Polizisten auf sie zustürmen. Sie versteckten sich hinter einem Großraumtaxi, welches hier gerade wartete. Der Polizist sprach mit einem herbeigeeilten Mann, doch sein Blick ging unablässig auf die Suche nach ihnen und streifte auch immer wieder ihre Position.

„Wir müssen hier weg", flüsterte Fabiu. „Das Taxi wird gleich abfahren und jeden Moment kann von der Straße aus die Polizei vorfahren. Die sehen uns dann direkt. Mit dem verdammten Rollstuhl fallen wir dem Bullen sofort auf. Breda, du musst aus diesem Ding aufstehen und eine kurze Strecke sprinten. Sonst sind wir geliefert!"

Breda stöhnte. Er rieb sich die müden Augen, um eine klare Sicht zu bekommen.

„Ich bin furchtbar krank, Fabiu. Ich kann nicht sprinten. Nicht mal einen Meter."

Fabiu winkte ab. „Das ist alles nicht so schlimm, Breda. Du wirst sehen: Morgen geht es dir schon besser. Dann hat dein Körper das Gift so weit abgebaut."

Breda schaute entsetzt auf. „Gift? Was meinst du mit Gift?"

„Na, irgendwie mussten wir dich hier ins Krankenhaus schaffen. Wie hätten wir dich sonst befreien sollen? Der Anwalt hat uns gesteckt, dass du heute ins Gefängnis verlegt wirst", sagte Gabriela.

„Verschoben. Sie nennen das verschoben", korrigierte Fabiu nicht ohne einen gewissen Stolz über sein Fachwissen.

„Wie auch immer. Wir hatten nur diese Chance in nächster Zeit an dich heranzukommen. Wer weiß, wann endlich deine Gerichtsverhandlung gewesen wäre", fuhr Gabriela fort und küsste Breda auf die schweißnasse Stirn. „Entschuldige, Geliebter."

Breda sah Gabrielas ruhigen Blick, der die Umgebung absuchte. Sie behielt wie immer einen kühlen Kopf und ging verschiedene Pläne durch. Schnell zog sie den Schwesternkittel und die Kappe aus und stopfte die Dinge in einen Rucksack. Ihre Haare befreite sie aus dem Knoten und schüttelte sie aus. Breda wusste, wie wichtig es war, sein Äußeres zu verändern, wenn man gesucht wurde. Der Polizist konnte nicht alle Personen im Umkreis genau anschauen. Dafür waren es zu viele. Sein Gehirn suchte nach einem Schema, einem Raster. Er suchte nach einer Krankenschwester und einem Patienten. Und der beste Schutz war es, in dieses Raster nicht mehr hineinzupassen. Die Krankenschwester war weg und sie waren nicht länger ein Duo, sondern zu dritt. Sie waren inzwischen außerhalb der Reichweite der Überwachungskameras des Krankenhauses.

„Da fährt Luana mit dem Lieferwagen vorbei. Sie wird um die Ecke parken. Jetzt oder nie. Sobald der Blick des Polizisten das nächste Mal an unserer Position vorbeistreift, gehen wir los. Gehen, nicht rennen! Wenn er aus dem Augenwinkel eine schnelle Bewegung wahrnimmt, sieht er uns direkt. Gleich ist es so weit ... Achtung – jetzt!", sagte Gabriela.

Sie gingen möglichst unauffällig in die Richtung, wo Luana mit dem Lieferwagen stehen musste, und versuchten, den im Rollstuhl sitzenden Breda mit ihren eigenen Körpern zu verdecken. Doch sowohl Gabriela als auch Fabiu waren sehr schlank gebaut.

„Niemand dreht sich rum!", zischte Gabriela und zog ihr Handy aus der Tasche. Sie schaltete die Selfie-Kamera an und behielt damit den Polizisten im Auge.

„Sein Blick hat uns gestreift. Er hat nichts bemerkt", hielt Gabriela sie auf dem Laufenden.

„Da! Er stutzt. Er hat den Rollstuhl bemerkt und kommt auf uns zu!"

Sie rannten, so schnell sie konnten, auf die Biegung zu.

„Stehen bleiben, Polizei!", rief Martin und zog seine Waffe.

„Weiter!", rief Gabriela. „Er wird hier nicht schießen. Es sind zu viele Menschen in der Nähe."

Marius wartete schon an der Ecke. Er zog einen schwarzen Kasten mit einem klischeehaft roten Knopf aus der Tasche und drückte diesen.

Hinter einem großen Blumenkübel im Rücken des Polizisten knallte und knatterte es gewaltig. Der Mann warf sich zu Boden, suchte Schutz hinter einem Betonpfeiler. Sie bogen um die Ecke und stiegen schnell in den offenen Lieferwagen. Luana trat aufs Gas, während Marius die Schiebetür zuzog. Breda schaute sich um, sah aus der rückwärtigen Scheibe. Er bemerkte einen silberblauen Streifenwagen, der gerade um die Ecke kam, bevor sie selbst unbehelligt abbogen. Sie waren nicht entdeckt worden und fuhren bis zum nächsten Parkhaus. Dort klebten sie ein großes

Logo eines Möbelhauses auf beide Schiebetüren des Wagens. Marius setzte sich ans Steuer und fuhr mit Fabiu los. Gabriela, Luana und Breda stiegen in einen PKW. Wieder galt es, möglichst schnell nicht mehr ins Suchraster zu passen. Sie würden auf verschiedenen Wegen zu ihrem Treffpunkt fahren. Breda vermutete, dass es sich dabei um Luanas Wohnung handelte. Marius und Fabiu würden den Transporter in die Nähe des Burbacher Weihers bringen. In einem Mischgebiet mit Gewerbefirmen und Wohnhäusern hatten sie ihr Versteck und konnten auch tagsüber unauffällig agieren. Später würde man das Auto von innen und außen gründlich reinigen, um alle Spuren zu beseitigen. Doch erst einmal würden Marius und Fabiu in einen bereitstehenden PKW steigen und zu ihnen stoßen.

Er sah, wie Gabrielas Blick an Luana klebte und wusste genau, was die Frau, die er liebte, im Moment dachte. Sie war stolz auf das redliche Leben, das sich ihre kleine Schwester aufgebaut hatte, und hasste es, wenn Luana an ihren Aktionen beteiligt war. Gabriela wollte nicht, dass Luana von ihnen in die Kriminalität zurückgezogen wurde.

Breda schloss stöhnend seine Augen. Hinter ihm, im Kofferraum, begann es zu klopfen.

„Was ist das?", fragte er verwirrt.

„Ich schätze, unser lieber Sorin hat das Bewusstsein wiedererlangt", sagte Gabriela.

Breda sah sie verwirrt an.

„Er hat uns verraten. Durch ihn wusste die Polizei von unserem Treffen."

„Und was machen wir jetzt mit ihm?", fragte Breda. Gabriela lächelte nur. Sie bogen in einen Feldweg ein und fuhren, bis sie an eine verlassene Bank gelangten. Gabriela zog eine Taserpistole und stieg aus. Sie öffnete den Kofferraum.

„Wir können das auf zwei Arten lösen, Sorin", sagte sie. „Entweder du steigst hier freiwillig aus und setzt dich auf diese Bank oder ich setze dich mit diesem Taser außer Gefecht. Das ist nicht tödlich, aber sehr unangenehm, wenn man von Elektroschocks außer Gefecht gesetzt wird."

Sorin warf Breda und den Frauen einen bösen Blick zu, stieg aber langsam aus und setzte sich auf die Holzbank. Luana band seine auf dem Rücken gefesselten Arme an das Eisengestell der Bank, während Gabriela ihn weiterhin mit dem Tasergerät in Schach hielt.

„Du hättest uns nicht verraten sollen, Sorin. So etwas wird nicht geduldet. Weder bei mir noch bei meinem Clan", sagte sie und zückte ein Handy. Sie ließ sich mit der Polizei verbinden. Dort gab sie den Aufenthaltsort von Sorin an.

„Er ist ein gesuchter Einbrecher", sagte sie und legte auf. Das Handy legte sie neben Sorin auf die Bank. Breda wusste, dass es nicht Gabrielas war. Sie hatte es wohl zuvor genau für diesen Zweck gestohlen.

Sie stiegen wieder in den Wagen und fuhren davon.

„Wird Sorin uns nicht alle verraten? Wenn die Polizei erst unsere Namen hat, sind wir nicht einmal mehr in Rumänien sicher", sagte Breda und zum ersten Mal wurde ihm bewusst, dass er nun polizeilich bekannt war und nicht einfach so weitermachen konnte.

„Nein, Sorin wird schweigen", sagte Gabriela.

„Wieso? Warum traust du ihm, wenn er uns doch schon einmal verraten hat?", fragte Breda.

„Weil ich noch seinen Anteil an unserer Beute habe. Und ich habe ihm klargemacht, dass ich ihm den gebe, sobald er aus dem Gefängnis entlassen wird. Natürlich nur, wenn er die Klappe hält", sagte Gabriela. „Der Clan wird sich um seine Familie kümmern, solange er schweigt."

„Ob das reicht? Immerhin hat Sorin diesen Polizisten in dessen Haus überfallen und gewürgt. Da geht es nicht nur um Einbruch und Diebstahl, nein, da kommen noch Freiheitsberaubung und Körperverletzung obendrauf. Das dürften zusammen einige Jährchen werden. Wenn die Polizei jetzt einen Deal mit ihm eingeht und die Haftstrafe gegen eine Aussage um das ein oder andere Jahr verkürzt, sieht es für uns schlecht aus, Gabriela", sagte Breda. „Du hättest ihn nicht dalassen sollen, so sehr ich es auch diesem Mistkerl gönne."

Gabriela lächelte geheimnisvoll. „Ich habe aber noch ein weiteres Ass im Ärmel. Eine Information, die ich

352

über Sorin erhalten habe. Eine Information, die ihn teuer zu stehen kommt, sollte ich sie an die Polizei weitergeben. Glaub mir, er wird nichts verraten."

„Woher hast du diese Information?"

„Du weißt ja, Breda: Ich habe meine Quellen und Verräter sind nicht sehr beliebt. Für diese Informationen musste ich noch nicht einmal etwas bezahlen."

Luana setzte den Blinker und bog in die Einfahrt zu dem Haus, in dem sich ihre Wohnung befand. Sie stellte den Motor ab. Gespannt saßen alle im Auto, beobachteten die Straße. Keine Sirenen nährten sich ihnen. Kein Polizeiauto bog um die Ecke. Nach einer Weile kamen Marius und Fabiu von der anderen Seite der Straße und parkten hinter ihnen. Sie stiegen aus. Gabriela stützte Breda, dessen Beine ihn noch nicht so recht trugen. Sie bildeten einen Kreis, als wollten sie einen Sirba tanzen. Breda kicherte.

„Weißt du noch, Gabriela, auf Lianas Hochzeit, als dieses ganze Abenteuer begann?"

„Ja, ich erinnere mich. Und ich habe auch nicht vergessen, wie kurz davor wir standen, dass unsere Bande – unsere Familie – auseinanderbrach. Durch Missgunst, Neid und Verrat. Doch nun sind wir wieder vereint. Den nächsten Starken werden wir auch so aussuchen. Gemeinsam."

„Ich bin jetzt polizeilich bekannt, sogar gesucht. Ich schätze, damit braucht ihr auch ein neues Mitglied für meine Position", bemerkte Breda mit hängenden Schultern.

„Keine Sorge, Breda. Du gehörst zu uns. Wir werden uns etwas einfallen lassen", sagte Gabriela.

Sie fassten sich bei den Händen, genossen einen Moment die Gemeinschaft, bevor sie die Kälte nach drinnen scheuchte.

Kapitel 57

Der Schnee fiel in großen Flocken vom Himmel. Innerhalb kürzester Zeit hatte sich eine dünne weiße Decke gebildet, die die Welt unter sich begrub. Sie schluckte das Grün, das Braun und das Grau. Sie schluckte den Lärm, machte scharfe Kanten weich.

Damian parke seinen schwarzen Honda am Straßenrand. Es waren schon etliche Wagen dort abgestellt worden. Er stieg aus und ging schnell um das Auto herum, um Sarah die Tür aufzuhalten.

Sarahs Eltern waren aus Schottland zu Besuch gekommen. Sie würden über die Feiertage bleiben und erst nach Silvester wieder zurückreisen. Heute passten sie auf Kathy auf.

Breuers Weihnachtsfeiern, die er bei sich zu Hause ausrichtete, waren legendär. Es würde spät werden. Vorausgesetzt, Sarah hielt durch.

Momo öffnete auf Damians Klingeln die Tür. Sie hatte einen albernen Haarreif mit roten Rentierhörnern aus gefüttertem Filz aufgesetzt.

„Hereinspaziert. Es sind schon alle da!", rief sie gut gelaunt und nahm einen Schluck aus ihrer dampfenden Tasse. Dem Geruch nach enthielt sie Breuers berühmt-berüchtigten Glühwein, von dem er schon die ganze Woche von seinen Kollegen vorgeschwärmt bekommen hatte.

Die komplette Wohnung war mit Tannenzweigen, Gir-
landen und Tausenden von kleinen Lichtern
geschmückt, die die Räume in einen warmen Schein
tauchten, während die Hauptbeleuchtung ausgeschal-
tet blieb. In einem hellbraunen Ohrensessel saß die
Vermieterin von Breuer, Annie Weber. Sie musste
schon auf die neunzig Jahre zugehen, überlegte Damian.

„Da ist ja Breuers Junge", begrüßte sie ihn. Damian
spürte, wie seine Wangen vor Verlegenheit zu glühen
begannen. Er sah sich unauffällig um. Natürlich hatte
das jeder hier im Raum mitbekommen.

„Hallo, Anni", sagte er und umarmte die alte Frau
kurz.

„Wer ist denn deine bezaubernde Begleitung?", fragte
Anni, neugierig wie immer.

„Das ist meine Freundin, Sarah McGregor", stellte
Damian sie vor.

„McGregor? Das klingt so englisch. Sprechen Sie
denn auch Deutsch?", fragte die alte Dame.

„Schottisch", verbesserte Sarah sie. „Der Name ist
schottisch. Ich habe dort eine Zeit lang gewohnt und
eine kurze Ehe hinter mich gebracht. Daher der
Name."

„Na, das muss aber ein ganz schöner Trottel gewesen
sein, Ihr schottischer Exmann, dass er eine Frau wie
Sie hat ziehen lassen", sagte Anni.

„Allerdings", bestätigte Damian. „Wie gut, dass ich für meine Intelligenz bekannt bin." Er grinste Sarah an und zog ihre Hand zu einem Kuss an seinen Mund.

Elfi und Breuer kamen und drückten beiden eine dampfende Tasse in die Hand.

„Zum Wohl!", sagte Breuer und stieß mit ihnen an. Sarah sah betreten in ihre Tasse, während die anderen einen kräftigen Schluck nahmen. Plötzlich kicherte sie, zwinkerte Breuer zu und trank ebenfalls. Damian sah sie verstört an.

„Sarah, ich glaube nicht, dass du das trinken solltest. Da ist ziemlich viel Alkohol drin", flüsterte er.

Sarah hielt ihm die Tasse unter die Nase. Die Flüssigkeit darin war nicht rot, sondern gelblich und roch stark nach Fenchel.

„Was denkst du nur von mir", sagte Breuer scherzhaft und knuffte ihn am Arm. „Ich habe doch versprochen, ich passe auf das Kind auf."

Hinter ihnen kam Applaus auf. Momo und Manni tanzten zu Mariah Careys Lied „All I Want For Christmas Is You".

„Ich hatte keine Ahnung, dass Manni so gut tanzen kann", bemerkte Damian. „Und sie scheinen ihre Probleme überwunden zu haben."

Breuer lächelte zu den Tanzenden hinüber, bevor er wieder ernst wurde.

„Und bei euch? Alles in Ordnung?", fragte er.

Sarah nickte. „Die Übelkeit hält sich heute in Grenzen. Vielleicht habe ich ja endlich das Schlimmste überstanden."

Damian griff in seine Anzugtasche. „Ich muss euch etwas zeigen. Ich wollte das schon die ganze Zeit tun, aber es hat sich irgendwie nicht ergeben." Er zog die laminierten Ultraschall-Bilder heraus und reichte sie Breuer und Elfi. Er versuchte, nicht über beide Ohren zu grinsen, aber irgendwie gehorchten ihm seine Gesichtsmuskeln nicht.

„Das ist es. Unser Kind! Es wird ein Junge. Dann haben wir ein Mädchen und einen Jungen. Das ist perfekt", brach es aus Damian heraus.

„Ich werd verrückt! Hört mal alle her: Damian wird Papa!", kam Momos Stimme von hinten. Sie und Manni hatten ihren Tanz beendet und waren zu ihnen gestoßen. Sofort waren Damian und Sarah von den Kollegen umringt. Glückwünsche prasselten auf sie herab. Damian berichtete mit glänzenden Augen davon, wie er das schlagende Herz auf dem Monitor gesehen hatte. Ein einfacher, zuckender Punkt und gleichzeitig das Schönste, was man sich vorstellen konnte. Breuer zog ihn in seine Arme.

„Du wirst ein guter Vater, Damian", flüsterte er.

„Ja", erwiderte Damian ohne Zweifel. Er fühlte sich berauscht und das kam nicht vom Alkohol.

Es klingelte. Momo stürzte zur Tür. Verlegen, mit rotem Gesicht, kam sie zurück. Sie war in Begleitung von Tim Herzog, der ihre Hand hielt. Damian bemerkte, wie sich Mannis Gesicht verdüsterte.

„Was ist los, Manni?", fragte er.

„Nichts", brummte der korpulente Mann und zog sich auf die Couch am anderen Ende des Zimmers zurück.

„Ich will euch nicht die Stimmung verderben, aber wenn ihr möchtet, bring ich euch auf den neusten Stand", begann Herzog. Damit hatte er die ungeteilte Aufmerksamkeit.

„Breda Nadaseanu, das Mitglied der rumänischen Einbrecherbande, wurde plötzlich sehr krank, als er zwecks Eröffnung des Haftbefehls zum Amtsgericht verschoben wurde."

„Krank? Was fehlte dem Mann?", fragte Breuer.

„Vor dem Revier meinte er plötzlich, er sei von irgendetwas gestochen worden. Kurz darauf zeigten sich die ersten Symptome. Sein Zustand verschlechterte sich minütlich. Wir haben ihn vom Amtsgericht, wo ihm sein Haftbefehl überbracht wurde, direkt zum Krankenrevier der JVA gebracht. Die dortige Ärztin entschied, den Gefangenen sofort in die Winterberg-Klinik zu verlegen. Inzwischen sind die Laborergebnisse da. Man fand das Gift der Wasserspinne in der Einstichstelle."

„Das muss doch ein Irrtum sein. Wie soll denn Herr Nadaseanu vor dem Revier von einer Wasserspinne gebissen worden sein? Wie der Name schon sagt, leben diese Viecher mithilfe einer Luftblase unter

Wasser und dürften sich bei den jetzigen Temperaturen in der Winterstarre befinden", sagte Damian.

„Aufgrund der großen Menge des Giftes, die die Krankheitssymptome natürlich verstärkt haben, gehen die Ärzte davon aus, dass das Gift injiziert wurde. Wir haben den Eingangsbereich des Präsidiums gründlich abgesucht und eine Injektionsnadel mit einem kleinen Hohlraum gefunden, in dem sich das Gift befunden hat. Wahrscheinlich wurde sie mit einem Blasrohr verschossen", sagte Herzog.

„Wollte man den Gefangenen umbringen?", fragte Jo.

„Nein, dazu ist das Gift der Wasserspinne zu harmlos. Wenn nicht diese höhere Dosierung als bei einem natürlichen Biss hinzugekommen wäre, hätte der Mann nicht einmal zur Winterberg-Klinik verlegt werden müssen. Es wäre nicht schlimmer als ein Wespenstich gewesen. So aber war es das perfekte Mittel, die einzige Schwachstelle in unserem Sicherungssystem auszunutzen."

„Jetzt sag nicht, dass das einzige Mitglied der rumänischen Einbrecherbande, das wir schnappen konnten, euch entwischt ist", polterte Breuer.

„Ich fürchte schon. Eine Frau, wir vermuten der Kopf der Bande, hat sich als Krankenschwester eingeschlichen und ihren Komplizen befreit. Unser Mann konnte sie vor dem Eingangsbereich stellen, aber dann knallte es mehrmals hinter ihm, als würde auf ihn geschossen. Wie sich später herausstellte, waren das aber nur gewöhnliche Knallfrösche, wie man sie in jedem Laden, der Silvesterknaller verkauft, bekommen kann. Sie lagen in einem Blumenkübel und waren mit einem einfach konstruierten Fernzünder versehen."

„Verdammt. Die haben uns schon wieder verarscht. Das Schlimmste dabei ist, dass alles umsonst war. Jedenfalls, was die Einbrecherbande betrifft", fluchte Momo.

„Nicht ganz", erwiderte Herzog. „Die Rumänen haben Breda Nadaseanu befreit, aber uns im Austausch einen anderen Mann geliefert. Nach deiner Personenbeschreibung, Damian, nehmen wir an, dass es sich dabei um den Starken der Bande handelt, auch wenn er keine Tattoos wie in deiner Personenbeschreibung hat. Diesen Bodybuildertyp, der dich in deiner Wohnung fast umgebracht hätte. Wir haben inzwischen seinen Namen herausgefunden: Er heißt Sorin Nadra."

„Und ich schätze mal, er ist der Verräter in den Reihen der rumänischen Bande. Der, der uns von dem Treffen mit dem Informanten erzählt hat", folgerte Damian.

„Das nehmen wir stark an. Die Bande hat ihren Komplizen befreit und sich gleichzeitig eines Problems entledigt. Wenn wir Glück haben, verrät er uns noch die Namen der anderen. Bisher schweigt er jedoch", sagte Herzog.

„Was sagt die Videoüberwachung des Krankenhauses? Haben wir jetzt ein richtiges Bild der Anführerin der Gruppe?", fragte Breuer hoffnungsvoll.

Herzog schüttelte den Kopf. „Als die Frau mit Breda Nadaseanu geflüchtet ist, haben wir auf den Aufnahmen noch ein weiteres Bandenmitglied entdecken können. Da hören die guten Nachrichten allerdings schon auf. Sie wussten genau, wo sich die Kameras befanden und sind ihnen so weit als möglich aus dem Weg gegangen. Dort, wo wir sie doch auf den Schirm bekommen haben, sind ihre Kappen so weit in das Gesicht hinuntergezogen, dass man nichts erkennen kann."

„Auf der Flucht haben sie darauf geachtet. Aber sie haben das Krankenhaus erst einmal möglichst unauffällig betreten. Vielleicht sieht man da ja was", versuchte es Damian.

„Daran haben wir auch gedacht. Auch auf ihrem Weg in das Gebäude sind die Kappen im Gesicht. Und als die Frau unseren Wachmann getäuscht hat, hielt sie sich immer außerhalb der Videoüberwachung auf. Das Einzige, was wir feststellen konnten, ist, dass sie diesmal braune Haare hatte. Was jetzt ihre richtige Haarfarbe ist, kann nicht mit Sicherheit gesagt werden. Und ihre Körpergröße konnte durch die Aufnahmen errechnet werden", berichtete Herzog.

„Wie kann das sein? Auf dem Flur zum Gefangenenzimmer muss doch eine Kamera gewesen sein? Und da hatte sie doch eine ganze Zeit keine Kappe an", wollte Breuer wissen.

„Ja, aber diese Kamera war an dem Tag durch einen technischen Defekt ausgefallen. Ob das ein Zufall war, wage ich mal zu bezweifeln", informierte sie Herzog.

„Verdammt, sind die gut", sagte Momo. „Jetzt müssen wir dem Bodybuildertyp, diesem Sorin Nadra, die Einbrüche aber auch nachweisen können."

„Da haben wir vielleicht Glück, Momo. Sorin Nadra hat eine relativ frische Schnittwunde an der Hand. Und in einem der Häuser, in das die Bande eingebrochen ist, haben wir neben einer mit einem Messer beschädigten Wand Blut sicherstellen können. Ich gehe mal davon aus, dass diese Probe mit Herrn Nadra übereinstimmen wird", berichtete Herzog.

„Damit kann ich leben. Diesen Kerl, diesen Bodybuilder, wollte ich sowieso erwischen und unterm Strich haben wir nach wie vor einen Gefangenen. Jetzt hat es nur den Richtigen erwischt", sagte Momo.

„Auf die Ergreifung des Richtigen!", prostete Breuer und hob seine Tasse. „Auch wenn wir diesmal dazu etwas Hilfe hatten."

„Auf den Richtigen!", stimmten die anderen mit ein und hoben ebenfalls die Tassen. Damian hatte das Gefühl, dass Manni bei diesen Worten Momo fast schon beschwörend ansah, als hätten sie für ihn eine andere Bedeutung.

Momo und Manni.

Thriller und Krimis von Isabell Valentin:

Der Psychopath und der Tag, an dem die Katze starb
ISBN: 9783750404298

Damian-Johansson-Krimis:

Bd. 1: Der Fährmann
ISBN: 9783754302330

Bd. 2: Die Zeit des Erwachens
ISBN: 9783754305164